Poder Extra G

Thati Machado

Poder Extra G

astral cultural

Foto da autora: Arquivo pessoal

Projeto gráfico e diagramação do miolo: Aline Santos

Dados Internacionais de Catalogação na Publicação (CIP)
Angélica Ilacqua CRB-8/7057

Machado, Thatiana, 1990-
Poder extra G: o caminho do amor pode ter muitas curvas / Thatiana Machado. — Bauru, SP : Astral Cultural, 2016.
240 p.

ISBN: 978-85-8246-401-4
1. Literatura brasileira 2. Ficção I. Título

16-0786
CDD B869

CDU 82 (81)

Índice para catálogo sistemático:
1. Literatura brasileira

Impressão: GRAFILAR Gráfica
Papel de Capa: Cartão Triplex Ningbo 300g
Papel de Miolo: Off-White Lux Cream 70g

EDITORA ALTO ASTRAL
Rua Gustavo Maciel, 19-26, Bauru, sP, CEP 17012-110
Telefone: (14) 3235-3878 / Fax: (14) 3235-3879
contato@astralcultural.com.br

Entiendo que tus ojos tienen
miedo de ver a la mujer
que soy por dentro
Angelica Vale

Entendo que os seus olhos têm
medo de ver a mulher que sou por dentro

PRÓLOGO

Eu sabia que não havia nada de errado com Beto, o primo simpático da minha melhor amiga. Na verdade, nós estávamos tendo uma noite razoável. Beto é simpático, gentil e atencioso, mas quando começa a falar de videogames, parece um maníaco desesperado por tratamento. Sabe, quem é que revela tão intensa e assustadoramente suas paixões no primeiro encontro? Se você disse Beto, ponto para você! Eu tentava sorrir e parecer agradável, mas estava assustada e não é para menos. Enquanto falava de forma ávida sobre sua paixão — por quase cinquenta minutos —, Beto também fazia questão de produzir efeitos sonoros com a boca e de me mostrar seus talentos artísticos interpretando personagens no meio do restaurante. Minhas batatas fritas pareciam menos apetitosas!

Eu comia uma batatinha atrás da outra me perguntando quando o jovem de cabelos alaranjados na minha frente calaria a boca. Porque em algum momento ele seria obrigado a calar, não é? Nem que fosse para tomar fôlego, sei lá... Eu estava entediada, mas, ainda assim, comia e sorria constrangida para Beto. Marcela que me desculpe, mas aquele cara era um tremendo pé no saco.

Eis que do outro lado do salão eu avisto um jovem alto, nem gordo nem magro, e com um sorriso daqueles de comercial de pasta de dente — seria irritante se não fosse tão lindo. E, bem, eu começava a fazer planos para aquela noite. Beto que me desculpe, mas ele não está incluso neles. Dispensei-o tentando parecer gentil. Só que não dá exatamente para ser gentil quando se está dando o fora em alguém... Sinto muito, Beto, mas aprenda: o mundo não é gentil! Porém, o cara de sorriso reluzente é. Eu reconheci de imediato o olhar que ele me lançou. O olhar que diz: "Você é bonita e parece simpática, mas não faz o meu tipo". Precisei de apenas meia hora para convencê-lo a me levar para um lugar mais tranquilo. E o olhar que eu lhe lançava dizia assim: "Não sou mulher de tipos, meu bem!".

Foi extremamente gratificante acordar no dia seguinte em sua república. Ele já estava pronto para me bombardear com um discurso educado, revelando que não desejava assumir nenhum compromisso comigo, mas... Quem disse que eu queria? Acredite, Vini, algumas mulheres usam o cérebro com mais frequência do que você imagina.

1

Apresentar uma noite de sexo casual talvez não tenha sido a melhor forma de começar essa história. Mas, sabe como é, se tiver que contar uma história, não comece se fazendo de coitada. O fato é que contei o desfecho pelo qual ansiei e pelo qual cheguei a implorar. No fim das contas, terminei a noite ao lado do Beto mesmo. Não me julguem, mas naquela época eu sentia que devia apenas agradecer por alguém estar interessado em mim. Quer dizer... Beto estava interessado em mim, não é mesmo? Eu não queria passar por toda aquela tortura em vão. Beto e eu trocamos um ou dois beijos ocasionalmente depois daquele fiasco de encontro. Eu achei de verdade que poderia contornar o lado maníaco e obsessivo dele, mas não pude.

Depois do Beto, eu conheci o Marco. E o meu relacionamento com ele havia sido outro completo fiasco. Então, eu simplesmente larguei toda a porcaria em São Paulo e vim para a capital da Argentina conhecer a terra dos *hermanos*. Buenos Aires é uma cidade linda, principalmente se você é, assim como eu, um grande fã de doce de leite. Sabe, não há nada de errado em afogar as mágoas comendo *medialunas* com doce de leite no café da manhã e diferentes marcas de *alfajor* entre uma refeição e outra. A não ser que engordar seja um problema para você, o que para mim deixou de ser nos últimos tempos. Quem vive bem com noventa e dois quilos pode viver bem com noventa e seis. Essa é a minha teoria. Na verdade, começou a ser depois de certo ponto. Principalmente se você considerar o fato de que levei quase dezoito anos para entender que ser gorda não fazia de mim uma pessoa menos bonita, menos interessante ou menos capaz. O que me tornava tudo isso era o fato de eu aceitar ser diminuída por conta do meu peso, ser conivente com toda essa palhaçada. Por sorte, consegui reverter essa situação e encontrei meu amor-próprio escondido entre as roupas horrorosas que habitavam o meu armário.

Enfim, voltando ao ponto central da questão — se é que ele existe... Ah, é claro. Eu. Sozinha. Superar. Buenos Aires. Parece bom, não é? Parece ótimo, na verdade. Mas eu não conseguia parar de chorar. Nem mesmo quando comia igual a uma vaca, como se não houvesse amanhã — o que não é saudável e tampouco recomendável. O resultado era simples, uma conta básica de adição: lágrimas + dor de barriga + autopunição = novas lágrimas. "Bravo, Nina, você está fazendo um ótimo trabalho", murmurei em tom irônico apenas para tornar a situação mais palpável.

Cochilei e acordei quatro horas mais tarde. As boas novas? Sem dor de barriga. Eu estava novinha em folha, pronta para me jogar na noite argentina ao som de um tango e ao lado de um homem que me chamasse de *guapa* ou *bella*. Seria incrível ouvir todo aquele sotaque sensual sussurrando elogios no meu ouvido, ficava arrepiada só de pensar.

É claro que as coisas não saíram exatamente como planejadas. Nícolas não era tão sexy quanto o esperado, mas ele era doce, gentil e...

— Não gosto de sexo casual — ele disse, em seu espanhol sedutor.

Um homem muito, muito, muito respeitoso — quase antiquado —, como vocês podem perceber. E foi assim que ele se despediu de mim, como um padre se despede de um fiel querido: com um beijinho na testa. Aqueles lábios poderiam ter descido só alguns centímetros, mas não. Qual é o problema dos argentinos?

— Os argentinos não têm problemas — Marcela me disse na manhã seguinte via Skype. — Você tem. Supere-o!

A sinceridade nua e crua de Marcela poderia ter me desmotivado, mas, ao contrário, fez mais que isso. Ela me fez ver a idiota que eu estava sendo. Marco é incrível? Sim. Ele é simpático? Sim. Ele é gato? Sim. Ele é bom de cama? Sim. Ele – quase – me fez acreditar nessa palhaçada de amor verdadeiro? Sim. Ele me merece? Não! Nã-nã-nã-nã-não! Um cara que diz gostar de você, que diz precisar de você, que diz amar os momentos em que está com você, mas que não tem coragem de assumir você é no mínimo um tremendo babaca. E por que eu estava desperdiçando uma viagem maravilhosa me lamentando por ele? Não faço a menor ideia. Deixe que Marco busque uma garota dentro dos padrões de beleza que ele considera aceitáveis. Deixe que a opinião alheia o influencie e o aliene. Eu sou mulher demais para ele. Por que diabos eu não estava vendo isso? De novo: não faço a menor ideia. Mas chega de lamentações. Sério, eu me recuso a ser a garota insegura e chorona que um dia já fui. Então, banho de banheira, algumas horas para me vestir – bem agasalhada e maquiada – e uma ligação para Nico. Buenos Aires é linda e eu não tenho tempo a perder!

•••

Nota importante sobre Buenos Aires: ela é muito romântica. Não que eu estivesse reparando, de fato.

Nico apareceu em frente ao meu hotel dentro de um táxi. Ele estava sendo um perfeito cavalheiro e isso não deveria ser um problema, certo? Errado. Todo aquele cavalheirismo estava me dando nos nervos. Seria tão mais fácil se eu apenas o levasse para cama e tivesse uma amizade colorida sem compromisso durante as férias... Mas é claro que a vida – esse ser mitológico e assustador – não estava disposta a facilitar as coisas. É por isso que Nico me entregou uma caixa de chocolates quando entrei no táxi.

Segunda nota importante: chocolate branco Milka com pedacinhos de biscoito. Aquele homem estava atingindo em cheio meu ponto mais fraco. Quanta baixaria!

Chegamos a um clube de dança bastante simples, mas muito animado. Nico me garantiu que aquele era um *point* local, nada de turistas abarrotando e infernizando o lugar. Nós dançamos muito. E bebemos. E conversamos. E dançamos mais um pouco e finalmente nos beijamos. Não crie expectativas, não foi nada demais, ele só selou seus lábios aos meus ao fim de uma dança quente que já me provocava espasmos.

Saímos do clube no meio da madrugada. Fazia muito frio, afinal, era setembro (lê-se: muito frio para os meus parâmetros brasileiros, suponho). Eu não estava acostumada àquela temperatura e fiquei agradecida quando meu acompanhante me estendeu um par de luvas.

— Imaginei que fosse precisar — comentou com um fofo dar de ombros.

Nós fomos até Puerto Madero e caminhamos despreocupados enquanto falávamos de nossas vidas. Estávamos devorando os chocolates com os quais ele me presenteou. Eu lhe contava sobre o meu trabalho na editora e ele parecia fascinado.

— Você ganha dinheiro para ler livros — soltou com todo seu entusiasmo. — Isso é fantástico, Nina! — Ignorei o modo como meu nome ficava suave e sensual entre seus lábios. Apenas assenti.

— Também faço traduções — acrescentei, menos entusiasmada do que pretendia.

Nico era um dos donos de uma grande livraria no centro de Buenos Aires. Aquilo parecia coincidência demais... Tínhamos tanto em comum! Nossa andança desenfreada nos levou até um cassino. Sim, um cassino de verdade, com luzes piscando, gente tagarelando e muito dinheiro entrando e saindo, como num passe de mágica.

Contei a ele que eu nunca havia estado em um cassino. Ele pareceu chocado. Não é como se em São Paulo tivesse um a cada esquina, sabe? Entramos e eu fiquei embasbacada. Havia tantas luzes, sons e pessoas... Fora que aquele lugar era enorme. Talvez uns três andares, a julgar pelas escadas rolantes que eu conseguia avistar da entrada. Nico me puxou pela mão e, de repente, nós estávamos nos divertindo como crianças enquanto perdíamos alguns trocados. Antes de conhecer o cassino, eu me perguntava como alguém pode ser imbecil a ponto de colocar o seu dinheiro em maquininhas apenas para perdê-lo em seguida. Mas eu estava totalmente equivocada em relação a isso — e olha que eu tenho certa dificuldade em assumir meus erros! Aqueles joguinhos eram contagiantes e, a cada nova moeda inserida, um golpe de esperança nos atingia.

Em cerca de meia hora, o clima de euforia foi nos abandonando e dando espaço para uma conversa mais pessoal. Nico me contava sobre sua infância, sobre como ele se dividia entre pais divorciados que viviam em guerra e sobre como ele tentava proteger seu irmão mais novo no meio do fogo cruzado. Não é à toa que eu o achava muito maduro para seus vinte e quatro anos.

Eu falei sobre a minha infância em uma família adotiva. Ele me questionou sobre meus pais biológicos e eu expliquei que não era algo importante para mim. Ao contrário da maioria das crianças adotadas, eu nunca quis saber quem havia me colocado no mundo. Eu me importava mais com quem me mantinha nele. O assunto ia se estender, eu sabia que sim... Não fosse pela musiquinha histérica que nos interrompeu acompanhada de luzes piscando de maneira caleidoscópica. Olhamos para máquina na qual estávamos colocando moedas de maneira preguiçosa e ela dizia: *YOU WON*! Fiquei intrigada, pois, nos filmes, quando alguém ganha, as moedas começam a descer rapidamente e as pessoas precisam encontrar um jeito — normalmente bastante inusitado — de ampará-las. Mas, ali, nada acontecia além da música e das luzes.

— A quantia é alta demais para sair em moedas — Nico me explicou, percebendo minha confusão. — Precisamos ir ao caixa sacar nossa pequena fortuna.

Ganhamos quatrocentos dólares. Não é uma fortuna que nos permita comprar uma mansão e largar nossos empregos, mas é pelo menos o dobro do que gastamos naquela noite. Eu ia sugerir que Nico e eu dividíssemos o dinheiro, mas ele foi muito mais rápido.

— Que tal usarmos esse dinheiro para nossas próximas saídas? — ele me perguntou com um sorriso fofo e quase constrangido. — Podemos começar amanhã mesmo.

Eu não queria me apaixonar. Não estava pronta para isso. Mas eu tinha pouco tempo na Argentina e nunca havia conhecido um homem como Nico. Ao contrário do Marco, Nico parece ter orgulho de andar comigo ao seu lado. Mais cedo naquela noite, ele havia dançado comigo incansavelmente e me apresentado para tantas pessoas. Era como se ele se sentisse honrado por poder desfilar comigo. E aquele era exatamente o tipo de sentimento e consideração que eu vinha esperando de um homem nos últimos anos.

— Sim, nós podemos. — Foi tudo o que eu respondi antes de lhe sorrir e sair do táxi em direção ao meu hotel. Por um instante, fiquei feliz por Nico não ser adepto de sexo casual.

2

Era sábado e, como dono da livraria, Nico havia se dado uma folga — para passar o dia inteiro comigo, vale ressaltar. Eu não estava irremediavelmente apaixonada nem nada do tipo, mas estar com Nico era bom. Era natural e saudável, sabe? Não era um envolvimento tóxico. Quando comecei a namorar com Marco, achei que estava fazendo um bem danado para a minha autoestima, afinal, não é todo dia que uma mulher gorda fisga um cara sarado e popular, não é? Mas eu estava enganada. Redondamente enganada (e quando digo redonda, não estou me referindo à minha circunferência, ok?). Marco foi bom para o meu ego e apenas isso. O tempo todo ele parecia me esconder e eu demorei tempo demais para me dar conta. Ou talvez eu estivesse me enganando.

Enfim. Nico apareceu no meu hotel bem cedinho. Ele havia me instruído a não tomar o café da manhã. Dessa vez ele não apareceu de táxi. Ele estava dirigindo um carro bem bonito: preto, grande, com uma aparência esporte. Não queiram saber nada mais além disso, não entendo nada de carros. Sentei-me no banco do carona e ele me recebeu com um sorriso radiante. Em poucos minutos estávamos em um hotel cuja diária devia ser cinco vezes mais cara que a diária de onde eu estava hospedada. Não me deixei intimidar por toda aquela pompa. Eu estava confiante no meu sobretudo preto, minha legging da mesma cor e botas de cano alto.

Em meu cabelo havia uma trança embutida bastante elegante e em meu rosto, uma maquiagem suave. Entramos no elevador e Nico nos levou até o terraço do hotel. Ele pediu para que eu fechasse os olhos e me guiou pelo espaço até pararmos. Quando finalmente pude ver alguma coisa, fui tomada por uma visão que me deixou sem fôlego. Buenos Aires era ainda mais linda vista daquela altura. Era como se estivéssemos no topo do mundo.

— Essa é a construção mais alta da cidade — Nico me contou com uma voz levemente rouca de dar arrepios. — E também meu lugar favorito. Sinto-me tão próximo do céu... Quando tenho um problema, gosto de vir até aqui, pois consigo ver tudo sob uma nova perspectiva. Eu olho para baixo e vejo como tudo é pequeno e efêmero diante dessa imensidão.

— Obrigada por dividir esse lugar comigo, Nico — agradeci sem desviar o olhar da vista. Era tão arrebatadora que foto nenhuma faria jus a ela.

— Eu divido lugares especiais com pessoas especiais — ele confessou em um sussurro, e eu não sabia o que me deixava mais embriagada: a paisagem ou Nico.

No restaurante do hotel, comemos *medialunas*, as melhores da minha vida. Não dispensei o doce de leite... O dali era ainda mais gostoso. Nico não parecia se incomodar com a minha comilança. Eu estava faminta e tudo ali era delicioso demais. Eu não precisava fingir comer pouco apenas para impressioná-lo, sabe? Sejamos sinceros: esse corpinho cheio de curvas não foi conquistado com miséria. Eu gostava de abundância e comia assim sem culpa.

E então lá estávamos nós conversando novamente sobre assuntos pessoais. Era estranho como a conversa fluía sem pudores. Éramos capazes de falar de qualquer assunto e, quando tínhamos opiniões divergentes, concordávamos em discordar. Em determinado momento, flagrei-o me encarando de um jeito estranho. Mais estranha ainda foi a forma como meu corpo reagiu ao seu olhar. Deus do céu, aquele homem estava me devorando! Ele pagou a conta com o dinheiro do cassino e nós saímos rumo ao interior da cidade. Estávamos a caminho de um lugar incrível, segundo Nico. A julgar pela paisagem que apreciamos durante o café, eu não duvidei nem um pouco.

Estávamos ouvindo o CD de uma banda chamada *Bajofondo*. Músicos contemporâneos de qualidade, Nico me dissera. Eu gostava do ritmo e apesar de não saber cantar nada, acabei envolvida com as canções. Quando o celular do Nico tocou, ele me estendeu e pediu que eu o atendesse. Fiquei constrangida e quase recusei o pedido, mas isso seria indelicado demais até para mim. Apertei o botãozinho verde na tela e respirei fundo. *Tomara que não seja a mãe dele*, pensei. E não era. Era ainda pior. A ligação era do hospital e Noah, o irmão mais novo do Nico, estava internado após uma forte crise de dor abdominal. Noah, no entanto, recusava-se a fazer os exames necessários. Como o hospital não havia conseguido contatar a mãe deles, resolveu ligar para Nico. Assim, em menos de cinco minutos, ele pegou o primeiro retorno e seguiu de volta para a capital. Nesse tipo de situação eu simplesmente não sabia o que fazer. Nada do que eu dissesse poderia acalmá-lo ou confortá-lo, afinal, eu não sabia o que estava acontecendo e qualquer coisa que eu falasse seria uma tremenda mentira. Será que eu podia abrir a porta e pular do carro em movimento? Parecia errado eu estar no meio de uma crise familiar. E esse é apenas o nosso terceiro encontro... Será que Nico sabia o que estava prestes a acontecer? Será que ele se dava conta de para onde estava me arrastando?

Sei que vai parecer exagero da minha parte, mas eu estava com ânsia de vômito. Eu não devia estar nessa situação, não parecia certo. E pior, eu nem podia ajudar Nico. Muito pelo contrário, a tendência era que eu atrapalhasse ainda mais. Curiosamente, ele parecia discordar de mim, pois assim que estacionou próximo ao hospital, ele abriu a porta do carona e me estendeu a mão. Seu sorriso era doce, apesar dos traços de preocupação que eu já identificava. Eu me senti péssima!

— Sinto muito por estragar nosso encontro — ele disse enquanto caminhávamos de mãos dadas pelo hospital. — Assim que tudo se ajeitar, prometo recompensá-la. — Encarei nossas mãos entrelaçadas e tentei não pensar demais sobre o assunto. Parecíamos um casal. O tipo de casal que tem intimidade o suficiente para enfrentar problemas de mãos dadas. Droga!

— Não se preocupe com isso — tentei dizer sem gaguejar ou gritar.

— Mas talvez eu não deva entrar. É a sua família e eu sou só uma estranha.

— Fique — ele pediu voltando-se para mim por um instante. — Por favor — completou, apertando de leve minha mão entre as suas.

E o que mais eu podia fazer? Fiquei. Mesmo contra todo o meu desconforto e contra todos os alarmes que disparavam na minha mente, eu fiquei. Adentramos o quarto de Noah e eu não esperava que ele fosse tão bonito. Eu não esperava que ele fosse ficar tão desesperadamente aliviado ao ver o irmão mais velho. Os dois se abraçaram e Noah sorriu na minha direção. Apenas levantei o braço e o cumprimentei de maneira desengonçada. Ele trajava uma daquelas camisolas horríveis que os hospitais nos obrigam a vestir e ainda assim continuava lindo. Só não era mais bonito que Nico, mas talvez meu julgamento estivesse comprometido em função do tempo que temos passado juntos. Os dois conversaram baixinho, e eu me senti mal por estar ali atrapalhando tudo. Pude ouvir apenas Noah implorando para não fazer o ultrassom e tampouco a ressonância. Não entendi o motivo, mas ele queria o médico da família e não um total desconhecido. Nico e eu saímos do quarto e do lado de fora tivemos uma conversa com o médico que o atendera.

— Doutor, o médico do Noah pode cuidar disso. Ele está viajando, mas voltará na segunda. Você não pode dar alta ao meu irmão? — Nico disse. Eram só alguns exames, eu não entendia o motivo de tanta resistência.

— Sim, eu posso dar alta a ele. Desde que vocês assinem um termo tirando a responsabilidade do hospital caso ele piore. Ou morra.

— Caso ele morra? — perguntei, de repente sendo atingida por uma náusea sufocante. — Nico, convença-o a fazer esses exames, e se... — Ele me interrompeu, mas não sendo grosseiro.

— Nós assinaremos o termo — declarou e eu me perguntei qual era o problema deles. Eram só alguns exames indolores...

Assim que o médico saiu, Nico se voltou para mim com um ar sério. Eu dava tudo para não estar ali. Eu odiava hospitais e eu odiava estar no meio de crises familiares. Ele me abraçou e sussurrou em o meu ouvido.

— Quero contar uma coisa para você, mas preciso que me prometa que manterá segredo.

Eu apenas assenti enquanto ele me embalava naquele abraço aconchegante. Fiquei triste quando aquele abraço acabou. Nico me olhou nos olhos e respirou fundo.

— Noah não quer fazer os exames com um médico desconhecido, pois isso revelaria sua condição. Ele precisaria dar centenas de explicações e eu sei o quanto isso o machuca.

— De que condição estamos falando, exatamente? — perguntei curiosa e com uma sobrancelha erguida.

— Noah tem de transtorno de identidade de gênero. Ele é um homem, mas nasceu uma menina.

E subitamente eu não soube mais o que falar.

Aquilo me pegou de surpresa. Eu definitivamente não esperava por algo tão sério e delicado. Os olhos gentis de Nico me sondavam com curiosidade e receio. Como não sabia o que dizer, apenas assenti.

— Eu o apoio, Nina. Amo o meu irmão e não acho que ele seja um monstro ou um erro. Ele é um dos caras mais incríveis que já conheci, meu melhor amigo desde que me lembro. Você... — ele hesitou por um instante e seus olhos não desgrudavam dos meus — ... entende isso?

— Se eu entendo? — perguntei chocada. — Por que não entenderia?

— Minha ex-namorada foi embora no instante em que descobriu. Quando contei, ela me disse que eu deveria fazer algo a respeito, que não podia tolerar uma barbaridade dessas. Ela falou ainda que se fosse o filho dela, jamais aceitaria. Desse jeito, não havia mais motivos para continuarmos juntos.

— Então, tecnicamente, foi você quem a deixou. E acho que você fez a coisa certa. — Eu sorri em sua direção com uma piscadela, e ele logo me acompanhou. Foi reconfortante ver seu sorriso novamente.

— Essa situação foi positiva, apesar de tudo. Imagina se eu só descobrisse toda a sua intolerância depois do casamento? Depois de sermos pais? Seria muito, muito pior — disse ele.

Nico pediu para que eu fizesse companhia a Noah enquanto ele assinava os termos e encerrava a estadia de seu irmão por ali. Assim que entrei no quarto, deparei-me com Noah de pé, vestindo apenas uma calça jeans. Ele estava a ponto de vestir a camisa e reparei na enorme tatuagem que ele carrega no peitoral. Parece um tribal masculino muito bem desenhado, com contornos firmes e um preto vibrante. Sorri meio sem jeito enquanto ele terminava de se vestir. Ele voltou a se sentar na cama para poder calçar seus tênis e a forma como olhava de relance para mim começou a me incomodar.

— Nico contou para você? — Sua voz finalmente soou em minha direção. Eu estava concentrada demais em não gritar com ele por me encarar, por isso fiquei brevemente confusa, sem saber sobre o que ele estava falando. — Sobre mim — ele explicou.

— Ah, sim... É, ele contou.

— E você não está me encarando como se eu fosse uma aberração — ele constatou com um sorriso confuso. Precisei me controlar para não lhe lançar uma resposta sarcástica, pois eu sabia como soava grosseira quando o fazia. Bendita etiqueta social!

— Você não é — expliquei como se aquilo fosse óbvio.

— Parece que o Nícolas finalmente escolheu bem — ele comentou com um sorriso largo que o fazia parecer ainda mais jovem. E ainda mais bonito também. — Você não vai me perguntar sobre a minha mudança? — sondou, apenas para saber se ele estava realmente certo quanto ao que dissera.

— Nós ainda nem nos conhecemos — eu afirmei levemente chocada. — Não acha que está cedo para falarmos de seios, hormônios e pelos?

— Graças a Deus — ele gesticulou na direção do teto do hospital, e eu ri.

Quando Nico finalmente deu o ar da graça, Noah comentou algo em seu ouvido que o fez gargalhar. Mas não uma gargalhada feia, esganiçada e meramente mortal, como a minha. Uma gargalhada cheia de vida e cor, algo que deveríamos ouvir saindo apenas da boca de um galã de cinema ou de um deus grego. Céus, o que eu estava pensando?

Apesar de ter saído ilesa do hospital — ou seja, sem grandes constrangimentos como vômitos, crises de falta de ar, entre outros —, eu achava que aquilo já era suficiente para todo o restante das minhas férias. Nico obviamente discordou. Fomos deixar Noah em casa e adivinha quem abriu a porta para nós? Se respondeu "minha futura utópica sogra", você não poderia estar mais certo. E foi assim, no meio de uma crise, que eu conheci aquela mulher tão encantadora quanto seus filhos. No primeiro instante ela nem notou a minha presença. Seus braços envolveram o filho mais novo com tanto afinco que nem o fim do mundo seria capaz de separá-los. Pensei que daria tempo de escapulir de mansinho, mas ela me viu antes que eu conseguisse pensar em um plano que não envolvesse me fingir de bola de boliche e sair rolando porta afora.

Antes que você consiga dizer *"Wingardium Leviosa"* com a pronúncia correta, eu já estava sendo arrastada para aquele enorme apartamento de dois andares, com espaço suficiente para abrigar um time de basquete. De repente, eu me vi desamparada pelo mundo quando Nico foi até a cozinha, deixando-me sozinha ao lado daqueles seres tão parecidos com ele. Os dois eram adoráveis, mas eu simplesmente não queria interagir demais. E se eles fossem perfeitos? E se fossem adoráveis comigo, exatamente como Nico era? E se eu achasse que os meus pais os adorariam? Seria injusto e cruel, considerando que eu seria obrigada a abandoná-los em algumas semanas. Nico não podia ter me arrastado até ali. Ele não podia tornar as coisas tão difíceis para mim.

O problema é que ele já tornara.

3

No fim daquele fatídico dia, quando Nico me deixou na porta do meu hotel, um estranho silêncio se instalou entre nós. Ambos ficamos desconfortáveis. Mas eu não sei dizer o motivo. Eu tinha as minhas razões: estava caindo na zona perigosa de envolvimento emocional, aquela em que nos enfiamos antes de sofrer um bocado. Tenho certeza de que você sabe exatamente o que isso significa. Mas caso haja alguém que não sabe, aqui vai uma breve explicação: isso significa que eu estou mais envolvida do que deveria estar, que estou pulando estágios que não deveria pular. Nós nem enfiamos a língua na boca um do outro e de repente eu já conheço sua família, sei o segredo de seu irmão e sou convidada para uma festa no apartamento deles no próximo fim de semana. Dá para entender o porquê de eu estar surtando?

E quando começo a surtar coisas estranhas acontecem. Como, por exemplo, essa mancha horrorosa embaixo da minha axila. Será que Nico a havia visto? Isso era tão, mas tão constrangedor! Tentei não pensar a respeito, pois a tendência era piorar. Sabe-se lá em quais outros lugares é humanamente possível transpirar.

É claro que um bom banho quente me relaxou. É mais claro ainda que uma barra de chocolate belga fez muito mais que isso. E ainda há quem duvide do prazer que essa belezinha pode proporcionar.

E não é que eu dormi como uma deusa? (Por favor, não comece a cantar. Se já começou, duvido conseguir parar!) O fato é que me senti revigorada para o dia seguinte. Marcela e eu conversamos por quase duas horas no Skype. Ela estava indo visitar os meus pais e eu pedi que os abraçasse até quebrar suas costelas – ainda que eu duvide da capacidade do seu corpo de cinquenta e um quilos realizar tal feito. Minha melhor amiga estava rindo do meu sofrimento. Ela não parava de dizer: "Relaxa, Nina, você é muito dramática" ou então "Deixa acontecer... Quanta neura!". É tão fácil dar conselhos, principalmente quando você não os segue, não é? Quando a lembrei desse pequeno detalhe, rapidinho ela desconversou. Nunca falha!

Eu havia me arrumado para um dia de turismo solitário. Queria conhecer aquela belezura de livraria que ocupa o Teatro Ateneo e sair de lá cheia de sacolas. Muitos livros, CD's e DVD's para a minha coleção. Os meus planos, no entanto, foram frustrados assim que abri a porta do quarto: Nico estava sentado no chão do corredor com um sorriso tranquilo no rosto. Em sua mão havia uma sacola cheia de coisas e eu me peguei levemente confusa com aquela cena.

– Pensei em tomarmos nosso café da manhã juntos novamente, mas não queria acordá-la – ele explicou em seu espanhol incrivelmente sexy. E ainda havia aquela rouquidão matinal de tirar o fôlego!

– Não sei se acho o gesto fofo ou assustador – confessei, embora um largo sorriso preenchesse o meu rosto. Nico deu de ombros, visivelmente desinteressado em dar mais atenção ao assunto. Eu lhe estendi a mão direita e ele a aceitou, levantando-se do chão com a minha ajuda.

Foi estranho abrir a porta do meu quarto para ele. Quer dizer, eu a teria aberto no dia em que nos conhecemos, afinal, era o que eu queria, não? Ir para a cama com um desconhecido que não pegaria no meu pé pelo resto da viagem. Mas talvez houvesse algum sentimento envolvido e talvez tudo aquilo parecesse um pouco constrangedor. Inclusive a parte em que me dei conta da ausência de mesa e cadeiras no cômodo. Nós tivemos que nos sentar aonde? Sim, na cama. Aquilo não parava de parecer estranho e a tendência sempre é piorar.

Felizmente, o constrangimento não durou mais do que alguns minutos. Antes que nos déssemos conta, já estávamos falando besteira e conversando sobre absolutamente tudo. Principalmente, livros. Não é maravilhoso poder conversar com alguém que, assim como você, também ama ler? Marco era um energúmeno preguiçoso que nem chegava perto de revistas ou jornais, muito menos de livros. Mas Nico não era dono de uma livraria por acaso, ele realmente era um grande fã de literatura. E a conversa fluía tão agradavelmente que de repente nos flagrei descalços e deitados, um de frente para o outro. E isso deveria ter sido constrangedor, mas não foi. Peguei-me encarando seus lábios e não pude evitar me perguntar se eles tocariam os meus hoje. Eu não conseguia entendê-lo, um beijo não deveria estar demorando tanto, não é?

— No que está pensando? — ele perguntou me sugando de volta para a realidade.

— Em quando vamos nos beijar — confessei, sem pensar. Sei que minhas bochechas devem ter corado. Depois disso eu precisei desviar o olhar. Eu e a minha boca grande! Mas Nico parecia estar se divertindo com a situação. Um sorriso bobo e extremamente sensual ganhava vida em seu rosto e era impossível não sentir todo o meu corpo formigar de desejo. Seu polegar tocou meu rosto de leve e eu apenas fechei os olhos, tentando me concentrar em reprimir um gemido que estava louco para escapar.

— Você quer que nos beijemos? — ele perguntou, enquanto acariciava a minha pele em círculos.

— Você não? — devolvi a pergunta baixinho, levemente constrangida e muito, muito desesperada. E se ele dissesse que não? E se eu tivesse interpretado tudo errado? E se...?

— É tudo o que eu mais quero, Nina — ele respondeu, e por um instante me faltou o ar. O que ele havia dito? Eu não tinha como ter certeza, já que Nícolas me surpreendeu ao vir na minha direção e tomar meus lábios para si como há muito eu desejava que ele fizesse.

Foi extremamente agradável ter o seu corpo por cima do meu enquanto nos beijamos. O nosso beijo se encaixou de forma dolorosamente agradável, afinal eu sabia que cedo ou tarde precisaria dizer adeus e voltar para a minha vida em São Paulo. Porém, ter a língua quente dele envolvendo a minha calou todos esses pensamentos e me permitiu saboreá-lo como eu tanto desejava.

...

Nós não queríamos ter saído da cama, mas saímos. As coisas estavam ficando realmente quentes, e nem aquele tempo maravilhoso era capaz de amenizar as coisas lá embaixo, se é que me entendem. Antes que tudo saísse do controle, nós resolvemos passear pela cidade. Os planos de turismo ainda estavam de pé, só que com um guia local muito gato e com o melhor beijo que já provei na vida. Às vezes, eu ficava distraída e Nico precisava chamar minha atenção. Ele ria de um jeito fofo para mim e me concentrar em qualquer coisa ficava ainda mais difícil. Minhas viagens até o desconhecido tinham um motivo: o beijo dele.

Eu não conseguia parar de pensar em cada pequeno detalhe daquela manhã. O sorriso sexy e arrebatador que ele me lançou quando eu confessei que queria beijá-lo. A forma como seus lábios macios devoraram os meus. O toque carinhoso e quente da sua mão diretamente na minha pele. Seu corpo pressionando o meu contra o colchão. Eu já havia suspirado por toda uma vida, mas cada vez que essas lembranças tomavam minha mente de assalto, eu me pegava suspirando de novo.

Então eu fiz uma pequena retrospectiva dos últimos dias, dos momentos que dividi com aquele homem incrível e único. Fui juntando nossas conversas, suas confissões e atitudes. Até que me lembrei de sua ex-namorada, a intolerante que o havia magoado por não entender seu irmão. Fui tão estúpida de não entender todos aqueles sinais, toda sua cautela em relação a mim. Fui até ele, que estava imerso em uma sessão cheia de jogos de videogame da livraria, e toquei seu braço com delicadeza. Seus olhos gentis se voltaram na minha direção.

— Está tudo bem, Nina? — ele perguntou, largando o controle em cima da prateleira e envolvendo meu rosto com as duas mãos.

— Eu não vou partir o seu coração, Nico — sussurrei baixinho. Seus olhos se espreitaram e ele me lançou um sorriso contagiante. Sorri também. Eu agarrei suas mãos e as segurei entre as minhas. — Entendo que é assustador, mas eu não sou como as mulheres com quem você se envolveu.

— É claro que não — ele disse com os lábios tentadoramente próximos aos meus. Eu podia sentir seu hálito quente e mentolado contra a minha face. — Mas eu precisava ter certeza.

— E você já tem? — perguntei com receio do que viria.

— Absoluta — ele respondeu sem hesitar, tomando meus lábios no meio da livraria Ateneo, sem se importar em protagonizar uma cena. Ele me beijava na frente de todas aquelas pessoas com o mesmo carinho que me beijara no quarto.

Eu precisava aceitar que Nico e Marco eram pessoas completamente diferentes. E que não me apaixonar por Nico era cada vez mais difícil.

4

Eu já disse muitos sins, mas nunca para o cara certo. E, de repente, Nico estava dentro da minha vida e eu não queria me apaixonar. Quer dizer, até queria, mas não podia. Como faríamos? Eu lá e ele aqui. Eu precisava armar as minhas defesas, mas, ao mesmo tempo, não podia afastá-lo, não podia partir o seu coração, eu havia feito uma promessa. Eu queria poder culpar alguém caso tudo desse errado e ambos acabassem inevitavelmente se machucando, mas não havia a quem culpar. E todo esse sentimento — que eu ainda não sabia qual era — estava começando a percorrer todos os meus órgãos vitais, tornando-se tão importante e essencial para a minha vida quanto qualquer um desses órgãos. "Que diabos você vai fazer, Nina?", perguntei-me em voz alta, na esperança de que aquilo se tornasse real e descomplicado. Não se tornou.

Era uma segunda-feira tranquila. Acordei com o despertador do celular e o que estava à minha espera? Uma mensagem carinhosa do Nico me desejando um bom dia e dizendo o quanto queria tirar outro dia de folga para passar ao meu lado. Sem poder evitar, eu sorria toda boba. Depois de um banho quente, segui para o salão onde o café da manhã era servido. *Medialunas* recheadas com doce de leite eram exatamente o que eu estava precisando. Tomei um iogurte e comi algumas frutas também.

Resolvi explorar a cidade por conta própria. Bem próxima ao meu hotel estava o belíssimo prédio das Galerías Pacífico. É óbvio que eu levei isso em consideração na hora de decidir onde me hospedaria, afinal, que mulher não ama bater pernas entre diversas grifes e de quebra fazer algumas comprinhas?

Logo na entrada fui abordada por uma jovem simpática que me entregou o catálogo de uma loja de roupas femininas. O slogan dizia "Nós deixamos qualquer mulher deslumbrante" e eu realmente gostei. Quero dizer, é bem inclusivo, não acham? E era óbvio que aquela loja havia se tornado a minha primeira parada. Eu ainda não tinha decidido se iria à festa na casa do Nico no próximo final de semana, mas precisava de uma roupa para o caso de querer ir. E se, hipoteticamente, eu fosse, estaria deslumbrante, nada menos que isso.

Entrei na loja e me deparei com um vestido mais bonito do que o outro. Fiquei de queixo caído enquanto me deliciava naquele mar de opções. Tecidos maravilhosos, acabamentos impecáveis, brilho na medida certa, centenas de cores, decotes estonteantes e provocativos, aquilo era um risco e tanto para o meu cartão de crédito. E um empurrãozinho maravilhoso para a minha autoestima.

Chamei uma vendedora, que se aproximou com um sorriso no rosto. Mostrei os oito modelos que me encantaram e perguntei se podia experimentá-los. Ela me olhou de um jeito desconcertado ao me perguntar o meu manequim. O que há de errado com números grandes? Quase contei que isso não era um problema e que ela não precisava ficar cheia de dedos comigo.

— Acho que o 48 vai me servir — respondi, de costas para ela e dando uma olhada rápida em alguns outros modelos.

— Sinto muito, senhorita, mas nosso manequim vai até o 44 — ela retrucou com um tom de voz melodioso em seu sotaque argentino que não parecia mais tão sexy.

— Como é? — perguntei descrente, enquanto retirava o papel que me fora entregue na entrada do shopping. — Olhe bem — eu disse, estendendo o panfleto para ela. — Aqui diz que vocês deixam qualquer mulher deslumbrante — informei, enfatizando bem o "qualquer mulher".

— Bem, sim, mas qualquer mulher até o manequim 44 — devolveu com um sorriso torto. — O manequim da senhorita é fora dos padrões, como deve saber.

Meu sangue não parava de fervilhar. O que aquela loira magricela e sem sal estava dizendo? Quem é ela para falar de padrões comigo? Meus punhos estavam cerrados e aquilo definitivamente não terminaria ali.

— Querida — comecei no meu melhor espanhol, destilando veneno — não sei se você sabe o significado de propaganda enganosa, mas é exatamente isso o que essa loja está fazendo. — Ela abriu a boca, mas eu a interrompi antes que ela tivesse a chance de emitir qualquer som. — Aliás, quem é você para me falar que estou fora dos padrões? Eu quero que se danem esses padrões. Eles alienam pessoas como você! Eu sou uma pessoa e isso... — indiquei as peças ao redor — ... é só roupa, sabe? Não sou eu quem devo mudar para satisfazer a indústria da moda, ela é que deve mudar para atender mulheres maravilhosas e com um cartão de crédito ilimitado como eu. Qual é o problema de vocês? Eu estou aqui com a carteira aberta e vocês não têm nada a me oferecer — continuei, sabendo que o meu tom de voz era alto e que todos os olhares da loja estavam voltados para mim. — Mas essa não é a questão. Vamos chamar a polícia e descobrir qual é a melhor maneira de lidar com um caso de propaganda enganosa.

A gerente resolveu dar o ar da graça e já veio dizendo que eu estava me exaltando e que era melhor conversarmos em outro lugar, o que obviamente não ia acontecer. Aquilo tudo era um absurdo e eu queria que mais e mais pessoas soubessem disso. Estava adorando a plateia e todos aqueles olhares curiosos e chocados. Uma jovem gordinha de aparentes dezesseis anos, que acompanhava outra mulher — provavelmente sua mãe — estava me olhando com certa admiração e aquilo me motivou ainda mais. Até quando teremos que passar por situações como essa para que vejam o nosso valor?

— Nós não vamos resolver nada a menos que você tenha um vestido do meu tamanho para me oferecer. — Bati o pé. Os olhos alarmados da gerente me davam vontade de rir, mas me contive. — Esse panfleto é a prova da propaganda enganosa que a loja vem fazendo. Além de não poder deixar qualquer mulher deslumbrante, ele ainda se encaixa em propaganda abusiva, pois gera discriminação para com as mulheres gordas. A sua vendedora ainda veio me falar que eu não me encaixo nos padrões. — E finalmente eu ri. Ri mesmo, gargalhei de tudo aquilo. Porque a situação toda era patética, para dizer o mínimo!

Eu sou bem resolvida com esse corpo cheio de curvas, mas fico imaginando como uma menina jovem e insegura iria se sentir no meu lugar. Estava fazendo toda aquela cena para que essas meninas não precisassem passar por esse tipo de constrangimento. Esse não era o mundo que eu queria deixar para os meus filhos, então eu precisava fazer algo a respeito.

Acionamos a segurança do shopping e eu fui levada ao escritório para prestar queixa. Em seguida me encaminharam para a *Defensoría del Pueblo*, um órgão que funciona como o Procon no Brasil.

A história não parou por aí. Fiz algumas ligações, movi uns pauzinhos aqui e ali e em menos de duas horas uma jornalista estava me entrevistando em frente à loja onde tudo tinha acontecido. Um fotógrafo, que a acompanhou, tirou fotos minhas, toda linda e deslumbrante. A vendedora e a gerente estavam desesperadas, seus olhares eram de puro choque e medo, e aquilo secretamente me agradou.

Foi só depois da sensação de dever cumprido que eu me permiti voltar aos meus planos iniciais. Fiquei levemente frustrada quando não encontrei nenhuma roupa maravilhosa para mim. Eu ainda não conseguia entender como a indústria da moda fechava os olhos diante desse público ávido por consumir seus produtos, mas não deixei que isso me desanimasse. Caminhei despreocupadamente até a livraria onde Nico trabalha e, quando o encontrei, senti meu coração descompassar um pouquinho. Minhas mãos suavam mais do que o necessário e eu estava torcendo para que não acontecesse o mesmo com as minhas axilas. Ele veio em minha direção e me cumprimentou com um beijo carinhoso, enquanto seus funcionários nos encaravam com um sorriso no rosto. Fiquei levemente constrangida e acho que ele percebeu isso. Mas, em vez de amenizar meu constrangimento, ele só o intensificou.

— Podem ir tirando o olho — ele bradou para os três rapazes atrás do balcão. — Essa aqui já tem dono. — Nico continuou. Minhas bochechas queimavam e ele parecia adorar a situação. Ele se curvou e seus lábios tocaram os meus me fazendo esquecer pelo menos por um momento todo o estresse daquela segunda-feira.

...

Nico me acompanhou até o hotel e eu precisei despejar todo o estresse acumulado em cima dele. Não me julguem, foi ele quem pediu. Enquanto eu contava todo o ocorrido, ele não pareceu entediado. Também não me olhou daquele jeito que diz "Pare de frescura e emagreça para caber nas roupas". Não preciso dizer o quanto o admirei ainda mais, não é? Ele ouvia tudo com muita atenção e não achava que eu estava fazendo tempestade em copo d'água. Em alguns momentos ele riu e disse que daria tudo para ver a cena, e eu acabei rindo também. Fácil assim!

Nós saímos para jantar em um restaurante italiano e eu comi *sorrentinos de jamón*, uma espécie de macarrão recheado com presunto. Nico sugeriu que eu pedisse a massa acompanhada de molho ao sugo e não é que ele acertou em cheio? Eu já estava pensando em uma maneira de fazer contrabando alimentar para o Brasil. Além do *alfajor*, agora levaria também o tal do *sorrentino*. Ah, não posso me esquecer das *medialunas*. Ai, como é difícil gostar de comer!

Estávamos de mãos dadas caminhando preguiçosamente pelas ruas de Buenos Aires, de volta ao meu hotel. Nico se convidou para subir até o quarto e eu não podia ter ficado mais feliz. Não tive nem tempo de colocar minha bolsa em cima da cama. Antes que desse por mim, ele já havia segurado meus braços acima da minha cabeça e prendido meu corpo entre o seu e a parede. Seus lábios sedentos procuraram pelos meus e a forma como ele me devorou não pode ser descrita em palavras.

Nem o vento gélido do lado de fora era suficiente para conter as ondas de calor que ganhavam vida em meu corpo. Suas mãos fortes adentraram o meu sobretudo preto e não sossegaram até que eu estivesse livre dele. Estávamos entrando em vias perigosas, é verdade, e talvez não houvesse volta. Mas quem disse que eu conseguia raciocinar com algum discernimento enquanto seus lábios quentes percorriam minha mandíbula, meu pescoço e continuavam descendo, sem previsão de parar?!

As mãos dele tocaram minha cintura e arrancaram minha blusa de forma rápida. Precisei forçar o funcionamento dos meus pulmões enquanto Nico encarava meus seios pequenos naquele sutiã de bojo decotado. Eu podia sentir o peso do seu olhar sobre mim e também a forma como ele parecia pronto para dar o bote, como se eu fosse sua presa. Mas então seu rosto mudou e ele parecia incerto. Eu fiquei levemente constrangida, querendo a todo custo procurar a minha blusa e vesti-la novamente.

— Eu acho que estou um pouco afobado — ele confessou com um sorriso fofo. Eu estava começando a ficar confusa. — Você é tão gostosa — deixou escapar com certa incredulidade e admiração na voz. Será que ele fazia alguma ideia da forma como estava me afetando? De como era simplesmente impossível resistir a ele? — O que eu estou querendo dizer... — disse constrangido, sorrindo enquanto passava as mãos pelo cabelo raspado — ... é que você é gostosa demais para ser saboreada tão rápido, entende? — Fiz que sim com a cabeça e em seguida fiz que não e já não sabia mais de nada nessa vida. — Um *fastfood* pode ser engolido com pressa e sem muita atenção. Uma refeição realmente saborosa, ao contrário, deve ser apreciada com calma e certa devoção.

— Eu sou a refeição realmente saborosa? — perguntei arfando, sem conseguir desviar meu olhar do seu.

— Você é a refeição mais saborosa com a qual já sonhei — ele respondeu tão arfante quanto eu.

É provável que você talvez ache esse papo meio estranho, afinal, nós, mulheres, não somos simples comidas. Mas o fato é que eu amo comer, acho que nasci para isso. Comer poderia ser uma profissão, eu me daria muito bem nela. Portanto, como uma apaixonada por comidas, aquilo era um tremendo elogio. E eu continuaria pensando e divagando a respeito, não fosse o corpo de Nico se aproximar do meu e me virar, deixando-me de frente para a parede e de costas para ele. Então seus lábios tocaram meus ombros e começaram a deslizar pelas minhas costas, e eu começava a descobrir centenas de formas diferentes de morrer de calor.

...

Meu corpo estava moído como se uma frota inteira de caminhões o tivesse atropelado, mas, ao mesmo tempo, havia uma sensação revigorante que era impossível ignorar. Ouvi um baque ao longe, algo caindo, seguido de um praguejar sussurrado. Abri os olhos sem pressa enquanto me espreguiçava na enorme cama de casal e avistei Nico no banheiro, escovando os dentes. Continuei em silêncio para poder observá-lo secretamente. Ele estava compenetrado, de frente para o espelho e de costas para mim. Seus ombros estavam visivelmente mais relaxados e eu não pude conter um suspiro ao me lembrar de como fora incrível percorrer todo aquele corpo com as minhas unhas, com a ponta dos dedos e com os lábios.

— Preciso tanto de um copo d'água — sussurrei.

— Vá até o frigobar pegar — ele respondeu e eu resmunguei.

— Conseguiu o que quer e deixará de ser um cavalheiro? — sondei com falsa mágoa na voz.

— De maneira nenhuma — ele respondeu de forma séria. — Apenas acho que essa é uma ótima desculpa para observá-la nua. — Então aquele sorriso safado finalmente escapou e seus olhos brilhavam. — Você rebola enquanto anda, Nina — ele sussurrou bem pertinho do meu ouvido enquanto sua mão direita acariciava meus cabelos castanhos. — E isso me deixa louco. Todas essas curvas... Todos esses lugares infinitamente gostosos para apalpar...

Eu mordi o lábio e fechei as pernas na fracassada tentativa de ignorar o resultado de suas palavras. — Vá — ele disse de forma autoritária. — Rebole até a cozinha e em seguida venha rebolar... — ele não precisou terminar a frase para eu saber o que estava me pedindo. Ou melhor, ordenando.

E eu o obedeci. Porque eu era uma mulher sã e finalmente havia encontrado um homem maravilhoso que apreciava, de fato, as minhas curvas. E se ele gostava de admirá-las, eu teria todo prazer do mundo em ceder aos seus caprichos.

— Acordada?— foi a voz dele que me trouxe de volta à realidade.

— Pensando na nossa noite... - confessei.

— Eu tenho alguns minutos antes do café da manhã — ele disse como quem não quer nada. Mas o fato é que eu queria. Na verdade, queria tantas coisas que não sabia nem por onde começar.

— Todas essas lembranças... — comecei lentamente, lutando contra o resquício de vergonha que ainda resistia dentro de mim —... me deixaram com vontade — confessei e não me arrependi. Seu sorriso safado, aquele que me encara meio torto, ganhou vida em seu rosto e, antes que houvesse tempo para constrangimentos, ele já estava abrindo o zíper de sua calça e me puxando para si.

Ele me guiou até o banheiro e o que eu encontrei por lá? A banheira. Cheia. De. Água. Nico estava planejando tudo muito antes de mim, mas havia nele um prazer secreto em me fazer confessar certas coisas em voz alta. Não que àquela altura eu estivesse me importando.

5

A semana passou voando. Eu não me permitia pensar no que isso significava para Nico e eu. Nós dormimos juntos quase todas as noites. A última, inclusive, na sua casa. Eu fiquei muito constrangida, mas Noah e Elena — minha futura sogra utópica — esforçaram-se muitíssimo para que eu me sentisse à vontade. E eu me senti, mesmo quando Noah me flagrou na cozinha com uma camiseta de Nico e um short demasiado curto. Ele disse apenas que não expressaria comentários a respeito, me ajudou a pegar um copo de água e me ofereceu chocolates, o que significa que gostei dele mais um pouquinho.

Nico estava no décimo sono enquanto eu não conseguia dormir de jeito nenhum. Noah passava pelo mesmo, então ficamos na sacada comendo chocolates e jogando conversa fora. Nós conversamos sobre todo tipo de coisa. Quer dizer, eu ainda não perguntava sobre hormônios, retirada de seios ou coisa parecida, mas às vezes ele fazia confissões pessoais e isso não era um problema. Noah me fez muitas perguntas sobre o Brasil, sobre a minha rotina e São Paulo. Ele também queria saber se eu conhecia o Rio de Janeiro e pareceu fascinado pelo lugar enquanto eu contava minhas experiências por lá.

Após algumas horas, o tempo frio começou a cobrar seu preço. Meus lábios tremiam de leve e eu estava toda arrepiada. Nós voltamos para o apartamento e nos jogamos no sofá da sala. Quando Nico acordou, nós estávamos sentados no sofá assistindo a um filme de segunda e dando boas gargalhadas.

— Acho que perdi toda a diversão — balbuciou enquanto se aproximava de mim e selava seus lábios nos meus.

— Você ficou com a diversão e nós ficamos com a insônia — Noah rebateu com um sorrisinho bem parecido com o do irmão e em seguida piscou para ele.

— Eu estou aqui — lembrei, interrompendo os dois. Noah abriu espaço no sofá para que Nico se sentasse entre nós. — Não vamos falar sobre o significado de toda essa diversão, ok? — pedi com as bochechas coradas e os dois concordaram, apesar do sorriso cúmplice que eu via estampado ali.

Nico queria que eu ficasse no apartamento dele, o que definitivamente não ia acontecer. O sono começava a dar as caras e, apesar de adorar o Noah, eu não me sentiria bem ali sem seu irmão. A caminho do trabalho, ele me deixou no meu hotel e me questionou sobre a festa que aconteceria no seu apartamento no dia seguinte. Eu ainda não havia tomado uma decisão, tampouco encontrado um vestido, então as chances de eu não comparecer eram altas. Sem contar que era uma festa para comemorar o sucesso dos negócios da família: a livraria do Nico e a butique recém-inaugurada da Elena. Haveria pessoas demais lá e eu duvidava seriamente das minhas habilidades sociais.

Mas, sem drama, não é? Eu estava ignorando propositadamente a rapidez com que se dava a minha estadia naquela cidade maravilhosa. Se permitisse, essa festa também me tiraria o sono, e não é como se eu pudesse simplesmente não dormir. Essa, até onde eu sei, não é uma história sobre vampiros. Por falar em vampiros, você já reparou que eles nunca são gordos? Os homens são sempre sarados e as mulheres têm silhuetas mínimas. Até no universo vampiresco nós, gordos, somos deixados de lado. Eu com certeza faria uma petição a todos os escritores do gênero, só para expressar minha indignação em relação ao assunto. Enfim, divaguei demais.

Cheguei ao hotel e aproveitei o bufê do café da manhã. Fiz um rodízio fantástico de *medialunas*: com queijo, com presunto, com queijo e presunto e por fim com doce de leite, com muito doce de leite. Para quem não conhece o sabor, saiba que elas conseguem ser mais gostosas do que churros, nem achei que tal fato fosse possível.

Por fim, subi para o meu quarto, tomei um relaxante banho de banheira e, só depois de estar devidamente vestida, joguei o corpo naquela cama, que, sem Nico, parecia exageradamente grande.

...

Acordei com mensagens de texto desesperadas da Marcela. Tinha quase dez, o que era raríssimo para a minha melhor amiga. Ela não costumava fazer dramas com frequência, na verdade, ela era a rainha do pouco caso. Logo, aquela situação era preocupante. Liguei meu notebook e resmunguei enquanto o Skype demorava milhões de anos para abrir. Quando finalmente consegui contatá-la, ela sorria de um jeito nervoso e assustador.

— Na próxima semana irei para Buenos Aires ficar alguns dias com você. — Ela disse tudo isso tão rápido que eu precisei de alguns segundos para processar a informação.

— Sério? — perguntei animada. — Isso é ótimo... Você ficou desesperada para me contar a novidade e por isso surtou?

— Nina — ela disse meu nome com demasiada cautela e aquilo não era bom. Nunca era. — Eu soube que o Marco está planejando ir atrás de você para pedi-la em casamento.

E foi aí que o mundo caiu sobre a minha cabeça.

...

Santo Protetor das Obesas Gostosas e Bem Resolvidas: ajudai-me! Porque, sim, eu precisaria de muita ajuda para contornar aquela situação que era, no mínimo, o cúmulo do absurdo. O desgraçado chuta o meu traseiro gordo com aquele pé cheio de pelos e agora acha que pode vir atrás de mim em outro país para me pedir em casamento?

Demorei tempo demais tentando dar algum sentido para aquela atitude imbecil e inesperada do meu ex-namorado. Fiquei olhando para o teto e falando em voz alta sozinha na fracassada tentativa de tornar tudo racional. Marcela estava recebendo alguns primos e amigos em casa, então era impossível dar atenção para todo o meu drama de novela mexicana. E eu sou uma grandessíssima fã de novelas mexicanas, desde que elas não sejam o retrato da minha vida!

Meus neurônios já estavam fritando quando o recepcionista do hotel ligou para o meu quarto. Não era Nico, disso eu tinha certeza, afinal, ele me disse que ajudaria sua mãe nos preparativos para a festa, então eu não fazia ideia de quem poderia ser.

— Senhorita Nina — ele disse educadamente quando atendi ao telefone. — Há uma entrega para a senhorita aqui embaixo.

Ainda sem ter a menor noção do que poderia ser, vesti um casaco, calcei os chinelos, mesmo estando de meias, e desci para a recepção. Havia um maravilhoso, esplendoroso, extravagantoso (deixem-me inventar meus próprios adjetivos) buquê de flores à minha espera. As mais belas flores que eu já vi na vida, cheias de tons de rosa e lilás. E não era só isso! Uma enorme caixa preta estava lá também e havia uma etiqueta com o meu nome nela. E aquela caligrafia eu sabia muito bem de quem era: Nico! Ah, meu Deus, eu estava passando mal. Isso é que é ser bipolar: uma hora sofrendo o drama do ex-namorado cara de pau e instantes depois morrendo de amores pelos presentes do homem mais fofo e maravilhoso a quem a vida já te apresentou.

Subi correndo para o meu quarto. Em um braço, o buquê de flores mais maravilhoso e cheiroso do mundo; no outro, uma enorme caixa preta que estava elevando os níveis da minha curiosidade. Como sou bastante dramática e adoro um suspense, deixei a caixa em cima da cama enquanto enchia um recipiente com água para as flores. Quando finalmente me permiti desvendar o mistério da caixa preta, meu queixo caiu.

Havia um vestido preto deslumbrante dentro daquela caixa. Um vestido preto tamanho quarenta e oito que caiu como uma luva em mim. Fiquei bons minutos encarando o meu reflexo no espelho do banheiro... Aquele vestido era exatamente o que eu estava buscando. Preto, com brilhos no decote. Nem muito curto nem longo. Cinturado de forma a valorizar meus predicados. Como Nico havia realizado tal feito eu não fazia nem ideia. Mas o fato é que aquele vestido parecia ter sido feito sob medida. Não aguentei e liguei para ele, mesmo correndo o risco de atrapalhá-lo um pouquinho.

— AH, MEU DEUS! — gritei em um espanhol escandaloso assim que ele atendeu ao telefone.— Como você fez isso, Nícolas?

— Fiz o quê? — ele perguntou fazendo pouco caso, embora sua voz estivesse alegre e divertida.

— Esse vestido — respondi sem parar de encarar o meu maravilhoso reflexo no espelho do banheiro. — É perfeito, é maravilhoso, é tudo o que eu queria. E coube perfeitamente em mim! Você sabe quantas pessoas além de mim e da minha mãe conseguem comprar roupas que caibam e fiquem bem em mim? Nenhuma! Nenhumazinha para contar história! — exclamei excessivamente empolgada.

— É porque nenhuma dessas pessoas conhece as suas curvas como eu — ele respondeu de um jeito sedutor que fez minhas pernas bambearem. Não encontrei palavras para respondê-lo, então apenas suspirei. Ele pareceu satisfeito e logo emendou. — Quero você aqui amanhã, Nina. Ao meu lado. Você já pode parar de procurar o seu lugar no mundo. Nós dois sabemos que você já o encontrou.

E, embora eu não quisesse admitir, Nico estava certo.

...

Não foi fácil dormir naquela noite. As palavras do Nico não saíam da minha cabeça, e ao mesmo tempo eu achava tudo aquilo muito absurdo. Nós nos conhecíamos há mais ou menos duas semanas. Será que é possível se apaixonar por alguém em um período de tempo tão curto? Ou será que é só o gostinho da novidade? Eu duvidava seriamente que fosse e isso não poderia ser mais preocupante.

Quando não estava pensando em Nico, eu estava pensando em Marco, mas não de um jeito bom, e sim de um jeito confuso. Estava dividida sobre como me sentia em relação ao seu hipotético pedido de casamento. Uma parte de mim queria que ele viesse se arrastando, só para poder pisar um pouquinho nele — digam *olá* para a Nina vingativa. A outra parte, no entanto, queria simplesmente que ele me esquecesse e me deixasse em paz — essa é a Nina cansada de protagonizar as novelas erradas. Isso me atormentou por horas a fio e foi quase com o raiar do sol que eu peguei no sono.

6

Eu já havia desperdiçado boa parte da minha manhã, então precisei correr para compensar o tempo. Saí à procura do salão de beleza mais próximo, com uma maçã em uma mão e uma banana na outra. Não consegui pegar o bufê do café e não podia me dar ao luxo de sentar em alguma cafeteria, não quando eu tinha pouquíssimas horas para ficar deslumbrante. Se eu tinha intenções de não comparecer a tal festa, essas intenções foram levadas pelo vento frio de Buenos Aires assim que vi aquele vestido divino com o qual Nico me presenteou.

Tive meu dia de rainha naquele sábado frio, apesar de ensolarado. Fiz as unhas dos pés e das mãos. Escovei o cabelo para que em seguida fosse feita uma linda trança embutida que caía sobre o meu ombro direito. E só então comecei a maquiagem. Fiquei com uma pele de porcelana, enquanto os olhos se destacavam naquele preto esfumado. A boca ficou no mesmo tom da minha pele, enquanto o meu nariz parecia um pouco mais fino. Eu estava muito satisfeita com o resultado e sabia que atrairia alguns olhares na festa. E a intenção era exatamente essa. Antes de voltar para o hotel, passei em uma loja para comprar um presente para o Nico, e algo me dizia que ele ia amar.

Eu estava dentro do táxi encarando a majestosa entrada daquele prédio de luxo. Era um pouco intimidante, confesso, mas nada que pudesse me impedir de estar ao lado do Nico nessa noite. Informei meu nome ao porteiro, que tratou de conferir uma lista muito maior do que o esperado por mim. Ele me guiou até o elevador e então eu tratei de subir até a cobertura. Respirei fundo quando a porta se abriu. Caminhei a passos cautelosos em direção à porta de onde uma música alta ecoava. Eu não sabia o motivo de tanto nervosismo. Talvez fossem as péssimas lembranças da primeira festa a que fui, na casa do Marco, tentando me sabotar.

...

Eu estava tão nervosa e as minhas pernas não paravam de tremer em cima daquele salto gigantesco. Marco e eu já tínhamos mais de um ano de namoro e só agora eu conheceria a sua família. Ele costumava dar milhões de desculpas para adiar esse momento, uma delas era:

— Eles adoravam a Luana, Nina — ele dizia em tom desgostoso. — Ainda não aceitaram bem o nosso término e não estão prontos para conhecer outra garota.

Então, apesar de magoada, eu respeitava essa decisão. O problema é que Luana fora uma filha da puta que colocara centenas de pares de chifres nele e ainda assim a sua família a adorava? Isso não fazia o menor sentido para mim. Mas quando eu conheci a minha sogra, Danielle, tudo foi esclarecido na minha mente ingênua e, às vezes, perturbada. Danielle, bem como o restante da família, gostava da Luana não pela forma como ela tratava seu filho, e sim pelo que a sua imagem representava. Uma garota alta, esbelta, loira com cabelos ondulados e olhos claros como água de piscina. Ela e Marco formavam um casal perfeito para uma família perfeita. Eu? Com certeza abalaria o equilíbrio das fotos de família, fazendo com que elas pesassem em minha direção, como uma gangorra de aparências.

— Nina, essa é a minha mãe, Danielle — Marco disse quando sua mãe veio nos cumprimentar. Seu olhar percorreu desde o topo da minha cabeça até o último dedão do pé e eu via um toque de reprovação nele. Ainda assim, ela sorriu para mim.

— Seja bem-vinda, querida. — Em sua voz estridente era visível toda a falsidade daquele "querida". Agradeci e ela voltou a falar. — Você tem um rosto tão bonito... — comentou. Em sua mente eu tinha certeza de que ela dizia: pena que não posso dizer o mesmo do resto.

— Na verdade, querida, eu sou bonita de muitas maneiras que a senhora não consegue enxergar — eu disse, usurpando um pouco do seu veneno a meu favor. — Mas não se preocupe, isso não é algo que um oftalmologista possa resolver. Pisquei na direção dela e a minha audácia a deixou sem palavras. Eu esperava que Marco fizesse algo por mim, mas ele estava apenas parado ao meu lado feito um banana, com os olhos presos em seus tênis. Bundão!

...

Um barulho alto e atípico me despertou de todas aquelas dolorosas lembranças. Parecia um soco acompanhado de um choro baixinho e contido. Segui em direção ao som, que me levou para as escadas do edifício. Sentado em um dos degraus estava Noah. Ele não notou a minha presença. Sua cabeça estava baixa, apoiada em suas mãos, enquanto seus cotovelos descansavam em seus joelhos.

Vendo-o tão impotente e desolado, senti meu coração se partir lentamente. Eu não sabia o que estava acontecendo, mas já tinha um carinho tão grande por ele que a minha vontade era de abraçá-lo bem forte e prometer que tudo ficaria bem. E foi exatamente isso que eu fiz. Prometi a Noah algo mesmo sem saber se poderia cumprir, porque não importava, eu daria um jeito. Fico muito brava quando mexem comigo, mas quando mexem com os meus amigos... É melhor não cruzar o meu caminho.

— Você pode conversar comigo, se quiser — sussurrei em seu ouvido enquanto o aninhava em meus braços e lhe fazia um cafuné. Eu não estava curiosa nem nada do tipo, não queria saber o que tinha acontecido. Mas, se Noah quisesse se abrir, ele precisava saber que eu estaria ali para ouvi-lo.

— É difícil rever algumas pessoas — ele disse entre lágrimas. Sua voz estava rouca e partida como se algo dele também estivesse estilhaçado.

— Principalmente aquelas que não compreendem a minha transição. — Ouvi em silêncio, ainda tentando tranquilizá-lo, e ele continuou. — A única coisa de que sempre gostei em mim é o meu nome. Porque Noah é um nome que serve para ambos os gêneros, e dessa forma eu não precisava ser uma garota. Eu podia ser apenas eu mesmo. Mas aí, quando revejo esse tipo de gente e os ouço se referir a mim como o que eu não sou... — um soluço interrompeu a sua frase e ele não conseguiu terminar. — Eles olham para mim como se eu fosse um monstro. Como se ser corajoso para assumir aquilo que eu sou me tornasse uma aberração.

— Eu entendo como você se sente, Noah — sussurrei para ele tornando sua dor minha também. — Não estou colocando o meu caso no mesmo patamar que o seu, mas a vida inteira eu precisei conviver com olhares tortos. Fui alvo de piadas durante a infância e a adolescência. Quando cresci, as coisas não melhoraram como eu imaginara. Já perdi a oportunidade de assumir cargos importantes simplesmente por não ser magra o bastante. Meu ex-namorado costumava me pedir para que eu emagrecesse... Ele me presenteava com roupas menores, me indicava nutricionistas, chegou até a pagar um plano na academia para mim. Ele raramente postava fotos nossas em suas redes sociais, e quando o fazia apenas o meu rosto aparecia.

Seus olhos vermelhos me encaravam com atenção e seriedade. Eu sabia que ele ouvia cada palavra do que eu estava dizendo. Apertei suas mãos entre as minhas e lhe sorri da forma mais doce que pude.

— Mas eu não podia me deixar levar pelos achismos das outras pessoas — confessei. — Eu olhava no espelho e via uma mulher linda, corajosa, inteligente e com um coração puro, ao menos na maior parte do tempo. Eu precisei ignorar todas essas pessoas para poder provar o meu valor, mostrar todo o meu poder.

— Você é maravilhosa, Nina — ele disse de repente. — Um exemplo para as mulheres. Você deveria ministrar palestras de autoestima pelo mundo.

— Você pode fazer o mesmo, Noah. Olhe-se no espelho e veja o homem incrível que se tornou. E quando você conseguir enxergar isso, a opinião das pessoas não fará mais diferença.

— Obrigado, Nina. Eu adoraria poder ter você na minha família.

E eu adoraria poder fazer parte dela, Noah, confessei em pensamento. Era uma pena que a geografia — matéria da qual nunca gostei no colégio — não estivesse a meu favor.

...

Depois de secar as lágrimas e se recompor, Noah concordou em voltar para a festa. Como um exímio cavalheiro, ele me ofereceu o braço esquerdo e eu prontamente o aceitei. Adentramos o enorme apartamento juntos e muitos olhares se voltaram em nossa direção. É provável que tenham pensado que nós éramos um casal, o que era bem chocante. Os olhares voltados para nós diziam: "um transexual e uma gorda... Barbaridade". E aquilo secretamente me divertiu. Quando Nico se aproximou de nós, eu precisei esconder o rosto em seu pescoço para dar boas risadas dos olhares incrédulos que recebemos. Sem dúvidas, foi uma entrada ainda mais triunfal do que a que eu imaginei.

Nico segurou minha mão direita, na intenção de me levar até outro local. Mas eu o impedi assim que ouvi o ritmo da música que acabava de começar e as primeiras frases... Eu simplesmente não pude acompanhar Nico aonde quer que fosse, porque aquela era a minha música. Então, fui eu quem puxei Nico pela mão. Aproveitei para arrastar Noah junto e, antes que os questionamentos e reclamações começassem, eu me joguei naquela música, cantando e dançando.

Noah logo deu um jeito de escapar, mas Nico continuava ali e seu olhar estava vidrado em mim. Se eu tinha o poder de deixá-lo completamente louco? Não restavam dúvidas. Eu me aproximei dele, colando minhas costas em seu peito e olhando de relance para cima, como uma menina travessa, para encontrar o seu olhar.

Pude sentir as mãos fortes de Nico percorrendo cada pedacinho da minha cintura e não me contive. Rebolei mais um pouco, apenas porque amava provocá-lo, porque amava ver o poder que eu tinha sobre ele.

— Você mal chegou e já está me deixando maluco, Nina — ele sussurrou e sua voz sensual me causou arrepios. Nico era inteligente, portanto, não precisei explicar que a minha intenção era exatamente essa.

E como se não houvesse mais ninguém além de nós naquela pista, nós dançamos e nos provocamos e eu não queria que aquilo acabasse. No entanto, existe um pequeno problema nessa coisa de "como se não houvesse mais ninguém". Esquecer a presença das pessoas significa que você age como se estivesse em um local seguro e cheio de privacidade, o que não era o caso. E quando Nico parou de resistir a mim e me puxou contra si, nós nos beijamos com uma intensidade avassaladora, ainda como se não houvesse ninguém ao nosso redor. Mas havia. Um monte de gente. E nesse monte de gente havia minha futura utópica sogra, Elena.

Eu não sabia dizer se ela estava chocada ou apenas constrangida. As duas opções eram igualmente ruins. Ela se aproximava de nós enquanto desviava de alguns convidados e eu já estava me preparando psicologicamente para a repreensão que certamente viria.

— Nina! — ela exclamou já bem perto de nós e eu não pude evitar pensar no quanto o seu sotaque era fofo. — Você veio! E está deslumbrante! — Nico disse com um olhar orgulhoso! Orgulhoso? Não fazia sentido. — Venha, eu vou abusar um pouquinho de você essa noite... — E então ela me arrastou para longe de Nico, que apenas sorriu e deu de ombros, em vez de me acompanhar e me dar algum apoio, mesmo que moral.

Eu sabia que Elena não se parecia em nada com Danielle, mãe do Marco, mas isso não me impedia de ficar nervosa. Subitamente senti minhas pernas tremerem e procurei o olhar tranquilizador de Nico pela multidão. Ele sorria e assentia, e, assim como sua mãe, parecia orgulhoso. Gente, que raios eu estava fazendo sem nem me dar conta para que as pessoas de repente começassem a se orgulhar de mim?

Elena e eu subimos alguns degraus e só agora eu percebia o nosso destino: um palco. Sim, eles haviam montado um pequeno palco naquela sala de tamanho estratosférico. O motivo de eu estar sendo arrastada naquela direção? Acho que eu estava prestes a descobrir.

7

Não sei se vocês já passaram por isso, mas sabe quando de repente a sua mente simplesmente não está mais ali? É uma espécie de autossabotagem. E foi o que aconteceu comigo. Eu sabia que Elena estava falando alguma coisa e que em seguida ela me chamava em sua direção, mas eu não conseguia assimilar essa informação com tanta clareza. Então eu fiquei ali, congelada ao lado do palco, recusando-me a mover meus noventa e dois quilos para onde quer que fosse.

Não adiantou muito. Elena veio até mim e me puxou gentilmente para o palco. Ela demonstrou ser uma mulher forte, afinal, são noventa e dois quilos, quase o dobro do que ela pesa! Lá estava eu, pálida como o Edward – não o mãos de tesoura, o de *Crepúsculo* mesmo – diante daquela multidão que nos aplaudia. Epa! Aplausos? Por qual motivo? E como se lesse meus pensamentos, Elena respondeu.

– A Nina não sabe, mas ela está usando um vestido desenhado por mim para a *La Butique* – ela disse e era perceptível o orgulho estampado em sua voz altiva. – O Nico, meu filho mais velho, sempre gostou de mulheres grandes, e certa vez ele chamou a minha atenção para a dificuldade dessas mulheres de encontrar roupas bonitas que as vestissem bem. A *La Butique* é uma loja inclusiva, que pretende vestir e ressaltar a beleza de todas as mulheres.

Mais aplausos. Encarei novamente aquele vestido, incrédula com tudo que estava acontecendo; com tudo que ele representava. Eu estava servindo de modelo sem nenhum conhecimento prévio. Elena pediu que eu desse uma "voltinha" e eu obedeci meio que no automático. Os aplausos aumentaram quando ela chamou a atenção das pessoas para a transparência nas costas. Quando dei fim à "voltinha" em questão, meus olhos encontraram os do Nico no meio do aglomerado. Ele também estava orgulhoso e sorria com cada músculo do corpo. Sua cabeça assentia de leve, enquanto seus aplausos eram intensos e ininterruptos. Elena veio em minha direção e eu me senti acuada. Não importava que eu fosse quase o dobro dela, eu estava dormindo com o seu filho, e isso bastava. Mas essa mulher maravilhosa, esse ser humano ímpar que mal conheço, mas já amo, simplesmente me abraçou e sussurrou um "muito obrigada" em meu ouvido, acompanhado de um "você está maravilhosa". Eu quero essa mulher como minha sogra! Eu pre-ci-so dela como minha sogra! Ela nem é tão grande... Será que cabe na mala?

...

O bufê daquela festa era fantástico. Eu devia estar abusando, mas era incontrolável. Nico e Noah também não ajudavam, cada hora apareciam com algo novo para eu provar. Eu não podia simplesmente recusar. Então, não recusei. Comi bife de *chorizo* e quase morri quando aquela carne derreteu na minha boca. E então vieram as *empanadas*... Cada uma com um recheio mais maravilhoso que o outro. E sabe o que tinha também? *Medialunas*! Com doce de leite. E com Nutella! Eu sairia rolando daquela festa. Rolando, porém feliz e alimentada.

— Os convidados começaram a ir embora... — Nico sussurrou em meu ouvindo, abraçando-me por trás e colando seu corpo ao meu, fazendo de tudo para me provocar. Noah não estava longe de nós, mas fingia não estar vendo as investidas sensuais do seu irmão. Nada como a cumplicidade masculina!

— Você está me expulsando? — perguntei, jogando meus braços para trás, envolvendo a sua cintura também.

— De forma nenhuma — emendou rapidamente. — Estou convidando-a para o andar de cima. Mais precisamente, para o meu quarto.

— Não estou com sono — falei de forma dissimulada.

— Ninguém falou em dormir — completou, pressionando o meu corpo de forma agradável.

Nós escapulimos do primeiro andar do apartamento em direção ao quarto que já estava se tornando familiar para mim. Era estranho, mas eu começava a me sentir bem naquele pequeno universo que criamos para nós. Nico entrou no banho assim que chegamos ao quarto e não demorou para que ele gritasse, exigindo que eu me juntasse a ele. Eu não tinha levado nenhuma roupa para lá, mas já não era um problema. Eu abri seu armário e sequestrei uma de suas camisetas de banda. Uma bem larga e confortável. Fui até o banheiro e, quando o vi debaixo do chuveiro, não consegui reprimir os pensamentos impróprios e absurdos que surgiam em minha mente. Céus! Aquele homem era uma visão da completa perfeição humana... E nem precisava de um tanquinho para isso!

...

Acordamos tarde no domingo. Afinal, quando nos permitimos dormir, os primeiros raios de sol já surgiam e invadiam o quarto pela janela. Apesar da vontade incansável que eu tinha de explorar aquela cidade, eu também queria me permitir um dia em casa, sendo vítima e cúmplice da preguiça.

E assim foi. Eu, Nico e Noah ficamos jogados no sofá assistindo às primeiras temporadas de *Friends*. Elena até assistiu a um episódio conosco e a cena foi tão surreal que quase não parecia verdade. Quando ela se levantou do sofá, resmungou que precisava trabalhar e então se foi. Dá para acreditar que ela é mãe de dois marmanjos extremamente gatos? Já eram quase quatro da tarde quando eu fui obrigada a levantar meu belíssimo traseiro XG do sofá para tomar banho e trocar de roupa. Eu estava meio rabugenta, confesso, mas o motivo de ter que sair de casa rapidamente me animou. Minha melhor amiga estava chegando e eu já estava contando os segundos para quebrar todas as suas costelas!

Noah disse que precisava fazer sabe-se lá o quê. Eu estava tão ansiosa que nem dei muita importância, de forma que apenas Nico e eu seguimos em direção ao aeroporto internacional. Vestida com camisetão e shorts largo emprestados, deixava transparecer toda a ansiedade que sentia. Fiquei olhando aquele maldito quadro de voos a cada fração de segundo e Nico apenas segurou minhas mãos e pediu para que eu ficasse calma. Eu estava morrendo de saudades da minha amiga, e é claro que Nico compreendia isso apenas parcialmente. Devo ressaltar que "apenas parcialmente" é ótimo, já que Marcela tinha tendência a achar que eu estava fazendo tempestade em copo d'água. Já mencionei que ela é a rainha do pouco caso? O oposto de mim. E quando eu finalmente a avistei, não pude conter o ímpeto de correr até ela e abraçá-la. Ela achou tudo muito exagerado e me repreendeu pela cena, mas estava sorrindo daquele seu jeito maroto e extremamente fofo. Ela me adorava, só não tinha o hábito de expressar tal sentimento com muita frequência.

Fiz as devidas apresentações entre Marcela e Nico e percebi o quanto minha amiga havia simpatizado com ele. Ela sempre dizia que o seu sexto sentido nunca falhava e, apesar de eu achar tudo isso pouco racional e improvável, Marcela costumava estar certa sobre diversas coisas. Como, por exemplo, Marco. Ela sempre me disse o quanto ele era um babaca. Eu arrumava desculpas para tentar provar o contrário, mas no fundo eu sabia que ela estava redondamente certa. Mesmo que a redonda da história fosse eu!

Nico nos deixou em meu hotel e se despediu de nós, pois sabia que tínhamos que colocar nossos assuntos em dia. Ele subiu ainda mais no meu conceito por tamanha percepção e sensibilidade. Marcela e eu seguimos para o meu quarto — que por alguns dias seria nosso — e assim que chegamos, ligamos para a recepção e pedimos um jantar. Tomamos banho e, quando a comida chegou, já estávamos aquecidas em nossos pijamas enquanto finalmente tínhamos algum tempo só para nós.

— O Nico parece maravilhoso — ela disse mastigando algumas batatas. — Mas você ainda não me contou como vocês se conheceram — observou muito bem. Ah, sim, mil perdões. Costumo ser relapsa e afobada, mas imagino que esse seja um ponto importante da história.

...

Eu havia passado toda a tarde entre lágrimas, doce de leite, Oreo, sorvete e Skittles. Eu não sabia o motivo de tanta tristeza, afinal, fazendo uma retrospectiva de todo o meu relacionamento com Marco, o saldo era basicamente negativo. Mas ainda assim eu me sentia compelida a chorar e comer porcarias como se aquilo pudesse me proporcionar algum conforto emocional. Não adiantou.

Em algum ponto o cansaço falou mais alto e eu me rendi a boas quatro horas de sono. Acordei sem dor de barriga — apesar da comilança desenfreada — e resolvi que me jogaria na noite argentina e encontraria um cara sexy que me chamasse de bella *ou* guapa. *Fui para um clube de tango onde era possível aprender alguns passos básicos e depois de duas horas eu já havia rodado quase todo o salão pondo em prática o que havia aprendido: caminhada, gancho, cruzada, corte e "media vuelta". Não é que eu levava jeito? Eu estava arfando e morta de fome. O local não possuía um bar ou restaurante, era muito simples, na verdade. No lado direito havia algumas barracas servindo as mais diversas bebidas e pouca variedade de comida.*

E depois de muita especulação mal sucedida, encontrei uma barraca vendendo sanduíches de miga. E eu estava tão faminta que pedi um de forma meio desesperada. A moça se virou para pegar o sanduíche, mas o rapaz ao seu lado disse que havia acabado.

— Acabei de vender o último, senhorita — ele nos informou apontando para o rapaz ao meu lado.

O rapaz era bem bonito, mas isso não era suficiente para anular a minha raiva por ele ter roubado o meu sanduíche. E não qualquer sanduíche... Um sanduíche triple de miga. Para quem não sabe, parece pão de forma com algum recheio, mas é muito mais fininho e leve. O sanduíche é "triple" porque vem com três camadas de pão. E vale enfatizar que eu estava faminta, ou seja, qualquer coisa cairia bem.

Segui desanimada para fora do clube. Eu precisava sair para encontrar algo para abastecer o meu corpo, que como gosto de lembrar, não chegou aonde está com miséria. Então ouvi alguém chamando por mim. Era apenas um "Ei, espere um pouco!", mas como eu era a única por ali, imaginei que fosse comigo. Quando me virei, eu me deparei com o ladrão de sanduíches. Ele sorria de um jeito fofo, mas isso não abrandava a minha ira. Sua voz rouca me foi apresentada com aquele sotaque argentino que eu dificilmente resistia...

— Não sabia que era o último — ele disse, estendendo o sanduíche com poucas mordidas. — Queria dividi-lo com você, se aceite dançar comigo.

Metade de um sanduíche em troca de uma dança? Aquilo era uma bagatela. Eu estava disposta a dar muito mais por comida. Quer dizer, talvez nem tanto. Mas aquilo parecia quase um prêmio de loteria: coma o sanduíche de um cara gato e dance com ele. Eu apenas assenti e ele então repartiu seu sanduíche e me estendeu a metade sem as suas mordidas. Eu dei a minha primeira mordida e o ouvi dizer:

— Sou Nícolas, prazer.

— Nina — retruquei mais feliz e menos esfomeada.

E nós dançamos pelo resto da noite. Metade de um sanduíche me permitiu não desmaiar no salão, mas não era suficiente para saciar a minha fome. Saímos do clube em direção a um restaurante, onde comemos nachos com queijo. Ele me deu uma carona até o meu hotel e, quando achei que ele fosse subir e me presentear com um sexo descompromissado, ouvi: — Não gosto de sexo casual — e sua frase foi acompanhada de um beijo na testa.

...

Marcela conhecia a história a partir daí. Ela havia dito que os argentinos não tinham problemas, mas eu, sim. E que devia superá-los. Foi exatamente o que fiz. E então eu me abri com ela e revelei que estava ignorando o fato de que iria embora em menos de duas semanas, e que isso me apavorava. Eu já estava entregue, mas os meus sentimentos não pareciam definidos ainda. E se fosse paixão? Pior: e se fosse amor? Eu partiria meu coração mais uma vez e dessa vez nem teria a quem culpar. A vida, talvez.

— Pare de se preocupar tanto com isso, Nina — ela aconselhou com a cabeça deitada em minhas pernas. — A vida sempre dá um jeito de nos surpreender com soluções para nossos problemas.

— Estou assustada, Marcela — confessei pela primeira vez em voz alta. — Não posso me esquecer de tudo o que já vivi e aprendi. Eu só tenho um mês nessa cidade linda. Conheço um homem maravilhoso demais para ser verdade e preciso lidar com o fato de que temos pouco tempo juntos. Não sei se posso continuar me entregando, ignorando a realidade.

— E daí que você o conheceu há duas semanas e já acha ele perfeito? E daí que em duas semanas você está caidinha por ele, apesar de saber que cedo ou tarde precisará partir? E daí que a história de vocês parece perfeita demais para ser verdade? — ela me indagou na velocidade de uma metralhadora. — Você e o Marco demoraram um ano para assumir qualquer coisa e isso não foi garantia de um bom relacionamento. Então se jogue no que está sentindo e pare de ter medo.

— Fico pensando que talvez precise ser um pouco mais sensata, realista, talvez...

— Quem muito tem os pés no chão, esquece o quanto é maravilhoso se sentir nas nuvens. — E com essa frase, ela destruiu todos os meus possíveis argumentos.

8

No dia seguinte, Marcela e eu fomos visitar o famoso Bioparque Temaikén. Fiquei apaixonada por aquele lugar. Nós nos aventuramos entre pavões, morcegos, cangurus, pássaros, peixes e os mais diversos bichos fofos que você pode imaginar. Foi um dia muito agradável. Almoçamos por lá mesmo e voltamos para a capital apenas no início da noite.

Paramos em um café próximo do nosso hotel e fizemos um agradável lanche. Marcela me contou que a sua vinda a Buenos Aires tinha outro motivo, além de sua preocupação comigo. Ela conseguira uma entrevista de emprego, que se daria em dois dias. Dava para acreditar? Ela estava radiante e aparentava menos nervosismo do que provavelmente sentia.

— O meu chefe conseguiu a entrevista para mim — ela explicou com um sorriso contagiante. —E eu fiquei muito feliz, vou agradecer a ele eternamente. Mesmo que as motivações dele envolvam ficar longe de mim — ela completou com uma gargalhada ao final.

Marcela e Patrício, seu chefe, tinham uma relação de amor e ódio. Os dois viviam se estranhando pelos cantos da redação e vez ou outra protagonizavam discussões de níveis estratosféricos. Patrício não era má pessoa, de jeito nenhum. Mas ele tinha tendência a pensar dentro da sua própria caixinha, o que com certeza irritava Marcela mais do que qualquer outra coisa.

Seguimos de forma tranquila em direção ao nosso hotel. O trânsito estava mais caótico do que o normal, então fomos caminhando mesmo. Conforme nos aproximávamos, ruídos estranhos se faziam ouvir. Havia sirenes e falatório e talvez... gritos. Marcela e eu nos entreolhamos e sem que precisássemos dizer nada apertamos o passo. Viramos na nossa rua e ao longe vimos o aglomerado de pessoas na porta do hotel. Nossos olhares de preocupação se intensificaram e pude ver a testa da minha amiga franzir. Como já mencionei anteriormente, Marcela é a rainha do pouco caso e raramente expressa algum tipo de preocupação. A menos que os indícios sejam gravíssimos, o que acredito ser o caso.

Corremos os poucos metros que nos separavam do nosso hotel e, quando lá chegamos, fomos paradas por policiais. Havia um caminhão do corpo de bombeiros estacionado na porta e muitos homens lançando jatos de água em direção ao prédio. Expliquei ao policial que nos parou que estávamos hospedadas naquele hotel; que todas as nossas coisas estavam lá dentro; que não tínhamos para onde ir. Rapidamente ele levantou a fita de isolamento de área e nos levou para o pequeno mercadinho que ficava a alguns metros de nós. Entramos no local e nos deparamos com várias pessoas — entre hóspedes e funcionários — e muita bagagem espalhada.

— Assim que o incêndio apresentou os primeiros indícios, os funcionários começaram a evacuar a área. Em seguida, recolheram o maior número de pertences de seus hóspedes — o policial explicou de maneira afobada. Ele acenou para um dos recepcionistas do nosso hotel, que tentou nos tranquilizar.

— O fogo está sob controle. Não atingiu os quartos, mas não podíamos correr riscos. O incêndio está sendo noticiado, portanto, a primeira coisa a se fazer é contatar as pessoas mais próximas e avisar que estão bem.

E foi exatamente isso que fizemos. Liguei para os meus pais, que acabavam de saber da notícia. Mesmo a quilômetros de distância, pude sentir o alívio deles ao ouvirem a minha voz. Eu ainda não sabia o que faria, estava um tanto quanto atordoada, mas prometi mantê-los informados. Quando finalizei a chamada, pronta para ligar para Nico, meu celular tocou. E era ele.

— Nina? — sua voz desesperada chamou do outro lado da linha. — Nina, você está bem?

— Estou bem, Nico, fique calmo — eu disse e pude sentir que ele quase chorava de alívio. A julgar pela sua voz, eu diria que estava escondendo o choro.

— Onde você está? — ele quis saber. Eu respondi e, antes que eu pudesse falar qualquer outra coisa, ele disse: — Não saia daí. Estou a caminho.

Juan, o recepcionista que nos instruíra a contatar pessoas importantes, agora nos ajudava a encontrar nossos pertences. Por sorte, Marcela e eu havíamos deixado poucas coisas espalhadas. Eu estava tentando encontrar um dos meus pares de sapato favoritos quando Nico chegou. Seus olhos imediatamente encontraram os meus e não desviaram por nada. Assim que ele ficou próximo o bastante, seus braços envolveram a minha cintura e ele me puxou em sua direção. Nossos lábios se encontraram e senti como se tudo à nossa volta tivesse subitamente se silenciado. Aquele beijo fez o meu coração disparar. Meu peito de repente pareceu pequeno demais para toda a intensidade que me devorava por dentro. Por mim, continuaríamos naquele pequeno universo paralelo para sempre. Mas um sabor diferente me interrompeu. Um sabor salgado. Abri os olhos e vi o rosto do Nico tomado por discretas lágrimas que teimavam em cair. Afastei-me e enxuguei seu rosto molhado com as mãos.

— Fique calmo, Nico... Eu estou aqui com você, está tudo bem — tentei tranquilizá-lo enquanto o abraçava.

— Eu fiquei apavorado, Nina — ele confessou com sinceridade. Eu gostava de ver como ele podia ser sentimental e não se envergonhar disso. — Achei que a estava perdendo... Assim que soube da notícia, liguei para você, mas caiu na caixa postal... E-eu... pensei que... que...

— Shhhhh — eu o silenciei com o dedo indicador que em seguida substituí pelos meus lábios. Foi um beijo de alívio, desejo, medo, revelações e... paixão. Não havia mais sentido tentar fugir quando eu me encontrava perdida em um beco sem saída. Havia paixão naquele beijo... E talvez existisse algo mais ali.

Passados os primeiros momentos de desespero e alívio, Nico ajudou Marcela e eu a recolhermos nossas coisas. O gerente do hotel veio até nós e nos garantiu que seríamos levadas para outra unidade da rede hoteleira, que não ficava tão longe dali. Imediatamente Nico se opôs e disse que nós iríamos para o seu apartamento. Eu tentei argumentar, mas não houve tempo. Ele disse que sua mãe já havia ligado e ordenado que ele nos levasse para lá. Eu duvidaria disso se não estivéssemos falando da Elena.

Embora estivesse constrangida com a situação, não discuti. Era uma discussão perdida, eu sabia bem. Principalmente quando Marcela não me ofereceu o seu apoio e disse que seria horrível ficarmos afastadas do centro, por menor que fosse a distância. Ela me lembrou da sua entrevista de emprego dali a dois dias e deu de ombros quando eu a fuzilei com o olhar. Assunto encerrado. Você se lembra da minha teoria sobre a zona perigosa de envolvimento emocional? Ela já havia ido para o espaço.

Nico colocou as nossas malas no carro e dirigiu até o seu prédio. Depois de estacionar, pegamos nossas coisas e seguimos para a entrada. Apertei o botão do elevador, enquanto meu namorado temporário e minha melhor amiga se aproximavam. Eles conversavam sobre onde e com quem dormiríamos. Havia um quarto de hóspedes no apartamento, mas Nico já havia deixado claro que eu dormiria com ele. Eu não estava me opondo e Marcela dizia não se importar em dormir sozinha.

Ouvi o porteiro dizendo *buenas noches* para alguém que provavelmente acabava de adentrar o edifício e a voz da minha amiga soou logo em seguida.

— Uau... — expressou com certa admiração. — Eu também não me importaria em dormir no quarto *dele*.

Talvez vocês já saibam de quem ela estava falando. Ele adentrava a portaria em toda a sua glória e era compreensível que Marcela suspirasse mais e mais diante da sua aproximação.

Marcela não é do tipo que se apaixona. Mas ela não tem problemas em transparecer seus desejos quando se interessa por alguém. E, bem, Noah definitivamente é um cara interessante. E bonito. Muito bonito.

Bonito a ponto de fazer a minha amiga ficar de queixo caído, a ponto de fazê-la morder o lábio inferior e suspirar. Não precisava ser nenhum especialista para notar que ela estava — muito — atraída por ele. Talvez até eu tenha ficado levemente atraída por Noah quando o conheci. A diferença é que Nico já havia preenchido todos os espaços vazios em meu coração. Mas Marcela estava livre e desimpedida. E, como eu disse, Noah entrou por aquela portaria com toda sua glória como se fosse, sei lá, um príncipe de contos de fadas, talvez. Um conto de fadas moderno e levemente erótico, eu diria, mas ainda assim um conto de fadas. E quando ele sorriu em nossa direção, só faltou Marcela gemer. Sim, a situação estava nesse nível. Até eu estava meio envergonhada por ela.

— Noah — Nico disse de forma animada, tentando ignorar toda a tensão sexual exalada por Marcela. — Essa é a Marcela, melhor amiga da Nina. Marcela, esse é Noah, meu irmão mais novo.

— Muito prazer, Marcela — Noah cumprimentou-a todo simpático. Um pouco galanteador, até.

— Elas ficarão lá em casa a partir de hoje — Nico explicou. O sorriso de seu irmão se alargou em nossa direção. Seu olhar se dividia entre nós duas.

— Nesse caso, sejam bem-vindas, meninas!

A porta do elevador, que demorou uma eternidade e meia para chegar, finalmente se abriu. Noah logo tratou de pegar um bocado de coisas das minhas mãos e das mãos de Marcela, como um perfeito cavalheiro e nós entramos e subimos em direção à cobertura.

A situação estava muito bizarra. Noah encarava os próprios pés e Marcela encarava Noah. Alguém precisava dizer para ela que estava faltando sutileza. Mas talvez ela já soubesse disso. Nico e eu trocamos olhares divertidos e cúmplices e, quando chegamos ao nosso destino, não seguramos o riso. Os dois olharam em nossa direção como se fôssemos loucos, mas não demos explicações. Assim que entramos no apartamento, fomos recebidos por uma Elena aflita e muito calorosa.

Antes mesmo de abraçar seus filhos ela veio até mim. Envolveu-me em um abraço apertado e me beijou a testa. Só depois dedicou atenção aos demais. Nico sorria com a cena e sua expressão trazia um aviso quase estampado de "eu avisei". Com a ajuda dos rapazes, nós nos instalamos no andar de cima. Marcela estava temporariamente sozinha no quarto de hóspedes, mas, quando estávamos descendo, ela sussurrou apenas para mim: "Vamos ver até quando". A minha amiga era uma predadora, e por isso não entendia o motivo da minha surpresa.

Nós cinco nos reunimos em volta da mesa de jantar após ajudarmos Elena na missão de terminar a comida que havia começado a preparar. A empregada estava de folga e ajudar era o mínimo que podíamos fazer, considerando toda a hospitalidade. Marcela e eu nos oferecemos para lavar e secar toda a louça, enquanto os rapazes tiravam a mesa e iam guardando cada coisa em seu lugar. Elena iria tomar um banho de banheira e trabalhar, então deixamos que partisse. Quando os afazeres domésticos acabaram, nós nos jogamos no sofá da sala para assistir a algo leve e divertido. Eu zapeava os canais da televisão de forma preguiçosa com a minha melhor amiga ao meu lado. Nico e Noah haviam voltado para a cozinha à procura de algo doce para nós.

— Você não está sendo muito sutil — cochichei para Marcela. Seus olhos pareciam dois pontos de interrogação em minha direção. — Em relação ao Noah — expliquei.

— Não estou tentando ser sutil — retrucou.

— Ele não merece ter o coração partido — expliquei sem transparecer aquele estranho sentimento. Raiva? Preocupação?

— Ninguém aqui está falando de corações, Nina — ela explicou como se eu fosse uma criança estúpida, usando argumentos estúpidos. Talvez eu fosse? — Eu estou falando de atração física, sentimento carnal, desejo, sexo. Nada mais.

Eu queria contra-argumentar, mas me faltavam palavras. Nem eu mesma sabia explicar o motivo de estar tão preocupada. Eles eram adultos e podiam se entender, não podiam? Eu sei como Marcela é e isso nunca me incomodou. Mas agora parece errado. Marcela era fã de relacionamentos passageiros tanto quanto eu era fã de doce de leite. Mas Noah, ao contrário do doce de leite, tem sentimentos. E ele passa diariamente por tanta coisa... Eu só estava com medo de que minha amiga o magoasse. Porque Marcela é do tipo que não se apaixona por ninguém. Mas o "ninguém" sempre acaba se apaixonando por Marcela.

...

Nico estava sobre mim e seu corpo nu era quente e confortável. Não importava que o clima estivesse frio lá fora, ao lado dele tudo era calor, meu corpo entrava em combustão. Ele estava dentro de mim e cada movimento era previamente calculado para me fazer queimar. Seus olhos castanhos não desviavam dos meus e quando por ventura eu os fechava, ele interrompia seus movimentos e esperava que eu os abrisse novamente. Porque além de sentir, Nico queria me fazer ver. E eu via, ali nos seus olhos, uma chama que ardia de forma terna, mas também avassaladora. Se me dissessem que em pouco mais de duas semanas eu me sentiria assim em relação a alguém, eu jamais acreditaria. Mas ali, olhando nos olhos dele, não restavam dúvidas. Toda aquela história havia começado com um sanduíche de miga partido ao meio, seguido por danças incansáveis e conversas agradáveis.

— Eu não quero voltar, Nico — sussurrei em sua orelha, enquanto afagava o seu cabelo. — Não posso voltar para aquela vida medíocre que me espera em São Paulo — confessei com algumas tímidas lágrimas. — Não depois de viver algo tão intenso e arrebatador com você — concluí e minhas lágrimas já haviam perdido a timidez.

Nico dormia de forma tranquila bem ao meu lado. Ele estava deitado de bruços quando lhe revelei como me sentia em relação a nós. Eu era uma covarde, pois não tinha coragem de lhe dizer isso quando estava acordado, mas, para mim nada é tão simples que não possa se complicar.

9

Nico e eu fomos acordados por um insistente toque de telefone. No primeiro momento me levantei assustada. Eu estava tendo um pesadelo com o incêndio ocorrido mais cedo no hotel. Não havia feridos nem nada, mas eu havia ficado nervosa, porque não pense você que só os meus predicados físicos são grandes. Minha imaginação também é.

Nico se levantou da cama e fez um gesto indicando que voltaria logo. Eu me permiti admirar seu corpo seminu que trajava apenas uma calça de moletom. Deus do céu, que homem gostoso você foi me arrumar! E me peguei relembrando os acontecimentos daquela noite e foi impossível não sorrir sozinha. A sensação de plenitude superava a de receio. Quando achei que Nico estava demorando mais do que o normal, tratei de roubar uma de suas camisetas para ir atrás dele. Logo no corredor me deparei com Noah, que parecia atordoado tanto quanto eu estivera minutos antes.

— O que está acontecendo? — ele perguntou com uma voz preguiçosa.

— O telefone tocou várias vezes, seu irmão se levantou para atender, mas até agora não voltou.

Noah assentiu e então me deu passagem para que eu descesse as escadas à sua frente. Tentei não pensar que talvez o meu enorme traseiro estivesse um pouco exposto, graças à blusa que não me pertencia. Quando chegamos ao primeiro andar, Nico trazia uma expressão confusa e um pouco irritada.

— O que está acontecendo, afinal de contas? — perguntei exasperada. Eu odiava todo aquele suspense digno de novela mexicana. Só faltava uma música brega para preencher a cena.

— Já é mais de meia-noite e tem um homem na minha portaria procurando pela minha mulher — ele disse entredentes e eu ignorei o arrepio causado graças aos pronomes possessivos. Ah, Nico... Sim, totalmente sua. Possua-me o quanto quiser. Para todo o sempre, de preferência.

— Mas que homem é esse? Talvez um amigo seu, Nina? — foi Noah quem me tirou dos meus devaneios. Neguei com a cabeça. Eu não conhecia mais ninguém naquela cidade além deles dois.

— O nome dele é Marco — Nico informou e esperou para saber se eu reconheceria o nome. E, é claro que eu reconheci.

— O que esse cretino está fazendo aqui? — foi a voz de Marcela questionando das escadas. Ela descia em nossa direção e minha mente estava fazendo aquilo que ela fazia de melhor: me sabotando em momentos cruciais.

— Você o conhece? — Noah perguntou a ela. Marcela assentiu, mas não disse mais nada. Cabia a mim, apenas a mim, dizer.

— Como ele me achou aqui? — perguntei desnorteada. — Justo aqui?

E então minha mente entrou em uma montanha-russa radical cheia de loopings e eu me lembrei.

...

— O Marco anda estranho — contei a Marcela durante o intervalo das aulas. — Vive esquecendo o celular em casa e sumindo de forma conveniente vez ou outra... Eu adoraria estar errada, mas acho que ele está me traindo.

— E o que você vai fazer em relação a isso? — ela perguntou antes de morder seu hambúrguer com vontade. — Um chute no traseiro seria uma boa! — disse de boca cheia.

— Eu ainda não tenho certeza, preciso de provas. Pode ser apenas neura da minha parte. — respondi, pensando que aquilo era apenas uma possibilidade, ainda mais em se tratando dessa minha imaginação fértil.

— Eu disse para você que assistir a novelas mexicanas era uma péssima decisão — ponderou. — As pessoas tendem a achar que a vida real se assemelha a elas e acabam ficando assim — apontou com um gesto vago para mim — Que nem você!

— Bem, muito obrigada pela parte que me toca, mas nem todo mundo consegue ter uma caixa torácica vazia que nem você — rebati, e ela precisou engolir um grande pedaço de seu hambúrguer depressa para poder rir abertamente da minha colocação.

— Caixa torácica vazia — repetiu com divertimento e em meio a risos. — Vou adicionar essa definição ao meu perfil do Twitter ainda hoje.

Naquela mesma tarde, Marco e eu nos encontramos na minha casa. Trocamos alguns beijos e, na primeira oportunidade que tive confisquei seu celular e fiz algo do qual com certeza me envergonharia por toda a minha existência: li suas mensagens de texto e conferi suas ligações. Nada. Então, apelei de forma ainda mais baixa, instalando um aplicativo de rastreio em seu celular. Coloquei o aplicativo junto a tantos outros em uma pasta que ele mal abria. Instalei o mesmo aplicativo no meu celular e em alguns minutos eu já podia ver a sua localização. Respirei fundo e larguei o seu celular em cima da cama. Quando ele voltou, agi como se nada tivesse acontecido.

O problema é que algo tinha acontecido. Algo vinha acontecendo, o que é ainda pior. Alguns dias depois daquele, tive certeza de que eu era a mocinha chorona e neurótica, protagonista de alguma novela mexicana, pois eu estava seguindo o meu namorado. Não em alguma rede social, mas seguindo--o de verdade, no melhor estilo detetive particular. Ele entrou em um edifício e quase uma hora depois saiu de mãos dadas com uma loira alta e bem gostosa. Ambos estavam com os cabelos molhados e aquilo embrulhou o meu estômago. Então, eu fiz o que qualquer protagonista de novela mexicana faria. Peguei-o em flagrante, dei uns tapas nele e na mulher no meio da rua e gritei boas verdades para aquele safado mentiroso.

Mentira. Tudo mentira. Eu fui para casa e chorei como uma idiota. Comi chocolates compulsivamente como uma idiota. Tive uma terrível noite de insônia como uma idiota. No dia seguinte eu merecia ganhar o Oscar de melhor idiota do ano. Pois adivinhem o que eu fiz? Perdoei o maldito traidor. Ah, sim, eu o perdoei quando o confrontei e ele disse que estava arrependido. Quando disse que ontem ele e a loira haviam terminado tudo — não antes de uma boa transa, suponho — e que ele só tinha olhos para mim. E que finalmente era hora de assumirmos o nosso relacionamento.

...

— Eu vou descer e despachar esse cretino para o lugar de onde ele nunca deveria ter saído — informei cheia de raiva, seguindo para a porta.

— Não sem antes colocar uma roupa — Nico me disse, segurando o meu braço e me fuzilando com o olhar.

Ele parecia triste com a situação, mas eu com certeza lhe explicaria tudo assim que o cretino do Marco fosse embora. Porque não havia outra possibilidade de desfecho para essa história. Ele iria embora e nada nesse mundo me faria mudar de ideia. Nada, nem mesmo...

(por Nícolas)

Nina colocou uma roupa decente e saiu do apartamento em direção ao elevador. Se eu estava furioso? Mais do que isso. Eu queria simplesmente poder descer e esmurrar a cara daquele babaca que acreditava ter algum direito sobre a minha mulher. Mas talvez eu não devesse me comportar como um verdadeiro homem das cavernas, pois isso faria com que Nina me visse com outros olhos. Menos admirados, talvez. E isso eu não poderia suportar. Prometi a mim mesmo que esperaria de forma pacífica por vinte minutos. Era o máximo que eu e o meu ciúme podiam suportar. Então, Noah, Marcela e eu ficamos parados naquela sala, sem saber o que fazer. Ninguém parecia ter a intenção de voltar a dormir, de modo que seguimos para a cozinha e fizemos um pequeno lanche, na patética tentativa de fazer o tempo passar mais rápido.

Aquele estava sendo um dia um tanto bizarro. Logo pela manhã, saí da livraria em direção à cafeteria mais próxima e acabei esbarrando com a minha ex-namorada, Paloma. Ela estava lá com um enorme sorriso no rosto e, quando me olhou, parecia em dúvida se devia me cumprimentar ou não. Por via das dúvidas, eu o fiz primeiro. Não importava que as coisas não tivessem dado certo entre nós, eu não era mal-educado. Mas o único sentimento que me invadiu ao olhar para ela foi o de pena. Como uma mulher tão bonita e supostamente inteligente pode ter a cabeça tão fechada? Como ela consegue viver em um mundo onde não suporta a ideia de que alguém seja diferente dela? Essas perguntas ficaram pairando na minha mente enquanto nós trocávamos palavras desconfortáveis. Nós nos despedimos e eu saí de lá o mais rápido que pude. Caminhei tranquilo de volta à livraria e lá fiquei o dia todo.

Já era fim de tarde quando os noticiários começaram a falar sobre um incêndio que acontecia não muito longe dali. As informações eram vagas, e a princípio nem dei muita importância. Minutos depois, quando o repórter dizia que o incêndio acontecia em um hotel — mais precisamente no hotel onde a Nina estava hospedada —, a preocupação cresceu dentro de mim. Saquei o celular do bolso e liguei para ela. Caixa postal. Senti meu coração acelerar e tentei não transparecer o desespero que começava a se instalar em mim.

— Você poderia me recomendar algum romance envolvendo seres sobrenaturais? — uma jovem questionou em minha direção. Acenei para Mateo, um dos meus funcionários e ele rapidamente cuidou da situação. A jovem me olhou de cara feia e eu sinceramente não dei nenhuma importância a isso.

Voltei a discar o número da Nina e o resultado foi o mesmo: caixa postal. Aquilo começava a me preocupar. Saí da livraria e caminhei até o estacionamento. Eu estava na garagem, com o celular em punho, ligando incansavelmente. Destravei as portas do carro e sentei no banco do motorista. Girei a chave e ouvi o ruído do motor. Antes de engatar a primeira marcha para dar partida, tentei novamente. E, por fim, ela atendeu.

— Nina? — Minha voz saiu um pouco esganiçada. Meus olhos estavam cheios de lágrimas. Dá para acreditar? — Nina, você está bem?

— Estou bem, Nico, fique calmo — ela disse do outro lado da linha. Sua voz doce e melodiosa foi reconfortante. Uma onda de alívio percorria as minhas veias e eu jamais experimentara sensação mais maravilhosa.

— Onde você está? — exigi saber. E assim que ela me disse a sua localização, eu falei: — Não saia daí. Estou a caminho.

Recolhemos todos os pertences dela e também os de Marcela. Minha mãe já havia dito que eu devia levá-las para nossa casa e não é como se eu pretendesse fazer outra coisa. Eu não podia suportar a ideia de que algo ruim acontecesse a Nina. Minha Nina! Eu sabia que cedo ou tarde ela voltaria para São Paulo, mas eu também sabia que nós encontraríamos um jeito de contornar aquela situação. Eu ainda não sabia como, mas haveria de dar um jeito.

— Terra chamando Nico. — Era Marcela, gesticulando com a mão diante do meu rosto.

— O que foi? — perguntei, voltando a mim.

— Acho que devíamos descer... — Noah disse. — A Nina pode estar precisando de nós.

— De nós, não — corrigi de forma automática. — Ela pode estar precisando de mim.

(por Noah)

Eu poderia colocar a culpa na testosterona. Logo nos primeiros meses de tratamento hormonal, sofri com terríveis variações de humor. Ficava irritado e arredio por qualquer coisa. Com o passar dos anos foi mais fácil contornar esses efeitos indesejados. Eu poderia dizer que toda aquela irritação que estava me consumindo era culpa da testosterona, mas eu sabia que não era. No fundo aquilo tudo era culpa da Nina. Não que eu a culpasse, de fato. A culpa era minha, por permitir que todo aquele sentimento que eu tinha pela namorada do meu irmão me tomasse.

Não sou exatamente do tipo religioso, mas tenho um bom coração e acredito em algumas coisas pregadas pela Bíblia. Como por exemplo: não cobiçarás a mulher do teu próximo. E isso, definitivamente, era algo que eu não costumava fazer. Até conhecer a Nina. Ela não é o tipo perfeito para estampar capas de revistas masculinas. A sua beleza não segue um padrão e eu acho que é isso que a torna especial. Enquanto noventa por cento da população feminina está insatisfeita e se queixando de algo, Nina está ali, satisfeita com seu corpo imperfeito, rindo de forma verdadeira e espontânea, trazendo uma confiança tão rara no caminhar.

É claro que eu estava me saindo muito bem na tarefa de não transparecer tais sentimentos, mas ficava cada dia mais difícil. Porque a Nina tinha cada vez mais liberdade comigo, e não porque ela me via como "uma garota que virou homem" ou algum tipo de aberração alienígena. E essa liberdade vinha apenas porque ela olhava para mim e via um homem nobre demais para dar vida aos sentimentos citados anteriormente. Ela via um amigo.

E não é como se eu não enxergasse uma grande amiga nela. É claro que sim. Mas eu também via aquele seu traseiro igualmente grande acompanhá-la com um rebolar desconcertante. Minutos antes, quando nos esbarramos no topo das escadas, dei passagem para ela não apenas para ser cavalheiro. Mas também porque queria me permitir admirar aquela bela visão. E por alguns segundos eu a admirei. E precisei respirar fundo para não cometer nenhuma loucura. Porque ela era a garota do meu irmão, do meu melhor amigo, do homem que mais admiro na vida. E eu jamais seria capaz de trair a sua confiança. Mas lidar com todos aqueles desejos ficava cada dia mais difícil.

Mais cedo, naquela tarde, eu fora ao médico da minha família levar o resultado de alguns exames. Tudo estava muito bem, eu só estava tendo alguns problemas de gastrite, mas nada muito grave. A questão é que essa rápida ida ao médico me recordou de como eu conheci minha encantadora cunhada. Ela entrou no quarto ao lado de Nico e pareceu prestes a vomitar. Achei engraçado e admirei a sua transparência. Quando meu irmão mais velho saiu do quarto, ela foi logo atrás. Minutos depois ela voltou sozinha. Eu estava vestindo apenas uma calça jeans. E os seus olhos pousaram sobre o meu corpo de forma desconcertante. Era provável que Nico tivesse lhe contado sobre mim. E se isso fosse verdade, eu a admiraria ainda mais, pois ela me olhava de um jeito encantador e gracioso. Um rubor subiu pelas suas bochechas e então ela desviou o olhar. Foi minha voz quem quebrou esse pequeno momento de tensão elevada. Eu estava certo. Ela sabia sobre mim e basicamente nada havia mudado.

Assim que Nico saiu do apartamento, fiquei a sós com Marcela. Estava evidente o interesse dela por mim. Ela era muito bonita, de fato, mas não tinha todas as curvas da Nina e tampouco aquela graciosidade e descontração que me faziam admirar sua melhor amiga. Em qualquer outro tempo eu não teria pensado duas vezes antes de ficar com ela. Mas agora as coisas eram diferentes. Talvez eu estivesse alimentando algum tipo bizarro de esperança em relação a Nina, ou talvez eu estivesse preocupado em machucar a Marcela. Eu preferia acreditar na segunda opção.

Estava curioso para saber o que acontecia na portaria daquele prédio. Mas o que quer que fosse, não dizia respeito a mim. Marco e Nico disputavam a mulher que em algum momento fora deles. Quanto a mim? Eu não podia entrar na disputa.

10

Marco estava diante de mim com um olhar arrasado. O mesmo olhar que ele me lançara enquanto me pedia perdão por sua traição. Aquele olhar e a promessa de assumir o nosso namoro fizeram com que eu o perdoasse cegamente algum tempo atrás. Mas agora essa realidade parecia distante e nublada. Quem era aquela Nina e o que Marco havia feito com ela? Porque na minha cabeça e no meu entendimento de amor-próprio traição nenhuma merecia perdão. Ao menos, não aquele perdão cego e incondicional que dei ao meu ex-namorado.

Mas lá estava ele, o canalha, me olhando com aqueles olhos arregalados e falsamente aconchegantes. Ele trazia um sorriso meio tímido no rosto. Inevitavelmente, pensei: *Não tão bonito quanto o sorriso do Nico*. Ou até mesmo do Noah. Balancei a cabeça de forma negativa e sorri com o pensamento. Marco, obviamente, interpretou meu sorriso de maneira equivocada.

— Também estou feliz por vê-la — ele sussurrou com fingida cautela e adoração.

Aquele ser humano parado diante de mim era inacreditável! Ele havia rompido um namoro ridículo de dois anos dizendo que “precisava alçar voos maiores e que eu não era adequada para estar ao seu lado”, mas agora ele dizia que estava feliz por me ver? E pior, ele acreditava que eu estava feliz por vê-lo! Repetindo: inacreditável. Eu queria gargalhar diante de toda aquela coisa patética, mas não o fiz. Encarei-o da formamais séria que pude. Sabe, uma mulher séria é algo realmente perigoso. Agora, uma mulher séria, traída e com noventa e dois quilos? Corre, cara. Corre que ainda dá tempo. Mas Marco não correu.

— Sorriso não é sinônimo de felicidade — expliquei com a voz atipicamente fria. — E a sua vinda atrás de mim não é sinônimo de reconciliação — concluí de forma centrada. — Estando tudo esclarecido, boa noite e até nunca mais.

Eu me virei, satisfeita por seguir firme em direção ao elevador sem olhar para trás. E, bem, eu nem precisava. Vislumbrei meio segundo de confusão nos olhos dele e aquilo foi suficiente. Eu estava esperando o elevador enquanto Marco tentava — em vão — me ganhar com um discurso qualquer sobre arrependimento e dias melhores. Piada! O elevador já estava quase chegando e eu continuava de costas para ele. Quando um toque anunciou que as portas finalmente se abririam, ele fez algo do qual iria se arrepender por toda sua vida: me agarrou. Sim, ele me segurou pelos braços e me puxou em sua direção. Achando que aquilo me faria o quê? Beijá-lo? Gente, esse rapaz está achando que é quem? Por favor!

A minha mão direita voou na face dele, acertando-o em cheio. Aquilo deve ter doído, mas seu ego inflamado devia estar doendo muito mais. E a sua ceninha patética ficou ainda pior, pois no momento em que as portas do elevador se abriram, Nico apareceu. Aquele homem maravilhoso e enciumado deu o ar da graça e não é que eu gostei um pouquinho? É claro que não aprovo ciúme em excesso e tampouco paranoia, mas depois de dois anos com um babaca que não dava a mínima para mim, era incrivelmente satisfatório estar com alguém que demonstrava medo de me perder.

Nico entrou em cena e rapidamente meus braços estavam livres novamente. Os olhos de Marco me olhavam confusos, mas dessa vez com uma parede sexy e argentina no caminho. E então eu sorri. Ah, sim, porque esse ser mitológico e complicado que é a vida finalmente agia a meu favor.

A gordinha está por cima, meu bem. E ninguém está se queixando de estar morrendo sufocado embaixo.

— A Nina vem comigo — Nico disse de forma contida e sexy. Marco não era um grande entendedor da língua, mas com certeza compreendeu o recado. — E você não é bem-vindo na minha casa. Já pode ir embora.

Se Marco tivesse sabedoria, teria se recolhido à sua insignificância e dado o fora. O problema é que algumas pessoas simplesmente não sabem a hora de parar. Era o caso dele. E o discurso que ele disparou não devia ter me atingindo, mas atingiu. Aquele seu maldito discurso fez minhas pernas bambearem e toda a minha confiança estremecer. Não por ele. De jeito nenhum por ele. Mas pela perda, pelo retorno, pela impossibilidade. Vida, faz favor de ser menos bipolar? A XG aqui agradece.

— Não importa que ela esteja com você aqui e agora — Marco disse encarando Nico. Era como se eu nem estivesse ali, mas eu sabia que suas palavras tinham intenção de se esgueirar até mim. — Em pouco tempo ela estará de volta a São Paulo e a vida dela estará lá, esperando por ela. Assim como eu. E você continuará aqui...

— Eu volto para São Paulo — respondi com um leve tremor. — Mas não volto para você. Não são sinônimos, lembra?

Nico apertou minha cintura de um jeito carinhoso e aquilo me deu forças. Por mais verdadeiras e dolorosas que fossem as palavras de Marco, eu estava no comando da minha vida e não voltaria a cometer os mesmos erros do passado. Eu já havia aprendido a lição.

Puxei Nico para o elevador. Apertei o botão e rapidamente as portas se abriram. Essa era a vida novamente sorrindo para mim. Bipolaridade, eu não disse?

Entrei no elevador e não encontrei palavras para aliviar aquela tensão. Justo eu que trabalhava com elas diariamente em pelo menos três idiomas. Só que em nenhum dos três havia uma palavra que pudesse me fazer externar como eu me sentia por dentro. O que era aquilo? Um misto de hesitação, medo, alegria? Não, era mais, muito mais, e eu continuava não conseguindo descrever nada daquilo.

Chegamos à cobertura do prédio bastante rápido, ou talvez eu estivesse mais imersa nos meus próprios pensamentos que o habitual. Nico me olhava de um jeito carinhoso, mas era ainda como se esperasse uma breve explicação sobre o ocorrido. Ele me olhava como se dissesse "Como você pôde namorar esse troglodita?". Eu também me fazia essa mesma pergunta de vez em quando. As respostas não eram lá muito convincentes: variavam entre abdução alienígena até perda momentânea de neurônios.

Quando as portas do elevador se abriram, Noah e Marcela surgiram no meu campo de visão. Ambos pareciam ansiosos para saber o que havia acontecido. Fomos até a sala, onde nos sentamos no sofá e estendemos aquele incômodo silêncio. O que eu deveria dizer? Eu só conseguia pensar em duas palavrinhas.

— Sinto muito — murmurei de cabeça baixa, sem conseguir encarar Nico nos olhos. Eu estava um pouco envergonhada. Marco vir atrás de mim em Buenos Aires era muito ruim, mas vir atrás mim na casa do meu namorado temporário é pior ainda...

Fiz um relatório completo sobre o ocorrido na portaria. Quando contei sobre o tapa, Marcela vibrou de alegria e admiração. Desculpei-me com Nico tantas vezes quanto pude. Ele dizia que estava tudo bem, mas eu não sentia verdade em suas palavras. Algo o incomodava e ele não queria me dizer o que era. Foi difícil dormir naquela noite. O dia tinha sido longo e havia acontecido tanta coisa, como o meu cérebro podia apenas relaxar?

Na manhã seguinte, quando acordei, Nico e sua mãe não estavam mais em casa, tinham ido trabalhar. Noah estava se preparando para ir para a faculdade e logo Marcela e eu ficamos sozinhas naquele gigantesco e maravilhoso apartamento. Era meio bizarro que aquela família confiasse em mim tão gratuitamente.

Entre cafés e torradas, Marcela e eu esboçamos nosso passeio turístico do dia, que consistia basicamente em: compras! Eu precisava de livros, roupas e sapatos novos para esquecer toda a confusão do dia anterior. Eu estava terminando de arrumar a minha bolsa quando o meu celular tocou. Era uma ligação do Brasil, mas de nenhum número conhecido. Uma voz feminina altiva me cumprimentou do outro lado e eu apenas perguntei quem estava falando. Então o seu discurso começou.

— Olá Nina. Meu nome é Patrícia e eu trabalho na revista *Pop Chique*. Você conhece o nosso trabalho?

— É claro que sim — respondi rapidamente. Quem poderia não conhecer a revista? É uma das mais vendidas no Brasil. Eles são conhecidos por suas matérias sempre envolvendo o universo feminino.

— Bom, isso já é um excelente começo — afirmou com uma risadinha sem graça. Não a acompanhei. Isso pareceu trazê-la de volta para o motivo da ligação. — Bom... nós gostaríamos de fazer uma matéria com você.

— Matéria? Acho que você deve estar me confundindo com outra pessoa — garanti. Eu já havia saído no jornal uma vez, graças à tradução de um *best-seller* americano, mas não era como se eu fosse o tema da reportagem. Meu nome apenas apareceu no meio. Ainda assim, vibrei de entusiasmo na época. "Manhê, estou no jornal!"

— É claro que não, querida — respondeu com mais uma daquelas risadinhas irritantes. Alguém pode fazê-la parar? Que horror! — Nós soubemos do seu caso em uma loja de Buenos Aires, envolvendo discriminação e propagando enganosa... Não estou certa? — Eu murmurei um leve sim e ela continuou. — A nossa próxima pauta tratará do universo *plus size* e pensamos que você seria um belíssimo exemplo para estampar nossa capa.

— Capa? — perguntei atordoada. — Você me quer na capa?

— Ah, sim, querida... Nós a queremos na próxima capa. O que me diz?

Sim! Sim, sim, sim e sim. Foi tudo o que eu disse.

...

Ainda estava assimilando a notícia daquela manhã. Eu estamparia a capa da revista mais conceituada do país? Isso parecia louco e surreal. E a vida continuava a rebolar, trazendo-me milhões de surpresas a cada volta. Quem ligava para toda a sua bipolaridade? Liguei para os meus pais e contei a novidade. Eles vibraram de alegria junto comigo. Marcela ficou pulando pela sala, fazendo uma dancinha estranha que a deixava parecendo dez anos mais jovem.

Marcela e eu adiamos o nosso plano de compras por algumas horas. Fomos correndo até a livraria do Nico para lhe contar a novidade. O sorriso que ganhou forma em seu rosto foi tão arrebatadoramente maravilhoso, que subitamente senti que poderia desmaiar ali mesmo. Ele me abraçou e comemorou comigo. Disse que precisávamos sair para jantar e rapidamente eu concordei. Ele mandou uma mensagem de texto para Noah e nós quatro já tínhamos planos para aquela noite. Eu estava animada!

...

Marcela e eu almoçávamos em um restaurante italiano. Tudo estava divinamente gostoso. Pela segunda vez eu comia o tal do *sorrentino de jamón*. Instantes depois, recebi um e-mail com todas as informações sobre a matéria da *Pop Chique*. No dia seguinte eu precisava encontrar uma equipe em um luxuoso hotel de Buenos Aires. Seria fotografada para a capa, filmada para o site e entrevistada para a matéria. Fui até a butique da minha futura utópica sogra e saí de lá com roupas maravilhosas. Eu estava distraída procurando CD's das minhas bandas mexicanas favoritas — que não encontramos no Brasil — quando meu celular anunciou uma mensagem. Era de Marco. Sim, aquele cretino havia esquecido o significado de amor-próprio. Mas tudo bem, parecia justo, já que eu mesma o havia esquecido por quase dois anos. Logo depois, eu recebi a sua chamada. A contragosto, atendi.

— Nina... por favor, não desligue. Podemos nos encontrar amanhã de manhã? — ele perguntou usando um tom de voz irritantemente doce.

— Eu já tenho compromisso — informei, omitindo do que se tratava.

— Eu sei... — ele disse. — E talvez eu possa acompanhá-la.

Meu cérebro começou a trabalhar em velocidade sobrenatural e numa fração de segundo eu compreendi tudo. Agora tudo era óbvio e fazia total sentido. Como pude não perceber isso antes?

11

Fiquei me perguntando por qual motivo o tonto do meu ex-namorado se daria ao trabalho de vir até Buenos Aires atrás de mim. Considerando que em dois anos ele não havia feito nada nem parecido, a situação era no mínimo suspeita. Uma parte de mim queria acreditar que ele finalmente havia se dado conta da mulher maravilhosa que tinha perdido. Mas eu não acreditava de fato naquilo, principalmente porque existia outra hipótese muito mais plausível. A minha ex-sogra deve ter descoberto que eu faria parte da sua revista favorita e convenceu o seu filho a vir atrás de mim, para que a sua nobre família voltasse a fazer parte da *Pop Chique*. Era evidente que Marco tinha algum interesse por trás desse gesto de arrependimento e agora eu o entendia com clareza.

Aquilo me deixou furiosa e me fez lembrar que o meu ex-namorado patético ainda estava na linha, aguardando uma resposta. Não me dei ao trabalho. Terminei a chamada e bloqueei o seu número!

...

Nico, Noah, Marcela e eu estávamos reunidos em um restaurante em Puerto Madero, um lugar que me deixou mais do que apaixonada. Em vez de paredes, havia um enorme vidro que nos permitia admirar a *Puente de la Mujer*, que durante a noite era iluminada e ficava ainda mais bonita de se ver. O restaurante servia as mais variadas comidas. Por um único valor, você podia comer o que quisesse e quantas vezes desejasse, o verdadeiro paraíso dos gulosos! As cadeiras do restaurante são propositalmente largas e aconchegantes. Bom, eu já me sentia em casa. Comi tudo o que quis e nós comemoramos a minha recente conquista. Já passava das dez quando as conversas ficaram mais pessoais.

— As pessoas andam cada vez mais neuróticas... Precisam rotular tudo, pois, caso contrário, não conseguem compreender as coisas — Marcela dizia daquele seu jeito casual de sempre. — Isso é chato. Muito chato. Não preciso me classificar em porcaria nenhuma. Eu sou Marcela, apenas isso. Tenho aversão a todas essas nomenclaturas desesperadas por nos fazerem sentir parte de algo. Eu me sinto parte de mim mesma, não basta?

— Nossa, muito obrigado — Noah disse sentado de frente para Marcela. Ele parecia bastante relaxado e trazia um semblante tranquilo. — Eu poderia beijá-la depois disso — comentou em tom divertido, mas Noah devia saber que esse não era o tipo de brincadeira a ser feita com a minha amiga. Não mesmo.

— Ainda não beijou porque não quis — ela devolveu e todos esperaram que ela sorrisse ou dissesse “brincadeira”. Não aconteceu. Ela estava falando sério e encarava Noah como se o desafiasse. Aquilo ficava cada vez mais constrangedor.

O que aconteceu em seguida é uma espécie de borrão. Marcela e Noah trocaram sorrisos cúmplices e eu derramei todo o meu refrigerante em cima de mim. O pequeno desastre teve o seu lado positivo: interrompeu aquela tensão avassaladora e quebrou o silêncio constrangedor. Mas o lado negativo era que eu estava ensopada e toda grudenta. Resmunguei qualquer coisa e me levantei, caminhando em direção ao banheiro. Eu estava quase fechando a porta, quando alguém a puxou no sentido contrário, me freando. Era Nico.

Eu queria perguntar o que ele estava fazendo ali, mas ele levou o dedo indicador até meus lábios e os seus sussurraram de forma sedutora:

Shhhhh! Ele entrou no banheiro comigo e com a mão livre trancou a porta. Céus, o que aquele homem queria agora? Não precisei pensar muito no assunto, pois um segundo depois eu obtive a resposta.

— Vou limpar o seu vestido para você, Nina — ele disse, e seus olhos pareciam me devorar. Aquela intensidade deixava minhas pernas bambas e fazia minha mente girar. Nós estávamos no banheiro do restaurante, alguém poderia querer usá-lo, poderíamos ser flagrados ou... — Tire-o! — ele ordenou, encarando meu vestido de forma autoritária e eu salivei ao som rouco da sua voz. — Agora! — concluiu pausadamente, não me permitindo contestações.

Eu estava nervosa, mas o que mais eu podia fazer? Livrei-me da jaqueta de couro e puxei todo o meu vestido para cima. Eu usava um sutiã preto de renda e uma grossa meia-calça da mesma cor. Seus olhos estavam baixos e ele balançava a cabeça em reprovação. O que havia de errado? Aquela meia-calça maravilhosa contornava o meu corpo, deixando-o bastante apetitoso, eu diria. Mas Nico parecia discordar.

— Está suja — ele acusou ainda com toda a reprovação que estampava suas feições.

— Não está, não — eu disse de forma automática.

Ele se aproximou de mim e, antes que eu pudesse pensar em alguma coisa, seu corpo pressionava o meu contra a parede. Seus lábios quentes se aproximaram do meu ouvido e sussurraram: "Não me conteste, Nina. Não estou para brincadeiras hoje". Ah, meu Deus, e quem é que estava brincando? Não se brinca com uma coisa dessas, Nico. Não mesmo!

Não tive tempo de dizer que não estava brincando, que realmente a minha meia-calça havia saído ilesa da minha trapalhada com o refrigerante, pois ele a puxou com força até os meus joelhos. A minha calcinha, a minha linda calcinha preta de renda foi junto, e finalmente Nico parecia mais contente. Satisfeito. Aquilo era loucura, muita loucura. Mas quais eram as chances da minha mente pensar com sensatez enquanto seus dedos quentes e macios faziam aquela mágica dentro de mim? Todos aqueles movimentos estavam me consumindo, tragando a — pequena — parte sensata que eu possuía dentro de mim.

Agarrei Nico e o puxei para mais perto. Minha boca foi na direção de seu ombro. Mordi sua pele com força para evitar deixar escapar... gemidos. Eu estava me empenhando na tarefa de não ser pega em flagrante, mas ficava cada vez mais difícil. Nico resolveu que me torturar com seus dedos não era o suficiente e resolveu me torturar com a língua. Como não havia mais nenhum ombro para morder, mordi minha própria mão, contendo e disfarçando os gemidos de prazer e dor.

Eu sentia sua língua quente se movimentando em minha intimidade e tinha vontade de gritar. Sem exageros. Suas mãos agarravam minha bunda com desejo e vez ou outra eu sentia seus dedos me apertarem sem piedade. Piedade? Nico parecia desconhecer o significado dessa palavrinha de quatro sílabas. Ao menos quando o assunto envolvia outra palavrinha com duas sílabas a menos: sexo.

Eu sentia meu corpo entrar numa espécie alucinada de frenesi. Espasmos o percorriam e Deus... Eu queria mais! Segurei a cabeça de Nico com força e pressionei-a contra o meu corpo, em um pedido desesperado para que ele fosse mais fundo, que me desse mais. E assim ele o fez. Sua língua explorou lugares inéditos e as sensações foram igualmente novas. Senti todo o meu corpo tremer com força e empurrei-o para longe, afastando-o do lugar que parecia prestes a causar um incêndio no restaurante inteiro. Mas Nico não se afastou. Porque ele não estava para brincadeiras hoje, como ele mesmo dissera. Suas mãos abandonaram minha bunda, mas sua língua continuou quente e sedutora, brincando de me torturar.

Abri os olhos e espiei o que ele fazia. Não que eu ainda possuísse alguma lucidez para tal. Suas mãos macias e fortes agora abriam o zíper da sua própria calça. Fechei os olhos e tentei encontrar forças para o que eu sabia que estava por vir. E apesar da exaustão e do corpo tremendo, eu desejava aquilo. Ah, sim, como desejava! A verdade é que eu desejava aquele homem o tempo todo. E ser o objeto de seu desejo — que nunca era pouco — fazia com que eu me sentisse ainda mais segura. Eu tinha liberdade para ser a Nina que quisesse ser. Boa moça na vida e puta na cama. Ou no banheiro, tanto faz, na verdade.

Ainda de olhos fechados, senti sua língua se afastar e fui invadida por sentimentos tão intensos, que não encontro palavras para descrevê-los. Subi meu corpo e me sentei na bancada de granito onde mulheres costumam deixar suas bolsas. E então eu esperei por Nico. Esperei por seu membro deliciosamente rígido me penetrar sem compaixão. Quem precisava de compaixão naquele momento, oras?!

E eu continuei esperando. Porque Nico não veio.

— Abra os olhos, Nina — ele sussurrou com a boca colada ao pé do meu ouvido. E o que dizer daquele sotaque maravilhoso?

Abri os olhos e fui tomada por aquela visão... Bem, um tanto esplendorosa e magnífica. Aquela visão para a qual eu nunca estava preparada e que sempre fazia a minha boca salivar de desejo.

— Eu acho que você não tem muita ideia do que faz comigo — ele continuou sussurrando com a boca colada no meu ouvido, enquanto eu me permitia tocar seu membro e acariciá-lo com cuidado e adoração. — Você me deixa louco, Nina. — Ceús, meu nome ficava tão bonito na sua voz, especialmente quando ela está tomada pelo desejo. — Você me excita como nenhuma outra mulher, porque você foi feita para mim.

Eu concordava com ele. É claro que sim... Afinal, que outra explicação poderia haver para o nosso encaixe tão perfeito? E não apenas no plano sentimental, mas no plano físico também. O nosso sexo era sempre maravilhoso, pois Nico parecia capaz de me preencher e me dar orgasmos como nenhum outro homem havia feito. E tudo isso era muito bonito, de verdade, mas havia certa urgência física solicitando a minha atenção no momento. Havia um pulsar descontrolado entre as minhas pernas que não podia esperar.

— Você vai transar comigo agora — eu disse, e não era uma pergunta. — Com força.

E o riso dele foi acolhedor, da mesma forma que o meu corpo o acolheu: quente e sedutor. Agarrei-me na bancada de granito enquanto sentia seu membro investir com força contra mim. Era exatamente daquilo que eu estava falando. Meu corpo parecia vivo e ainda assim prestes a desmoronar. E foi apenas depois de várias estocadas incansáveis que me permiti relaxar por inteira. E aquele era um cansaço glorioso. Principalmente porque o corpo daquele homem maravilhoso me abraçava com carinho e ternura, como nenhum outro homem havia feito. E eu me permiti rir, porque aquilo não podia ser melhor que o esperado. Eu queria poder expressar em palavras tudo o que sentia por ele, mas o que eu deveria dizer? "Eu te amo", talvez? Mas e se não fosse amor? Pior: e se fosse amor e nós tivéssemos que nos separar em breve? Eu simplesmente não sabia como colorir em palavras o sentimento intenso que me dominava e arrebatava.

— Você é incrível, Nícolas — sussurrei, embora essas quatro palavrinhas não fossem suficientes. — Eu queria poder ficar para uma segunda rodada, mas acho que precisamos sair. — Ele riu daquele seu jeito descontraído, fofo e sedutor e tratou de me ajudar a me vestir. Limpamos o meu vestido e destrancamos a porta do banheiro. Estávamos com sorrisos tão largos estampados no rosto. Esperávamos que não houvesse nenhuma testemunha do lado de fora, mas havia. E era Noah.

12

(por Noah)

Eu não sou mais uma criança e é óbvio que eu sei da vida sexualmente ativa do meu irmão mais velho. Mas isso não facilitou as coisas quando o vi sair do banheiro feminino ao lado da Nina. Os dois traziam sorrisos reluzentes e cansados, e não precisava ser estupidamente inteligente para entender o que havia acontecido ali. Sorri, ainda que de forma automática e totalmente desconfortável. Ambos retribuíram o meu sorriso, mas eu não consegui dar muita atenção ao meu irmão, pois a Nina me sorria de forma constrangida, com o olhar baixo e as bochechas delicadamente vermelhas. Ela precisava parar de fazer aquilo, caso contrário eu continuaria nutrindo aquele sentimento estranho e errado de forma irreversível. Se é que já não o era.

Dei passagem para os dois e esperei que saíssem da minha vista para só então entrar no banheiro masculino. Eu estava atordoado. O que eu havia ido fazer ali mesmo? Já não tinha importância. Lavei o rosto e respirei fundo tentando controlar todo aquele fervilhar que me dominava. Aquilo era errado, muito, muito errado. Eu não podia fazer aquilo com o homem que mais admirava nesse mundo, mas não era como se eu pudesse evitar. Eu simplesmente não entendia o que estava acontecendo comigo. E uma parte de mim tinha medo de tentar entender. Eu não sabia se essa era a minha parte sensata ou a covarde. Precisei de uma boa dose de coragem para voltar para a nossa mesa e sorrir como se a minha confusão não estivesse me matando por dentro.

...

Acordei atrasado para a faculdade. Certo, isso não era nenhuma novidade. A novidade teria sido acordar na hora. Mas atrasado ou não, eu ainda precisava cumprir aquilo que eu batizara de ritual. A cada vinte e um dias eu devia fazê-lo, e a parte boa é que eu o vinha fazendo de forma independente há bastante tempo. Preparei a seringa, protegi as mãos com um par de luvas, limpei a área na parte superior externa da coxa, levantei a bermuda que usara para dormir e injetei a dose recomendada de testosterona. Lembro-me que no começo a aplicação era feita pelo meu irmão, pois eu era novo demais e a minha mãe tem pavor de agulhas. Na época ela havia ficado arrasada por não conseguir aplicar a injeção em mim, pois para ela esse era o papel de uma mãe. Para compensar a coisa toda, ela preparou um bolo de chocolate e nós três — eu, meu irmão e minha mãe — comemoramos a minha primeira injeção de testosterona, considerando que aquele era o primeiro passo em direção ao meu verdadeiro eu.

Lentamente, retirei a agulha de dentro do músculo e pressionei a área com algodão. Ainda doía um pouco, confesso, mas era aquele tipo de dor que proporciona também uma dose imensurável de satisfação. Quando levantei o rosto, pronto para abaixar a bermuda e organizar a minha cama, eu a avistei. Nina. Ela estava parada no corredor, me espiando pela fresta que acabei deixando, achando que estava sozinho em casa. Subitamente fui tomado por um sentimento de vergonha. Eu não queria que ela visse a minha realidade, de fato. Talvez ela me aceitasse bem como um transexual exatamente por desconhecer certos detalhes da minha condição. Droga! Não acreditei ser capaz de ter um pensamento como aquele, então me envergonhei pela minha vergonha. Eu já havia vivido o suficiente para entender que não podia me envergonhar de quem eu era.

Quando nossos olhares se cruzaram, ela sorriu daquele seu jeito gracioso e tímido e em seguida baixou o olhar. Eu estava em dúvida se a convidava para entrar ou simplesmente falava alguma coisa. Para a minha sorte, foi ela quem tomou alguma iniciativa.

— Eu sinto muito — ela sussurrou constrangida, afastando-se do quarto. — Não queria espionar. Só estava passando e a porta estava aberta, então... — Eu a interrompi. Aquela falação era fruto do seu nervosismo, eu sabia bem. Mas não havia motivos para tal.

— Você pode entrar — devolvi com um sorriso. O motivo dele? Eu não sabia muito bem. — Não é como se eu fosse aprisioná-la aqui para sempre. — Embora a ideia fosse tentadora.

E finalmente ela entrou. Seu olhar curioso percorria o ambiente e eu não sabia como me sentir em relação à situação. Por via das dúvidas, optei pela apreensão mesmo. Houve um instante silencioso, em que seu olhar me questionava se ela podia mexer nas minhas coisas e eu apenas assenti, como quem diz: "Vá em frente". O meu quarto era um pouco bagunçado e havia tantas coisas espalhadas... Ela pegou um dinossauro de plástico que era mais velho do que eu e me olhou com curiosidade.

— Era do meu avô — expliquei com um dar de ombros. — E vem sendo repassado para os homens da nossa família. Meu pai deu a Nico, que por sua vez me deu.

Ela assentiu com um sorriso e continuou mexendo nas minhas coisas. Aquele nível de intimidade havia me pego de surpresa, mas é bem verdade que eu estava gostando. Eu quase podia me ouvir dizendo: "Nina, seja bem-vinda ao mundo do Noah".

— O que é isso? — perguntou segurando uma faixa que eu conhecia bem.

— É um binder — respondi de forma casual. É claro que ela não sabia do que eu estava falando. Às vezes eu me esquecia desse pequeno detalhe. — Eu usava com frequência antes da cirurgia, para esconder os... seios. — Quis dizer invasores, mas ela não entenderia do que eu estava falando.

— Hummm. — Foi tudo o que ela respondeu enquanto assentia. Droga. Eu queria poder saber o que ela estava pensando. Aquilo era meio torturante. — Imagino que a injeção seja hormonal, correto? — Concordei e ela continuou caminhando despreocupadamente pelo meu quarto, observando cada coisa nos seus mínimos detalhes. Eu estava completamente vestido, mas me sentia nu diante dela.

Seu foco agora se voltou para a bancada onde ficava a televisão e a minha enorme coleção de carrinhos. Ela pegou alguns e os observou com atenção. Felizmente, ela manteve os carrinhos nas devidas posições. Eu era chato em relação a isso. A primeira gaveta da cômoda estava um pouco aberta e só então percebi que talvez ela cogitasse ver o que tinha ali dentro. Quando me dei conta disso, o desespero me tomou e...

— Não — gritei, levantando-me e indo em sua direção.

Tarde demais. Nina já havia encontrado o objeto demasiado íntimo que eu não queria que ela encontrasse. Ela fez uma careta para mim e em seguida sorriu. Um silêncio muito estranho se instalou e embora ela não estivesse me fazendo perguntas, me senti na obrigação de dar alguma explicação. Por mais constrangedor que fosse.

— Isso é um packer — eu disse, apesar de ela não ter me perguntado nada. — Eu o uso, hum... dentro da cueca. — Eu estava vermelho, podia sentir minhas bochechas queimando e meu coração batendo descompassado. — Além do volume que ele proporciona, me permite urinar de pé nos banheiros masculinos. — Acho que a Nina percebeu o quão constrangedora aquela situação era para mim. Ela continuava sorrindo e se aproximou, colocando o packer em minha mão.

— Não ter um pênis entre as pernas não faz de você menos homem — ela sussurrou com os olhos bem presos aos meus. — Vá se vestir de uma vez. Eu preciso estar no hotel para a minha entrevista para a revista em quarenta minutos. Talvez você possa me dar uma carona.

— Eu posso acompanhá-la na entrevista — soltei sem pensar. Ela me encarou, e uma de suas sobrancelhas estava erguida de forma inquisidora. — Minha aula foi cancelada — expliquei.

Mentira. Das grandes. Quem se importa? Eu só queria passar algum tempo a sós com ela. Eu não pretendia beijá-la, seduzi-la nem nada do tipo. Eu só queria estar com ela. Isso me bastava, ao menos por enquanto. Assim que ela deixou o meu quarto, precisei de um instante de reflexão. Que droga havia acontecido ali? Eu tinha mesmo revelado todos aqueles aspectos íntimos da minha vida para ela? Sim, eu tinha. E isso era perturbador, pois eu nunca havia feito isso com mais ninguém. Nem mesmo com Nico, que me acompanhou nas minhas primeiras consultas quando eu era apenas um garoto.

Tentei elaborar duas explicações plausíveis para o ocorrido. Primeira: a Nina me via com olhos admirados... Ela enxergava apenas um rapaz bonito e de quem ela gostava. Isso era um dos principais motivos que me faziam admirá-la. Talvez, toda a sua admiração estivesse ligada ao fato de ela não saber muita coisa a respeito da minha sexualidade. E talvez, se ela soubesse desses detalhes mais íntimos, ela começasse a me ver de outra forma. Isso me deixaria mal, mas talvez tivesse seu lado positivo. Minha admiração por ela se provaria um grande equívoco e ela e Nico poderiam ser felizes sem que isso me incomodasse. Segunda: caso Nina continuasse me vendo com aqueles mesmos olhos simpáticos e gentis — o que parecia ser exatamente o caso —, eu estaria ferrado.

13

Depois de uma manhã no mínimo curiosa, Noah e eu seguimos em direção ao hotel onde aconteceria a entrevista. Eu não sabia o motivo de todas aquelas revelações íntimas, mas às vezes as pessoas precisam apenas falar e, modéstia à parte, eu era uma excelente ouvinte. Ele parecia mais relaxado, como se tivesse arrancado um peso dos ombros.

Ouvíamos uma música tranquila e ele dirigia com um sorriso no rosto. Vez ou outra olhava em minha direção e seu sorriso se ampliava. Era contagiante! Eu carregava uma enorme caixa preta no colo e dentro dela o vestido com o qual Nico me presenteara. Se eu sairia na capa de uma das revistas mais influentes do meu país, aproveitaria a oportunidade para fazer um marketing espontâneo. Era o mínimo que eu poderia fazer por aquela família tão acolhedora.

Nico havia me enviado três mensagens naquela manhã. Na primeira ele me desejava sorte e dizia o quanto estava orgulhoso de mim. As outras duas chegaram a caminho do hotel e tinham conteúdo impróprio para menores. Tentei ignorar, mas minhas bochechas coraram enquanto eu lia aquelas obscenidades tentadoras. Noah estacionou na garagem e fez questão de carregar a enorme caixa que eu levava nos braços. Sempre tão cavalheiro! Seguimos até o térreo para anunciar a nossa chegada e adivinhem quem estava à minha espera?

Pois é. O tonto do meu ex-namorado possuidor de inexistente dignidade e amor-próprio. Eu não havia sido clara o bastante? Ou de um dia para o outro ele resolvera trocar seu sobrenome para imbecil? Ignorei-o com toda a classe que vez ou outra eu resolvia desenterrar e passei direto por ele, seguindo até o balcão, com Noah bem ao meu lado. Um rapaz simpático nos atendeu e em poucos instantes havia uma jovem chamada Laila conosco. Ela nos guiou para dentro do elevador e, quando Marco fez menção de entrar nele, eu parei na sua frente e o impedi.

— Está cheio — informei convicta. Havia apenas três pessoas ali, apesar de o elevador comportar sete. Ele estava pronto para argumentar quando eu emendei: — Eu valho por duas pessoas, segundo seus relatos recentes. Além disso, agora ando acompanhada da minha dignidade, amor-próprio e segurança. Viu? Somos sete. Como eu disse, está cheio.

Enquanto as portas se fechavam em um ritmo lento, vi a feição do Marco e me senti a mocinha vitoriosa — não de uma novela mexicana, mas de uma comédia-romântica. Então eu ri, porque a cena tinha sido engraçada. Havia uma ruga entre as suas sobrancelhas, sem contar a sua boca curvada em um sorriso triste. Aquilo me deixava muito feliz, e não me julgue por isso. Não é como se ele não merecesse.

Chegamos à cobertura do hotel e tudo o que vi me deixou impressionada. Havia uma enorme mesa abarrotada das mais variadas frutas e pães. Havia frios e doces também. Eu queria entrar no meu maravilhoso vestido preto, portanto, resolvi controlar a boca antes das fotografias, mas depois delas, eu me esbaldaria com prazer. Tive uma manhã de princesa. Uma equipe de pelo menos cinco pessoas cuidava de mim. Cabelo, maquiagem, unhas, nada lhes escapava. O resultado final não poderia ser menos que deslumbrante. Quando minhas curvas foram acentuadas pelo maravilhoso vestido da butique da minha sogra, pude ouvir os suspiros e exclamações de toda a equipe. Até eu tive uma reação maravilhada quando me vi no espelho.

Os cliques começaram. Eu estava me sentindo a própria Gisele Bündchen — só que com mais carne e curvas. Eu achei que fosse fácil ser fotografada, mas, céus, era cansativo. Expressões como "suavize o rosto", "não contraia o maxilar", "cruze as pernas e incline o corpo para frente apenas da cintura para cima" me bombardeavam e me deixavam levemente confusa. Mas não por muito tempo. Peguei tudo rápido, segundo Pablo, o fotógrafo. Se ele estava me bajulando, não posso dizer com certeza. Ao fim toda a equipe se juntou para uma foto em grupo e Noah — apesar dos protestos — também. Já eram quase quatro da tarde quando eu terminava o meu merecido lanche naquela farta mesa que nos era oferecida. Aquele dia não poderia ficar mais incrível!

Mas ficou, pois Marcela havia mandado uma mensagem de texto que dizia apenas: "Diga olá para a nova contratada do jornal *Diário 26*". E antes que eu pudesse dar por mim, já estava pendurada no pescoço do meu futuro utópico cunhado pulando feito uma perereca depois de tomar cinco energéticos.

...

Noah e eu estávamos à espera de Marcela e Nico. Havíamos combinado de nos encontrar em um pub que, apesar de bem frequentado, não costumava ficar cheio. Havia tantos motivos para comemorarmos. É claro que havia uma voz irritante que ficava sussurrando preocupações antecipadas na minha mente, como por exemplo: "Você e a Marcela não poderão se ver todos os dias" ou "Sua melhor amiga e o homem que você tanto gosta ficarão *aqui*, enquanto você ficará *lá*...". É difícil controlar o gênio do mal que há dentro de nós. Mas se eu não podia controlá-lo, eu conseguia silenciá-lo... Temporariamente, ao menos. E foi exatamente o que fiz. Nós pedimos uma cerveja e brindamos enquanto esperávamos Nico e Marcela. A música alta era contagiante, e eu fui pega de surpresa quando Noah me chamou para dançar. Oras, não era ele quem fugia da pista de dança?

Aceitei essa súbita mudança sem reclamações. Eu amava dançar, afinal de contas. Ao som de Katy Perry, Noah e eu dançávamos entusiasmados, mas sem descuidar das nossas cervejas. Foi libertador. Ninguém naquela pista de dança parecia mais animado que nós dois. Permanecemos eufóricos nas duas músicas seguintes até que Sam Smith cortou o clima com todo aquele romantismo de fazer suspirar. Estava tocando "StayWith Me"? Sério mesmo? O que podia ser mais meloso? Noah ergueu os braços. Ele estava me chamando para uma dança? Ah, sim, o ponto de interrogação é porque não estou convicta, de fato. Ele deu de ombros como quem diz "fazer o quê?" e eu aceitei aquela dança. A pista subitamente foi dominada por muitos casais... e nós. Estávamos próximos e eu podia sentir sua respiração bastante audível em minha orelha. Eu estava prestes a soltar um comentário sarcástico quando o ouvi sussurrar com muita clareza...

— Sinto muito, Nina — seu tom era envergonhado —, mas eu realmente acho que estou gostando de você.

Céus. O que ele estava dizendo? O que eu estava ouvindo? O que eu devia fazer? Eu me afastei alguns centímetros, meu olhar tomado pelo choque e pela confusão. E, como se as coisas não pudessem ficar piores, Nico estava bem ali, encarando-nos com uma expressão indecifrável e Marcela parecia apenas constrangida.

Vida, vida, vida... Ora com tantos homens ora com tão poucos. Que ironia, não é mesmo?

(por Marcela)

Aquela ensolarada quarta-feira começou de forma atípica: comigo acordando antes do despertador. Eu era uma pessoa sempre muito zen — totalmente o oposto da minha melhor amiga — e costumava dormir feito um morcego, durante longas e intermináveis horas. Mas não naquela manhã. Naquela manhã eu estava mais para um filhote canino hiperativo, daqueles que mordem tudo o que veem pela frente.

Eu me arrumei com atenção e empenho. Uma boa impressão era fundamental na disputa por um emprego. Procurei criar um visual profissional e que ainda sim revelasse o meu eu nada careta. Desci as escadas do maravilhoso apartamento que me acolhia desde o incêndio no hotel onde Nina e eu estávamos hospedadas e me deparei com Nico e sua mãe. Cumprimentei-os e logo fui convidada a me juntar a eles para um rápido café. Cafeína nunca é demais — e nem ela é capaz de me manter acesa quando o sono vem à minha procura.

Eu estava pronta para chamar um táxi quando Nico me ofereceu uma carona. Recusei. Afinal, ele já estava fazendo muito por mim, e não importa que a minha amiga seja a sua real motivação para isso. Ele não tinha obrigação nenhuma de se preocupar comigo, mas se preocupava. Sujeito fofo esse tal de Nícolas.

Ele insistiu, insistiu e insistiu. Nico era bastante persuasivo, e não tive como negar. Entramos em seu carro, que rapidamente foi preenchido por uma boa música. Ele me pegou em flagrante roendo as unhas e me aconselhou a não ficar tão nervosa.

— Não conte a Nina que me viu roendo as unhas — pedi sem me dar ao trabalho de tirá-las da boca. Já havia sido pega em flagrante mesmo. — Esse é um gesto que não combina com a "rainha do pouco caso" — contei, usando as mãos para fazer aspas no ar. Era assim que a Nina costumava se referir a mim.

— Vocês se acham muito diferentes, mas eu as acho muito parecidas. — Ele desviou o olhar por um instante em minha direção e me lançou um sorriso. — Vocês são muito engraçadas, especialmente quando estão discordando entre si.

Tentei encarar aquilo como um elogio, embora provavelmente não fosse. Eu não podia ficar me preocupando com nada além daquela bendita entrevista de emprego. Toda aquela ansiedade me faria perder o título de"rainha do pouco caso" a qualquer momento.

Cheguei à redação do *Diário 26*. Se eu estava adiantada? Mais de meia hora. Felizmente eu não era a única. A redação já estava abarrotada de pessoas que eu julgava como possíveis concorrentes. Involuntariamente me senti intimidada. Droga, onde está aquela garota com a tal da caixa torácica vazia? Onde está a jovem zen que nunca se deixa abalar? Onde está a personagem que jamais poderia fazer parte de uma novela mexicana?

Onde diabos está a "rainha do pouco caso" ou RPC para os íntimos? Uma dica: ela havia evaporado. Ali eu era a Marcela pessimista e cética, com a autoestima grudada na sola do sapato. Inspira. Expira. Inspira. Expira. Inspira. Expira. Que droga! Aquilo definitivamente não estava dando certo. Não é como se eu pudesse ser a parceira perfeita para o Buda — embora essa última ideia não faça o menor sentido e seja totalmente falha.

Enfim, o ponto é que eu já estava sendo chamada para a minha entrevista. Não sei dizer se o tempo passou rápido ou lento demais. A minha única atual certeza era que eu estava nervosa. O jovem e visivelmente bem-sucedido rapaz de olhos azuis que me entrevistou só colaborou para o aumento do meu nervosismo. Mordi o lábio inferior. Droga. Ele pensaria que eu estava dando uma de Anastasia Steele... E não, eu não queria que ele achasse que nós tínhamos algo em comum, pois não era o caso. Tentei me controlar e acho que me saí bem, apesar da tensão. É claro que no final eu não consegui segurar a minha mania de ser direta e acabei confessando que havia achado o meu futuro-chefe um gato. Dito isto, achei que todas as minhas chances estavam perdidas. Amaldiçoei-me incontáveis vezes, mas, para a minha surpresa, as palavras que ouvi foram: "Parabéns, Marcela, você está contratada!". Que alegria! Seria antiprofissional fazer a minha dancinha — minha marca registrada — ali na frente dele? Definitivamente!

Então me controlei. Respirei fundo, sorri de forma doce e agradeci pela confiança e oportunidade, garantindo para Stéfan — nome do gato de olhos azuis — que ele não iria se arrepender. Segurei meu entusiasmo até o elevador. Quando finalmente o adentrei, não pude mais evitar: ergui os braços e fiz a minha dancinha de comemoração. Fui surpreendida, no entanto, por uma voz familiar, dizendo dentro do elevador:

— Nossos elevadores possuem câmeras, Marcela. — Foi Stéfan quem falou, como se vindo do além. — Achei bom alertá-la, nunca se sabe o que as pessoas podem querer fazer dentro deles. — Sua frase veio acompanhada de um risinho e minhas bochechas subitamente queimaram.

— Obrigada, chefe. Não vou me esquecer disso.

E de fato, eu não ia.

...

Todo o meu dia foi preenchido por um maravilhoso passeio pelas ruas de Buenos Aires. Após aquela conquista, eu merecia. Enviei mensagens de texto para a minha mãe e também para Nina. Ambas surtaram com a novidade. Nina tratou de avisar aos rapazes e rapidamente combinamos de nos encontrar em um pub mais à noite. Nico e eu chegamos juntos. Não encontramos Noah e Nina logo de cara, então demos uma volta pelo local. Eu conhecia a minha amiga o suficiente para apostar que ela estaria na pista de dança. E não é que eu estava certa? O problema foi como a encontramos. Dançando coladinha ao Noah, que por sua vez sussurrava algo em seu ouvido. Não deu para ouvir nada por causa do som alto, mas não precisava muito para deduzir. Aquilo estava íntimo demais. Quando Nina nos avistou, seu olhar de choque nos alcançou. Em seguida ela fechou os olhos e eu sabia que ela estava encrencada.

(por Nina)

Era impressão minha ou aquele pub havia subitamente congelado, em uma temperatura que certamente estava próxima de zero? Imaginei que devia ser apenas eu, com o sangue mais frio que sorvete esquecido no congelador. Se eu estava suando freneticamente? Mas é claro que sim. Você achou que esse pequeno detalhe magnífico da minha pessoa iria se ausentar em um momento tão emocionante? Mas até o meu suor estava frio, como se a qualquer instante eu pudesse ganhar um título de cidadã da Rússia.

Eu estava mortificada demais diante daquela inesperada declaração seguida daquele ainda mais inesperado flagrante. Não que eu estivesse fazendo algo errado, mas ainda assim eu me sentia culpada. E me senti ainda pior quando encarei Nico. Ele trazia o mesmo olhar do dia em que Marco aparecera em sua portaria... Aquele olhar que me pareceu tão enigmático agora estava claro para mim. Era como se dos seus olhos saltassem as palavras “eu sabia”. Afastei-me de Noah — sem olhar para o seu rosto, pois temia que isso pudesse piorar tudo ainda mais — e fui até Nico. Marcela sabiamente se afastou e eu fiquei ali, calada diante dele. O que eu poderia dizer?

Com a mão espalmada em minhas costas, ele gentilmente me conduziu para fora do pub. Ficamos apenas nos encarando por uma eternidade. Eu não sabia o que falar. Não fazia ideia de por onde começar. Quando estava prestes a sussurrar o seu nome — mocinhas de novela mexicana costumam fazer isso — ele felizmente me interrompeu.

— Noah está gostando de você — ele soltou de uma vez, como se aquela maldita bomba não fosse arremessar estilhaços cortantes para todos os lados. — E eu não quero que você o magoe.

Como é? O que aquele homem estava dizendo? Quer dizer... eu nem sabia se queria descobrir. Mas algo me dizia que eu o faria. E seria naquele instante.

14

Abri a boca. E não soube o que falar. Eu esperava estar entendendo o início daquele discurso de forma torta, porque imaginar que talvez Nico estivesse abrindo mão de mim era uma ideia dolorosa demais. Meus olhos se voltaram para ele com uma cautela preocupante e eu precisava encontrar palavras para expressar a minha confusão. Obviamente as palavras que encontrei não eram grande coisa.

— O que... você... está querendo dizer?

— Parece que o Noah está gostando de você — ele repetiu e eu apenas assenti. Minutos antes eu teria achado graça da ideia, mas agora não havia como negar. — Eu já tinha percebido isso, mas depois do que vi lá dentro tive a confirmação. — Abri a boca para tentar argumentar, mas rapidamente fui interrompida. — Sei que é uma situação delicada para você, Nina, você não devia estar no meio dessa confusão. Mas, ao mesmo tempo, quero pedir para que você não magoe o Noah. E quando eu digo para não magoá-lo, não estou insinuando que vocês devam ficar juntos. — Aquilo foi um alívio. Alívio ainda maior por vê-lo se aproximar de mim. O iceberg de confusão que se instalara em mim começava pouco a pouco a derreter.

— Você é minha. Somente minha. E eu não tenho intenção nenhuma de dividi-la com mais ninguém.

— Então... o que exatamente você espera de mim? — perguntei com a voz embargada.

— Eu espero que você não mude com o meu irmão. Que continue encarando-o da mesma forma e que tenha paciência. Ele é muito novo e tenho certeza de que está confundindo admiração com algo diferente. E isso é compreensível, afinal, que homem sensato não iria admirá-la? — Minhas bochechas queimaram e o seu braço extremamente acolhedor envolveu a minha cintura, puxando-me em sua direção. — Meu irmão nunca encontrou alguém que o encarasse dessa forma, apenas como Noah. Ele teve duas namoradas. Uma delas não sabia que ele era trans, e quando soube, abandonou o meu irmão. A outra era uma garota que basicamente só namorava caras trans. E, no fundo, eu sei que ele só quer encontrar o meio termo dessa história. E você faz isso, Nina. Você o enxerga além dos rótulos que a sociedade impõe. E, para mim, é por isso que ele acredita gostar de você.

— Então você não está bravo? — perguntei com um beicinho. — Não vai gritar comigo ou bater no seu irmão?

— Por quê? — ele perguntou com uma sobrancelha erguida em minha direção. — Você queria que eu fizesse isso?

— De maneira nenhuma — confessei com um sorriso. — Mas não vou achar mal se você quiser, sei lá, mostrar um pouco de posse, talvez.

— Você é minha, tanto quanto eu sou seu, Nina. E você sabe disso. O Noah sabe disso. Todo mundo sabe disso. Mas não vou me importar com o seu pedido de demonstração.

Não houve nem tempo para a espera. Em um instante ele estava apertando o meu corpo contra o seu e tomando meus lábios de forma maravilhosa. Quando voltamos para dentro do pub, Noah e Marcela estavam sentados ao bar, acompanhados de cervejas e petiscos. Eu bem que merecia algo sólido dentro da barriga depois de toda a dança animada de instantes antes. Houve um silêncio inicial mais bizarro do que qualquer outro silêncio que eu já tivesse presenciado. Percebi os olhos de Noah me sondando e tratei de fazer o que havia prometido ao seu irmão. Sorri em sua direção e ele sussurrou apenas duas palavras para mim: "Sinto muito".

E a verdade era que eu também sentia. Sentia por ele ainda não ter encontrado uma pessoa com um olhar mais simples e amoroso diante da vida. Sentia por ele precisar ter conhecido os extremos, como de certa forma, eu também conhecera. Sustentei o meu sorriso e tentei emitir a mensagem de que tudo estava bem. Ou pelo menos, de que ia ficar em breve.

Durante as horas seguintes nós dançamos, comemos, conversamos e nos divertimos um bocado. Marcela havia nos contado sobre a sua contratação. A parte mais engraçada, sem sombra de dúvidas, foi a da dancinha do elevador. Os elogios que ela tecia sobre seu futuro chefe também eram ótimos: "Deus Grego da Europa" (percebam como esse não faz o menor sentido), "Azul da cor do mar" (esse se referia aos atraentes olhos dele), "Poderoso da Calça Justa" (é claro que a calça apertada que ele usava não havia passado despercebida) e por fim o preferido dela: "Volume Surpresa". Esse último apelido carinhoso se referia a... bem, às genitálias do pobre homem. Mal sabia ele que a Marcela estava prestes a fisgá-lo. Questionei esse último apelido, ao que ela explicou: "Ele tem um volume interessante dentro da calça. E quando eu o despir... surpresa!".

Voltamos para o apartamento no carro do Noah. Ele e a Marcela estavam se dando cada vez melhor. Eu não sabia ao certo se algo rolaria entre os dois, mas era bom vê-los entrosados. Principalmente considerando que a minha melhor amiga em breve iria se mudar para aquela cidade e eu não queria que ela se sentisse sozinha. Naquela noite fiquei revirando na cama. Eu não conseguia parar de pensar em uma alternativa para que o nosso relacionamento tivesse futuro depois de um mês. Uma coisa era certa: eu precisava voltar para casa. Mas outra coisa também era certa: eu não queria me separar do Nico.

...

A quinta-feira começou conturbada. Meu chefe estava ensandecido atrás de mim e me passou um trabalho urgente. Nem mesmo nas minhas férias eu era deixada em paz. É óbvio que eu adoro o meu emprego, mas quando eu tiro férias, não quero ser incomodada com nada relacionado a ele. Como sou uma toupeira — nunca entendi muito bem essa expressão, toupeiras são animais fofinhos — acabei concordando em ajudar. E de fato ajudei. Passei mais de seis horas revisando um conto curto que fora pessimamente traduzido. Fiz as devidas correções e quando finalmente estava livre, resolvi caminhar até uma confeitaria perto dali. Sabe o que havia lá? Cupcakes red velvet com cream cheese e morango. Céus, cheguei ao paraíso.

Marcela, que havia saído cedo para procurar um apartamento, acabou me encontrando na confeitaria e me acompanhou na aventura dos doces. Quando voltamos para o apartamento, Noah e Nico já estavam lá. Os dois estavam jogados no sofá assistindo a um programa de comédia muito ruim. Mas eles riam descontroladamente, o que era estranho. Não havia sinal da minha futura utópica sogra, então nos oferecemos para preparar o jantar. Isso nada tem a ver com a ideia machista e absurda de que mulheres devem ficar na cozinha enquanto os homens se divertem. Na verdade, só estávamos tentando retribuir tudo o que aquela família vinha fazendo por nós, que não era pouco, por sinal!

Adoro comer, o que não significa que saiba cozinhar. No entanto, eu me garanto em algumas coisas e uma delas é macarrão. Cozinhamos a massa e preparamos um molho de tomate com linguiça calabresa. Compramos queijo parmesão fresco e ralamos uma quantidade suficiente para um batalhão. Que fique claro que metade desse batalhão é composto única e exclusivamente por mim. Quando o assunto é queijo, meu sobrenome vira Jerry — e eu tenho certeza de que você o conhece, afinal, que criança não passou a infância curtindo esse desenho, que só muitos anos depois eu percebi que não tinha falas?!

Quando estávamos terminando de preparar a mesa, Elena invadiu o apartamento com uma expressão um tanto transtornada. Ela informou que já estava de saída novamente e nos desejou um ótimo jantar. É claro que nós ficamos preocupados com ela, mas seus filhos disseram que devia ser algum problema na butique. Ou com Miguel. Quem diabos é Miguel, oras?

— O homem que deveria ser o nosso pai — Nico respondeu enquanto se sentava à mesa.

— Mas não é – Noah completou, também se juntando a nós.

Apesar do clima estranho inicial, nós tivemos um jantar agradável. O nosso macarrão foi fervorosamente elogiado e eu fiquei satisfeita com isso. Talvez Nico perceba que eu sou uma mulher para casar.

— E quem disse que eu não percebi? — ele comentou, me puxando do meu espaço imaginário de volta para a realidade.

Ah, meu Deus, mas que droga! Eu havia dito aquilo em voz alta? Mas que inferno, Nina! Eu não sabia onde enfiar a minha cara. Queria ser um Pokémon apenas para que alguém me enfiasse sabiamente para dentro de sua pokebola, mas não aconteceu. Como também não sabia o que falar, resolvi fazer aquilo que eu fazia de melhor: comer. Enfiei um garfo cheio de macarrão na boca e nada disse, afinal minha-mãe-me-ensinou-a-não-falar-de-boca-cheia. É claro que eu continuei constrangida, mas eu não queria estender aquele assunto.

...

Nico ficou incumbido de encontrar um filme divertido para assistirmos, enquanto Marcela recolhia os itens da mesa e levava até mim e Noah na cozinha. Nós colocamos tudo dentro da lava-louças. Ele percebeu que eu estava um pouco desanimada e quis saber o motivo.

— Espero que não seja minha culpa — ele disse todo cabisbaixo. — Não era minha intenção.

— Não, imagina, não é nada com você. É só que... o fim da minha viagem se aproxima e eu ainda não sei o que fazer. Eu queria muito largar o meu emprego em São Paulo, apesar de amá-lo, e vir para cá. Mas não posso fazer isso. Além do emprego, que com certeza é o melhor emprego que já tive na vida, tem também a questão dos meus pais. Não posso simplesmente não pensar neles, sabe? E embora eu tenha certeza absoluta da intensidade do que Nico e eu estamos vivendo, parece loucura deixar uma vida inteira para trás por causa de um homem que eu conheço há menos de um mês.

— Você está se prendendo a muitos detalhes. As considerações sobre o seu emprego e os seus pais são válidas, embora você seja capaz de conseguir um emprego ainda melhor por aqui. Mas quanto ao tempo de relacionamento de vocês, isso é bobagem.

— Bobagem? — perguntei com descrença.

— Sim, bobagem — insistiu. — O que é mais importante para você: o tempo ou a intensidade com que as coisas se dão? Até onde eu sei, dois anos de relacionamento com aquele banana do Marco não chegam nem perto das três semanas ao lado do meu irmão.

Eu tentei digerir aquelas palavras... Vida. Será que a consideramos por quão rápido as coisas acontecem ou por quão intensas elas se dão? Acionei o modo "Nina pensativa" e me preparei para queimar muitos neurônios nos próximos dias.

15

Acordei bem assustada naquela manhã de sexta-feira. O motivo? Um daqueles pesadelos no qual a pessoa acha que está caindo. Depois de tantas reflexões sobre o que fazer da minha vida, eu merecia um sonho mais promissor, mas não. Acordei ofegante e levemente desesperada. Foi um alívio descobrir que havia sido apenas um sonho, mas eu queria descobrir o motivo por trás dele — o que foi uma ideia péssima, diga-se de passagem. Fiz uma rápida busca sobre o significado daquele sonho e todos diziam a mesma coisa: sinal de perigo, tensão à vista. Ah, que ótimo, não preciso de mais nada, não é?

Mas a vida parecia discordar de mim. Parecia achar que eu precisava de uma dose de constrangimento para agitar ainda mais o meu dia. E eu faço questão de detalhar como exatamente essa dose extra de constrangimento se anunciou na minha vida. O dia estava mais quente do que os anteriores. Não era o calor terrível do verão em São Paulo, mas me permitiria sair de casa sem casaco. Eu estava escovando os dentes e pensei que seria uma boa ideia apressar a Marcela, pois duvidava que ela já tivesse levantado da cama, embora tenhamos combinado de tomar o nosso café da manhã no Jardim Japonês. Abri a porta do seu quarto e... Olá, constrangimento!

Marcela e Noah estavam juntos. Fazendo vocês sabem o quê. Se estivesse frio, era provável que eles estivessem debaixo da coberta. Mas estava calor.

Oh, céus! Eu tentei dizer algo, mas, como estava cheia de pasta de dente na boca, eu engasguei — como se a coisa não pudesse ficar pior. Eu não sabia se me desculpava, saía de mansinho ou tossia. Várias opções para uma pessoa em choque. Marcela e eu somos melhores amigas e muito próximas, mas isso não significa que eu queira vê-la com um homem em momentos tão íntimos. Menos ainda com um homem que é o meu cunhado, ainda que provisoriamente. Especialmente se esse cunhado tiver "se declarado" para mim há dois dias. Quer dizer, eu queria que ele seguisse em frente, então talvez devesse ficar feliz por esses acontecimentos.

Ah, eu ainda estava ali tossindo e sendo inconveniente. Esbocei desculpas incompreensíveis e saí do quarto tão rápido quanto pude. O que mais faltava me acontecer? Ah, claro. Faltava eu presenciar uma discussão entre Nico e Elena no andar de baixo, na cozinha. Eu bem que tentei me esconder, mas eu não era um tatu-bola — eu sei o que vocês estão pensando, mas esse não é o ponto. O ponto era: eu não queria estar ali. Mas estava. E não havia um jeito educado de dar o fora. Eu não tinha como saber o motivo real da discussão, mas de uma coisa eu estava certa: meu nome estava no meio dela. Eu queria apenas estar morta!

(por Nico)

Coisas estranhas vinham acontecendo. Miguel retornava vez ou outra para tratar algum assunto importante com a minha mãe. Isso lhe dava nos nervos, eu sabia bem. Às vezes ele perguntava por mim, o que era um disparate tremendo e o que magoava minha mãe ainda mais. Porque não importava o que estivesse acontecendo, ele nunca perguntava por Noah. Se tudo isso já não bastasse, Elena ainda andava preocupada com os negócios da família, tanto com sua butique quanto com a minha livraria. Eram tempos difíceis e eu precisei demitir um dos meus funcionários para diminuir as despesas. Eu não gostava disso, é claro que não, mas não havia alternativa no momento. O estresse vinha me consumindo, bem como a proximidade do retorno da Nina para o Brasil. Resolvi que seria bom tirar um dia de folga para ficar com ela, mas minha mãe não pareceu muito feliz com isso.

— São tempos difíceis, Nícolas. Eu adoro a Nina, você sabe disso, mas não acho prudente você ficar tirando dias de folga dessa maneira. A livraria está com um funcionário a menos, você fará falta.

— Alguma vez eu a decepcionei, dona Elena? — perguntei com seriedade. Ela só me chamava de Nícolas quando estava estressada. — Eu não me daria um dia de folga se soubesse que a livraria precisa de mim. Gostaria que você me desse um voto de confiança.

— Eu confio em você, Nícolas. Só estou bastante preocupada. Não só com os nossos negócios, mas também com como a partida da Nina vai afetar você.

(por Nina)

O clima estranho pairou sobre nós, e foi Elena quem o interrompeu, dando um beijo em minha testa e um abraço caloroso, seguidos de uma breve despedida. Nico e eu ficamos a sós e eu não tinha certeza se estava tudo bem, se queria estar ali ou se queria saber do ocorrido. Mas, ignorando todos os alertas do meu bom senso, eu disse:

— Está tudo bem? — quis saber, ou não.

— Melhor agora que você chegou — ele devolveu com um sorriso que parecia cansado.

Não importava qual sorriso ele lançava em minha direção, o efeito costumava ser o mesmo: minhas pernas, apesar de fartas e resistentes, subitamente fraquejavam e tudo o que eu queria era estar perto dele. Não foi diferente dessa vez. Ele se aproximou e me presenteou com um daqueles beijos que pedem mais. E com ele, eu sempre queria. Não importava a hora, o dia ou local. Não importava também que uma tensão estranha estivesse nos rondando instantes antes. Na verdade, talvez toda essa tensão pudesse ser aliviada com a proximidade dos nossos corpos, com o calor que o dele emanava diretamente para o meu.

Eu estava prestes a arrastá-lo para o seu quarto, mas Nico era bem mais prático, de modo que ele apenas me empurrou na direção do enorme balcão de granito da cozinha e me impulsionou para que eu me sentasse nele. Minhas pernas envolveram sua cintura e eu não resisti. Mordi e beijei seu maxilar e segui para a sua orelha, mordi o lóbulo e suspirei no instante em que suas mãos fogosas apalparam minhas coxas.

"O calor aumenta de forma drástica em Buenos Aires", diria uma garota do tempo em um noticiário local. "O clima foi abruptamente congelado graças a um fenômeno que apenas uma manhã estranha pode proporcionar", emendaria a garota do tempo assim que o Noah e a Marcela aparecessem na cozinha.

Aquela manhã de sexta estava sendo... como posso dizer? Curiosa, talvez. O nível de constrangimento não poderia ser maior. E a minha vontade de cavar um buraco na terra e me esconder também. Eu mal havia levantado da cama, o que mais ainda poderia nos acontecer?

— Tirei o dia de folga — Nico anunciou com um daqueles sorrisos desconcertados e extremamente fofos.

— E eu resolvi negligenciar minha aula chata — Noah emendou.

— Logo — Marcela concluiu —, temos o dia inteiro de folga. Para nós. Todos nós.

Aquilo era uma notícia maravilhosa e talvez me ajudasse a abstrair todas as coisas bizarras daquela manhã. Marcela iria embora no dia seguinte e eu queria aproveitar a companhia de minha amiga, principalmente considerando o fato de que passaríamos a viver em países diferentes muito em breve. O que era péssimo, pois eu queria viver no mesmo país que ela. Ou mais precisamente, no mesmo país do Nico. E do Noah. E da minha futura utópica sogra. Será que os meus pais aprovariam essa ideia? Será que eles embarcariam nessa comigo? É claro que eu não poderia pedir isso a eles, mas eu não suportava a ideia de não vê-los toda semana ou sempre que desejasse. E tê-los comigo em Buenos Aires seria uma espécie de benção maravilhosa. Quanto ao meu emprego, eu poderia dar um jeito, certo? Tentar coisas novas em uma cidade nova!

Esses pensamentos foram interrompidos pelo anúncio que meu estômago tanto aguardara:

— Então, vamos tomar nosso café! — Noah disse todo animado enquanto vestia uma camisa.

Nós nos arrumamos para finalmente sair do apartamento. Quando Marcela se afastou, engatando um papo aleatório com Nico, eu olhei para Noah que apenas sorriu de forma constrangida. Quis apertar suas bochechas e assim o fiz. Ele fez uma careta em minha direção e me encarou como quem diz — de forma cínica, vale enfatizar: "Que foi?". Bom, era eu quem devia fazer essa pergunta. Eu queria detalhes. Sórdidos, de preferência. Não tão sórdidos quanto o meu flagra, é claro, mas ainda assim.

— Quero saber o que aconteceu, oras. E não me poupe detalhes — exigi com um olhar pra lá de ameaçador.

— Esse não é o tipo de conversa que você deveria ter com a sua melhor amiga? — ela me questionou de sobrancelha erguida.

— Pois eu o nomeio meu melhor amigo — rebati com um dar de ombros. — Já pode me contar?

— Tudo bem... — concordou com um suspiro e um sorriso absurdamente lindo e fofo. Ele com certeza havia aprendido com o irmão. Eita genética abençoada! — Nós bebemos algumas cervejas, o papo começou a fluir de maneira agradável e a Marcela me encarava daquele jeito, sabe? — assenti, pois eu mais do que ninguém conhecia esse olhar nada discreto da minha amiga. — E eu não sou exatamente um santo ou coisa parecida, sabe? Em algum momento acabei beijando-a e foi bom. Muito bom, inclusive. — Pausa para a nota: ele dizia isso de bochechas coradas. Que menino fofo! — E aí você sabe... Uma coisa leva a outra e acabamos dormindo juntos.

Sério? Aquilo era tudo o que ele podia me oferecer quando eu pedia detalhes sórdidos? Preciso confessar que eu estava decepcionada. Talvez Marcela pudesse me oferecer mais detalhes a respeito de como conseguiu, finalmente, fisgar o meu cunhado.

— Ela não sabia sobre mim — ele comentou baixinho, os olhos focados bem longe dos meus. Era óbvio que estava com vergonha e eu continuava a achá-lo uma fofura sem fim.

— E...? — quis saber.

Agora, só agora, eu me dava conta desse pequeno detalhe. Marcela não sabia que Noah era transexual. Nunca me ocorreu conversar sobre isso com ela, afinal, não dizia respeito a mim, certo? Se Noah quisesse que Marcela soubesse sobre ele, era ele quem deveria contar. Eu confiava nas decisões da minha amiga, pois, assim como eu, ela costumava ser uma pessoa bastante sensata e de mente aberta. De todo modo, eu estava curiosa para saber mais sobre a reação dela.

— E eu fui surpreendido, pois ela simplesmente não deu importância para a minha revelação. Depois que eu lhe contei sobre mim, ela continuava sorrindo daquele jeito, com desejo e admiração.

— Não podia ser diferente — concluí, imensamente satisfeita e agradecida por estar cercada de pessoas tão incríveis.

— Foi estranho — ele confessou com um sorriso bobo enquanto bagunçava o próprio cabelo. — Mas de um jeito bom — ele completou, e eu podia apertá-lo para sempre entre os meus braços.

Marcela reclamou por estarmos andando tão lentamente. Oras, os meus noventa e dois quilos não saem simplestemente deslizando por aí! Ainda assim apertamos o passo e Nico riu quando eu comecei a resmungar da velocidade desnecessariamente acelerada daquela caminhada. Afinal, não íamos tirar o pai da forca. Ou será que íamos?

Entramos no melhor café de Buenos Aires — palavras dos irmãos Viegas, só agora eu descobrira o sobrenome lindo deles — e já estávamos prontos para adicionar mais um acontecimento bizarro à listinha do dia. Marco estava lá. E não era só isso. Marco estava lá com outra garota. Calma, ainda tem mais. Marco estava lá com outra garota muito parecida comigo. Eu não sabia se devia cair na gargalhada ou chorar de desespero.

Marco, que tanto relutara em me assumir para a família e amigos — e também para si — estava ali exibindo uma garota gorda, de cabelos castanhos e olhos suaves. Ela era dona de um estilo mais alternativo, tirando isso, éramos muito semelhantes. Eu achava que havia um limite de acontecimentos bizarros num único dia, mas o Cosmo estava me provando que eu estava errada.

Respirei fundo e ignorei aquela presença inacreditável. O que ele ainda estava fazendo em Buenos Aires? Aquilo parecia uma perseguição doentia, ou talvez eu estivesse demasiado afetada pelas minhas emoções. A mão carinhosa de Nico me guiou pelas costas até o balcão, onde pedimos comida para os próximos cem anos, sem exagero! E se havia nesse mundo algo capaz de me deixar muito feliz era comida. Céus! Nico e Noah não estavam mentindo, tudo naquele lugar era divino. Fui agraciada com uma trança doce recheada com doce de leite e mel, e não é que a combinação era realmente magnífica?

Comemos, bebemos, rimos, conversamos. E em nenhum momento eu me lembrei da incômoda presença do meu ex-namorado. Marcela e Noah às vezes pareciam grandes amigos e em outros momentos davam a impressão de algo mais. Eu não sabia por qual das opções estava torcendo. Eu só queria que eles fossem felizes, independentemente da forma. Já era quase meio-dia — sim, o nosso café da manhã havia se estendido até o almoço — quando Marco se aproximou da nossa mesa para se despedir. Era inacreditável que ele ainda se desse ao trabalho.

— Estou voltando para o Brasil hoje — ele disse olhando diretamente para mim. — Lola — ele apontou com pouco caso para a garota que o acompanhava e o esperava na porta do café — é só um passatempo. Algo típico de uma viagem de férias, um rolo descompromissado. Mas você e eu, Nina, somos "vida real". Vamos ficar juntos, não é? Imagino que saiba que eu estarei esperando você, não?

— Pois espere deitado — Marcela respondeu em meio a uma gargalhada. — E, se quiser, pode se esquecer de respirar também. Ninguém aqui se importa.

Eu sabia que a minha amiga era doida para dizer umas verdades na cara do meu ex, e não é que ela e as suas piadinhas haviam aparecido em momento oportuno? Eu caí na gargalhada junto com ela, e Nico e Noah também não se esforçaram muito para controlar o riso. Aquele cara não enjoava de fazer papel de otário e nós não nos cansávamos de rir da cara dele. Ao menos ele havia se tornado a grande piada da minha vida, e dizem que rir é o melhor remédio.

Ele saiu da cafeteria acompanhado do seu passatempo — tadinha, essa tal de Lola não sabia onde estava se metendo — e nós voltamos para as nossas conversas. Marcela estava entusiasmada com a mudança e eu estava incrivelmente feliz por ela. Como se invadida por uma invisível dose de coragem, eu tomei uma decisão: mandaria o meu currículo para algumas editoras de Buenos Aires, sem grandes pretensões. Caso recebesse alguma reposta positiva, bom... Aí, sim, eu teria com o que me preocupar, não é mesmo?

16

O Cosmo resolveu colaborar e o restante do dia transcorreu de maneira tranquila. Eu duvidava seriamente que mais coisas estranhas pudessem acontecer, mas nunca se sabe. Algumas horas depois fomos ao cinema, e por sorte já havia espaço para a pipoca. O filme estava realmente muito bom, mas Nico e eu negligenciamos algumas partes, porque era simplesmente impossível não querer beijá-lo, ainda mais naquele escurinho tão reconfortante. Como boa bisbilhoteira que sou, não pude deixar de notar que a minha melhor amiga e Noah — meu futuro utópico cunhado e recentemente nomeado meu melhor amigo — também trocaram carícias e uns beijos. Eu não sabia onde aquilo ia dar, mas estava realmente satisfeita com os caminhos tomados.

A noite caiu e nós resolvemos passar no mercado antes de voltarmos para casa. Compramos um monte de besteiras, pois o plano era fazer uma pequena festa privada para a despedida de Marcela. Sabíamos que ela voltaria em breve, mas nós não precisávamos mesmo de motivos para uma bagunça. Chegamos em casa e resolvemos que um banho cairia muito bem. Eu saí do banheiro com uma toalha enrolada na cabeça e Nico seguiu para o chuveiro, mas não sem antes de me dar um beijo. Peguei a primeira camiseta que vi, que obviamente não era minha, e vesti uma calcinha limpa e perfumada. Passei a escova no cabelo de forma preguiçosa e corri para o meu notebook, que estava à minha espera em cima da cama. Respirei fundo antes de abrir o arquivo no qual eu havia pensado todo o dia: meu currículo.

Ele estava atualizado e muito bem escrito. Aquilo era loucura, mas eu precisava tentar. Fiz uma rápida pesquisa no Google de todas as editoras de Buenos Aires. Junto ao currículo enviei uma carta de apresentação. Revisei tudo milimetricamente antes de enviar, afinal, que espécie de revisora eu seria se deixasse passar algum erro? Quando por fim constatei, com satisfação, que estava tudo certo, tomei coragem e apertei "enviar". Pronto, estava feito, agora era só cruzar os dedos. E foi exatamente isso que eu fiz. Não que eu seja supersticiosa, mas acho que mal não vai fazer. Afinal, são apenas dedos posicionados de uma forma não convencional. Mas ainda que fossem só isso, eu esperava que eles realmente trouxessem sorte.

— Você fica sexy enquanto trabalha — a voz dele me puxou de volta para a realidade. — Mais ainda com uma das minhas camisetas e uma calcinha de renda. E de cabelo molhado. Aprecio a combinação.

Receber elogios em momentos de tensão é tão inacreditavelmente bom. Eu estava ficando mal-acostumada, sabia bem. Não haveria, em nenhum outro lugar do mundo, um homem tão maravilhoso capaz de me elogiar e fazer eu me sentir a mulher mais bonita do planeta como Nico fazia. E a única solução para isso era simples: ficar com ele. Não dava para ser diferente. Não podia ser.

— Ver você recém-saído do banho, apenas de toalha e com o cabelo molhado é... Bem, sexy é um adjetivo muito banal para isso.

Ser sincera é um dos pontos fortes da minha personalidade. E era bom ser sincera com Nico, principalmente porque eu só tinha coisas boas para falar a seu respeito. Coisas quentes, às vezes. Falar coisas quentes em voz alta fazia minhas bochechas queimarem, mas ele parecia gostar disso. Ele parecia gostar de coisas tão estranhas. Como me ver usando uma de suas camisetas velhas com uma calcinha de renda e o cabelo molhado. Ele também gosta do meu cabelo bagunçado pela manhã. Gosta da forma como eu gargalho livremente quando ele diz algo engraçado. Gosta de me ver de calça jeans e regata. E tênis. Gosta de me ver sem maquiagem. Gosta do meu "comer sem culpa". E eu sabia disso porque ele estava sussurrando todas essas coisas no meu ouvido...

Ah, Nico! Eu passei por tantos caras errados. Por onde você andava? Na Argentina, é claro. Mas por que eu demorei tanto tempo para vir ao seu encontro? Eu precisava acreditar naquele papo de que as coisas acontecem quando têm que acontecer. Deveria haver algum motivo para tamanha demora, mas agora não precisávamos mais esperar.

Ele me beijou e meus lábios não podiam ser mais receptivos. O toque quente de suas mãos deslizando pelo meu corpo era inebriante. Contei a ele sobre o envio dos currículos. Não era o momento mais oportuno, convenhamos, mas, quando a coragem surgia, eu não podia desperdiçá-la. Ele me encarou com uma das sobrancelhas erguida, mas um sorriso brincava em seu rosto. Suspirei aliviada. Eu podia estar entendendo de maneira equivocada os sinais que ele me enviava. Acho que não era o caso.

— Então você quer ficar? — ele me questionou como se a minha resposta não fosse óbvia.

— Não — respondi com uma careta. — Mandei os meus currículos de sacanagem — respondi em tom de brincadeira. Ele me empurrou na cama, ameaçando brigar comigo, mas tudo o que eu recebi foi um daqueles beijos que chegam a me deixar tonta.

Aquele era o prelúdio de algo mais e, pelo que nossos corpos demonstravam, nós estávamos de acordo. Ótima forma de terminar o dia e iniciar uma festinha de despedida. Mas o Cosmo, apesar de não me presentear com nada bizarro, não evitou que o meu celular tocasse bem naquele instante. Eu estava disposta a ignorar a chamada e colocar no silencioso, mas era a minha mãe. Ela não era de me ligar, então, deveria ser importante.

— Minha filha? — ela perguntou quando atendi à ligação. — Eu e seu pai gostaríamos de conversar com você...

— Aconteceu alguma coisa? — Eu já estava sentada na cama e a preocupação havia tomado cada poro do meu ser.

— Estamos bem, não se preocupe. Mas, durante todo esse tempo, nós evitamos uma conversa que acreditamos não poder mais ser adiada.

Aquela ligação estava me deixando aterrorizada. Definitivamente, aquele dia poderia não ter acontecido — quer dizer, ele bem que podia ter sido editado.

...

Eu tenho uma teoria: se você tem um assunto importante a tratar e não pode fazê-lo imediatamente, fique de boca fechada. Dizer "precisamos conversar" e adiar esse momento é simplesmente muita crueldade. E foi exatamente o que a minha mãe fez. Eu expus como aquilo me deixava furiosa, mas mãe é um bicho danado e sempre tem algum argumento.

— Eu sonhei que você não voltava para casa — ela disse com a voz melodiosa para me desarmar. — Mas eu preciso que você volte, pois seu pai e eu queremos conversar com você.

E o que mais eu poderia fazer? Como eu poderia lutar contra esse tal de sexto sentido que as mães dizem ter? Fiquei furiosa, só faltou eu espumar pela boca. O que eu faria, caso soubesse. Mas como não era o fato, tentei me acalmar com os braços de Nico me envolvendo e seus lábios que sussurravam palavras carinhosas para mim. Quando nos reunimos com Noah e Marcela, eu já parecia uma pessoa normal novamente. Bom, isso depende do que você considera normal, é claro.

Tivemos uma noite agradável. Assistimos a filmes, comemos pipoca, bebemos refrigerantes e conversamos muito. A minha melhor amiga partiria na manhã seguinte e teria cerca de quinze dias para preparar a sua mudança e voltar para Buenos Aires. Isso significava que nós teríamos poucos dias juntas também no Brasil, mas eu estava tão feliz por suas conquistas, que tentava deixar esse pensamento de lado.

Despedir-me dela na manhã seguinte foi difícil. Eu queria abraçá-la bem apertado até esmagar suas costelas, o que ela considerava uma demonstração exagerada de carinho. Não que eu me importasse. Ignorei seus protestos e a abracei. Logo em seguida foi a vez de Noah. Eles trocaram um sorriso cúmplice, mas compartilharam apenas um abraço. Nico já estava na livraria, mas havia enviado uma mensagem desejando um bom retorno para a minha amiga. O final da mensagem dizia: "Nos vemos em breve", e secretamente eu desejei que aquelas palavras tivessem sido direcionadas a mim.

Pelo aeroporto ecoou a última chamada do voo da Marcela. A despedida não foi tão dramática quanto seria se dependesse única e exclusivamente de mim, mas eu ainda estava emotiva. Noah me abraçou e prometeu que teríamos um dia agradável, e de fato nós tivemos. Fomos até *La Boca,* onde fizemos um passeio pra lá de divertido. Almoçamos no Caminito e tiramos muitas fotos em meio a tantas cores. Eu achei que aquele colorido fosse proposital para dar um charme extra ao bairro, mas Noah me disse que não. As casas possuíam diversas cores, porque o bairro fora habitado principalmente por imigrantes que chegavam de navio ao porto, localizado naquela parte da cidade. Como o dinheiro era pouco, os imigrantes pintavam as casas com as tintas que sobravam nos navios. E não é que o resultado era visualmente incrível? Alguns poderiam considerá-lo caótico, eu achava a vista impressionante. No fim no dia, nós nos encontramos com Nico. Noah foi encontrar alguns amigos da faculdade e nós fomos a um restaurante maravilhoso no centro da cidade. Aquela estava sendo uma noite fantástica!

...

— Nina, seus pais biológicos querem conhecê-la — minha mãe me disse com um semblante que não expressava nada.

— Nós contraímos uma dívida muito alta com a família do Marco — meu pai dizia com vergonha. — Você precisa se casar com ele, minha filha.

— Eu e o seu pai estamos muito doentes — era a voz cansada da minha mãe. — Precisamos de você aqui conosco.

— Nós não a adotamos — confessa o meu pai, cabisbaixo. — Eu e a sua mãe a sequestramos, mas foi tudo por amor...

— Você tem uma irmã. E ela está morrendo...

...

Acordei. Assustada, ofegante e suada. Nico se levantou no mesmo instante, em estado de alerta. Embora aquilo tivesse sido apenas um pesadelo, algumas lágrimas escorreram pela minha face e outras até ousaram entrar na minha boca. Não consegui conter um choro baixinho e assustado. Nícolas me estendeu um copo d'água — sempre localizado na cabeceira de sua cama — e em seguida me abraçou. Era provável que eu estivesse me preocupando demais com essa tal conversa familiar misteriosa, mas o que eu poderia fazer? Tenho uma imaginação fértil totalmente influenciada por milhares de novelas mexicanas.

Tenho uma pequena teoria sobre relacionamentos e gostaria de compartilhá-la. Um homem — ou mulher, depende da sua orientação — que é bom de cama, gosta de você e tudo mais, é incrível, certo? Mas percebemos que essa pessoa é a certa apenas quando ela, numa situação difícil, escolhe ficar do nosso lado. Em namoricos colegiais é comum que uma das partes não se empenhe em ajudar a outra em todos os momentos: bons e ruins; pessoais e profissionais. Porém, quando encontramos alguém que nos apoia incondicionalmente e não mede esforços para estar ao nosso lado, é provável que essa seja "a pessoa certa".

E era exatamente isso que eu via em Nico. Ele passou a noite toda me acalmando e, ao perceber que seria difícil eu voltar a dormir, ficou acordado comigo jogando conversa fora. No meio do papo ele me contou que vinha trabalhando secretamente no envio dos meus currículos, principalmente para os seus conhecidos do ramo. Um sorriso tão grande se formou em meus lábios, que ele pareceu feliz por estragar seu segredo.

Quando amanheceu e tudo parecia mais claro — no céu, na minha mente e no meu coração — Nico me convidou para um passeio na feira de

San Pedro Telmo. Comemos apenas uma fruta, pois ele me garantira que a gastronomia de rua da feira era maravilhosa. E, para variar, ele estava absolutamente certo.

Comi a melhor — e mais diferente — empanada da viagem. Era aberta e trazia no seu interior queijo, presunto e catupiry. As fornadas eram pequenas e como o local estava lotado, todo mundo comia as empanadas bem quentinhas. O acompanhamento? Refrigerante de *pomelo*. Difícil explicar o gosto disso, viu? Mas é cítrico e doce na medida certa.

Embora eu quisesse repetir a dose daquela empanada maravilhosa, Nico me aconselhou a guardar espaço para as outras delícias que viriam ao longo do dia. E, convenhamos, eu não tinha motivos para não confiar nele, não é mesmo?!

Fiquei totalmente deslumbrada com a feira. Estava lotada e havia uma variedade sem fim de produtos. Lojas, barracas e toalhas estendidas na rua. Os preços eram divinos, não dava para resistir! Comprei uma bolsa caramelo de couro e franja para mim. Era linda e no Brasil eu nunca iria achá-la pelo mesmo valor. Aproveitei para comprar uma bolsa para a minha mãe e uma carteira para o meu pai, eles iriam adorar. Continuamos andando e, entre compras e fotos, Nico e eu trocávamos beijos e carícias. Estava me sentindo tão realizada naquele lugar, ao lado dele. Era um sacrilégio pensar em construir a minha vida adulta em outro lugar.

Já era quase meio-dia quando ele me puxou pela mão e resolveu aderir ao ar misterioso recentemente adquirido pela minha mãe.

— Vem comigo — ele disse, puxando-me para o desconhecido entre o aglomerado de gente. — Tenho uma surpresa para você!

17

Eu não sabia o que Nico estava armando, mas tinha certeza de que iria adorar, independentemente do que fosse. Esse homem nunca perdia a capacidade de me surpreender e eu sempre o admiraria por isso. Ele me arrasta para perto de uma enorme praça, onde uma concentração de pessoas dificulta a nossa passagem. Assim que conseguimos enxergar algo além de cabeças e mais cabeças, avisto um casal dançando tango. Eles são maravilhosos e o público parece entusiasmado. Há um chapéu preto posicionado no chão, onde pessoas como Nico e eu depositam alguns trocados. Quando o casal encerra o seu número, a plateia explode em aplausos.

Nico pede para que os música continue tocando e eu respiro fundo e penso comigo mesma que ele não pode fazer o que eu acho que ele vai fazer. Mas ele faz.

Sou arrastada para o centro daquele aglomerado e Nico cola o meu corpo no seu. Ele se posiciona, enquanto eu escondo o meu rosto em seu ombro, mortificada. Ele sussurra alguma coisa em meu ouvido, mas não entendo. Estamos prontos e então ele me conduz. Tento me lembrar dos passos que aprendi na noite em que o conheci. Eu havia me saído bem, mas ali era diferente, havia dezenas de pessoas nos encarando. Nós éramos o foco e não podíamos errar.

Os minutos que se seguiram me pareceram uma eternidade. No fim das contas nós nos saímos bem e os aplausos continuavam empolgados. Antes que o casal profissional voltasse para o centro daquele círculo improvisado, Nico se preparou para se ajoe... Não. Não, não, não, não. Levanta, levanta daí agora mesmo, eu quis dizer. Tarde demais. O joelho direito já havia encontrado o chão de paralelepípedo. Eu podia ver a empolgação das pessoas ao nosso redor. Elas estavam sorrindo, achando tudo fofo e romântico. Elas não achariam nada disso se soubessem que Nico e eu tínhamos pouco mais de três semanas de um relacionamento sem nomenclatura e que em três dias eu estaria voltando para o Brasil.

Mas que porcaria estava acontecendo? Quis correr, gritar, voltar para a minha pokebola imaginária, mas fiquei ali, incrédula e petrificada. As batidas descompassadas do meu coração me faziam respirar com certa dificuldade. Aquilo realmente seria um pedido de casamento? Não podia ser...

Era óbvio que eu queria me casar com ele, mas não agora, não quando o futuro parece tão incerto diante de nós. Não quando nós nem tínhamos completado um mês juntos. Não quando a minha mãe tinha algo misterioso para me revelar. Não quando...

— Nina — sua voz começou a falar e o tom era romântico, fofo e apaixonado. O que eu deveria fazer? O que eu poderia fazer? — Eu sei que você está apavorada... — Todos à nossa volta riram e eu emiti um chiado nervoso que deveria ser um riso, mas foi alguma outra coisa bizarra. — Eu sei que isso parece loucura. — Ele continuou, apontando para o nosso entorno, mas eu sabia do que ele estava falando. — Mas em você eu encontrei a mulher com quem quero passar a minha vida e eu não posso deixá-la escapar. Tenho convicção de que quero me casar com você, mas sei que é um pouco cedo para isso. E é provável que eu assuste você ainda mais com um pedido desses. Então, eu gostaria de começar a nossa subida pelo primeiro grau. Você gostaria de namorar comigo?

Aquilo era loucura. Eu tinha um emprego, uma família, uma vida inteira em São Paulo e nada mais era certeza para mim. Mas Nico estava diante de mim e agora segurava uma rosa vermelha tirada sabe-se lá de onde. Eu seria apedrejada se não dissesse sim. Droga, droga, droga... Será que eu queria dizer outra coisa? Se eu pudesse ignorar todos os fatores complicadores desse relacionamento, eu não diria sim sem nem pensar duas vezes?!

— Sim — sussurrei na direção dele. A minha voz parecia pertencer a outra pessoa. — Eu quero uma vida inteira ao seu lado, Nícolas... Mas acho que um namoro é uma excelente forma de subirmos o primeiro degrau.

A plateia explodiu em polvorosa. Um sorriso bobo havia surgido no rosto do meu companheiro, ou melhor, namorado. Oficialmente namorado. Ele se levantou, entregou a rosa e me beijou. Foi um beijo com gosto de compromisso. E foi maravilhoso. Não importava se os meus planos me fariam partir em três dias, agora nós tínhamos um compromisso oficial e dezenas de testemunhas.Ele tirou do bolso uma caixinha preta de veludo que me pegou de surpresa.

— Achei que um anel passaria a mensagem errada e espantaria você, então... — Ele abriu a caixinha e revelando uma pulseira prateada com pedras que brilhavam muito à luz do sol. Eu não sabia que pedras eram exatamente, mas elas pareciam caras. — Espero que você goste.

É claro que eu gostei daquela surpresa. Que mulher em sã consciência não gostaria de ser presenteada de forma tão espontânea e original pelo homem que ama, logo após um pedido de namoro? Eu o beijei e foi intenso. Não importava que estivéssemos no meio da rua. Aquilo não podia esperar. Porque o nosso amor...Bem... Esse teria de esperar. *Quanto,* era o que ainda não sabíamos.

...

Os três dias que se seguiram foram uma tortura, no melhor estilo prova de resistência. Entre um passeio e outro, eu conferia o meu celular para saber se não havia chegado algum e-mail. O nome disso? Expectativa. Mas pode chamar de desespero, se preferir. A cada alerta sonoro que o celular emitia, eu sentia o coração quase saltar pela boca, para em seguida ser acometida pela decepção e senti-lo se transformar em um bolo preso na garganta, difícil de engolir — e olhem que eu amo bolos!

Eu tentava ser positiva, dizendo para mim mesma que alguma daquelas editoras iria me responder antes de quarta-feira. Eu me agarrei a essa esperança com toda a força dos meus noventa e dois quilos. Orei por isso. Quando encontrava um cílio meu ou do Nico perdido, suplicava por isso. Até as mais loucas simpatias eu fiz. Mas a verdade é que nada aconteceu. Nícolas e eu ainda parecíamos o casal apaixonado das últimas semanas, mas havia um brilho se apagando lentamente em nossos olhos. E também em nossos sorrisos.

Apesar da certeza de que ambos iriam se esforçar para fazer esse namoro-compromisso dar certo, não seria a mesma coisa.

— Um beijo pelos seus pensamentos — disse Nico, surpreendendo-me na hora do almoço.

Antes que pudesse dizer qualquer coisa, eu lhe roubei um beijo. Ele pareceu ofendido com a minha audácia, mas era só fingimento, pois rapidinho ele me sorriu daquele jeito terno e sedutor capaz de me encantar. Sorri de volta, mas, na simples menção de lhe revelar os meus pensamentos, meu sorriso murchou. E o dele também.

Não havia um jeito fácil de lidar com aquilo. Foi fácil me apaixonar por ele. Mas as facilidades acabariam por aí, eu sabia bem. Eu logo embarcaria para o Brasil, e não havia previsão de data para a próxima noite a ser compartilhada por nós. Aquilo fazia o meu coração doer. Em qualquer outra situação, eu correria para a farmácia à procura de um remédio para gases, mas não havia remédio para a dor que eu estava sentindo agora.

...

O clima em Buenos Aires amenizava pouco a pouco. Os meteorologistas previam uma tempestade daquelas para o dia seguinte, mas eu duvidava seriamente disso. O sol havia surgido e começava a vencer o agradável friozinho da capital argentina. Já era noite quando Nico e eu nos rendemos ao clima quente e nos despimos. Bom, eu me despi primeiro, com o real intuito de tomar um bom banho ameno, mas Nico não estava de acordo. Eu estava de costas para ele e não vi quando ele me puxou pela cintura e mordiscou a minha nuca. O arrepio foi instantâneo e eu bem que deveria ter contido um gemido, mas fui pega de surpresa. Ele adorava fazer isso comigo... Adorava ver como as minhas bochechas eram tomadas por uma vermelhidão depois de gemer de forma nada discreta. Aquilo era golpe dos mais baixos. Eu precisava de uma dose de discrição, afinal, não é como se não houvesse mais ninguém do lado de fora.

Então eu o despi... E todas as maneiras que ele encontrou para me provocar deveriam ser consideradas métodos arcaicos de tortura. Mas eu acho que sou bem masoquista, afinal, não me importei nadinha. Adorei cada segundo compartilhado por nós naquela noite. Foram beijos, toques, cabelos, suspiros, mordidas, gemidos, pés... Fomos Nina e Nico, como devia ser.

Aquele banho foi adiado. E, no meio da madrugada, finalmente entramos debaixo do chuveiro juntos. E houve mais amor, mais sexo, mais saudade antecipada. Os itens tradicionais daquele momento, como sabonete, shampoo e condicionador, tornaram-se mais eróticos do que algum dia já pude imaginar. Foi bom e doce, mas também amargo... Como eu imaginava ser toda despedida.

...

No outro dia, chovia forte em Buenos Aires e o trânsito era intenso. O meu voo estava programado para as 22 horas, mas eu precisava estar no aeroporto internacional Ezeiza às 19. Como o aeroporto ficava do outro lado da cidade, saímos às cinco da tarde. Nico, Noah e Elena... Todos queriam se despedir de mim e isso só fazia o meu coração se comprimir ainda mais. Eu já me sentia parte daquela família, e não queria ter que me despedir de nenhum deles, menos ainda do Nico. Ainda assim, estava me segurando para não derramar lágrimas na frente deles. Eu me debulharia quando entrasse naquele avião, mas não queria que eles se preocupassem comigo.

Chegamos ao aeroporto e o relógio já indicava 19h47. Sim, eu estava levemente atrasada, mas a culpa era do temporal que resolvera cair no fim do dia. Eu havia duvidado dos meteorologistas, mas não é que eles estavam certos? Que mania irritante essa de me contrariar. Quando eu confiava na previsão, acabava me ferrando lindamente.

Então, fiz o *check-in* e fui informada de que o portão já estava aberto. Havia chegado a hora que eu mais temia... Elena foi a primeira a me abraçar. Agradeci a ela infinitas vezes pela hospitalidade e carinho. E também pela oportunidade de vestir um dos seus maravilhosos vestidos, que havia sido guardado com muito cuidado na minha mala. Noah me esmagou em um abraço logo em seguida. A força dos seus braços estalou a minha coluna! Se eu fosse a Marcela, com certeza teria os pés fora do chão. Mas nem ele com aquele corpo jovem e sarado era capaz desse feito. Quando segurou meu rosto entre as mãos e me olhou nos olhos, notei as lágrimas prestes a serem derramadas. Ele também as estava segurando. Noah me abraçou de novo, mas dessa vez pude sentir sua voz rouca em meu ouvido.

— Você é incrível, Nina. Nunca permita que a façam se sentir menos do que isso. Você é maravilhosa e eu cheguei a acreditar que estava apaixonado por você... Mas você significou muito mais do que isso para mim. Você me mostrou que eu preciso me amar e que, se o fizer, outras pessoas o farão. Você estava certa, Nina. Logo depois que eu comecei a ouvir você, encontrei a Marcela, que me aceitou do jeito que eu sou. Não compartilhamos uma paixão intensa e avassaladora, como você e o meu irmão, mas vocês duas, de formas diferentes, conseguiram me mostrar que eu sou um homem merecedor de vivenciar e compartilhar tais sentimentos. O que vocês fizeram por mim, não há "obrigado" que agradeça.

Certo. Depois daquele discurso era impossível conter todas as lágrimas. Duas ou três acabaram escapando. Foi inevitável. E ele também não havia se segurado. Noah exibia algumas tímidas lágrimas deslizando pela sua face, e nós dois acabamos sorrindo um para o outro. O carinho que eu tinha por ele era notoriamente correspondido. Fazer dele o meu melhor amigo não havia sido uma brincadeira. Aquilo que nós dois compartilhávamos ia além das palavras. Do nosso jeitinho, nós nos entendíamos e, mais do que isso, nós entendíamos como era ser diferente.

— Diferente é bom, Noah — eu sussurrei de volta. — É único... É singular — completei.

E aquela despedida iria se alongar se não fosse por Nico exalando um ciúme mais fingido que o de novela mexicana. Nós sorrimos um para o outro e aquele sorriso era tão particular. Havia tanto embutido ali. E talvez ninguém além de nós pudesse compreender. Mas tudo bem, o amor não é questão de compreensão.

— Por onde eu devo começar? — ele perguntou de um jeito fofo, coçando a cabeça coberta apenas por uma penugem de cabelo castanho escuro.

— Por um sanduíche de miga, eu sugiro — respondi e nós dois rimos. Aquele pequeno momento havia acontecido há apenas um mês. Parecia fazer tanto tempo!

— Eu não sei por onde começar, Nina — ele confessou constrangido. — Mas independentemente de onde seja o começo, eu não permitirei que haja um final.

— "O amor não tem que ser uma história com princípio, meio e fim" — cantarolei em português essa canção que eu tanto amava e entregava a minha idade. Apesar de falar muito pouco da minha língua, Nico entendeu as minhas palavras e encontrou o seu ponto de partida.

Seus lábios.

Nos meus.

Um beijo.

Salgado.

De adeus.

18

Existe um sério problema com esse sentimento chamado esperança: se por um lado ele nos motiva, por outro ele nos proporciona as piores quedas. E mesmo sabendo que a segunda opção era uma possibilidade, foi quase impossível não deixar que uma pequena sementinha de esperança nascesse em mim naquela noite. Eu me sentei à mesa da cafeteria da área de embarque e, prevendo que a espera seria tediosa, pedi um chocolate quente com cobertura de doce de leite.

A chuva do lado de fora estava incansável... Era água que não acabava mais, não parecia que daria uma trégua tão cedo. E foi aí que a tal da sementinha nasceu em mim. Como se alguém estivesse lendo os meus pensamentos e dando vida aos meus devaneios esperançosos, todo o aeroporto ficou sem luz. Ele não deve ter ficado no escuro por mais de dez segundos, mas foi tempo suficiente para causar um alvoroço sem tamanho. Quando a luz retornou, as telas que indicavam a saída e a chegada dos voos estavam todas confusas e embaralhadas. Antes que eu pudesse me dirigir a um balcão de informações para saber mais a respeito, uma voz feminina, elegante e bastante robótica soou pelo alto-falante.

— Atenção, senhores passageiros. Informamos que, devido ao mau tempo, todos os voos programados para essa noite estão cancelados. Repito. Todos os voos programados para essa noite estão cancelados.

Ah, meu Deus! Aquilo era um sinal, não era? Só podia ser. Papai do Ceú estava querendo me dar mais um dia naquela cidade maravilhosa e talvez nesse único dia coisas incríveis pudessem acontecer, como arrumar um novo emprego, por exemplo. Um emprego bom o suficiente para me fazer mudar de São Paulo para Buenos Aires. Sim, isso seria maravilhoso. É claro que ainda tinha o segredo misterioso dos meus pais, mas, com um bom emprego garantido, eu daria um jeito no resto.

Corri de volta para a área de *check-in*, a fim de recuperar as minhas malas. Mandei uma mensagem de texto para Nico, implorando mentalmente para que ele não estivesse muito longe, ou para que as avenidas não estivessem todas tão congestionadas. Como todos os passageiros estavam tentando recuperar suas respectivas bagagens, o processo foi um pouco lento e tumultuado. Ainda assim, quando saí da sala de embarque, exatamente pelo mesmo lugar por onde entrei, fui tomada por um golpe de algo novo, mágico e maravilhoso. Aquilo era esperança, em sua versão mais simples. Encarei o celular, ansiosa pela resposta do Nico, mas me peguei levemente decepcionada quando não encontrei nada ali.

Droga! Será que o meu tombo do paraíso aconteceria assim, tão rápido? Eu nem havia tido tempo suficiente para fazer meu show de correr em câmera lenta com aquele tanto de mala, ou de chorar de felicidade com o celular estendido para o céu. Sabe, eu queria que o meu regresso relâmpago também tivesse a sua dose de novela mexicana, era injusto que só a despedida pudesse se dar a esse luxo. Sim, eu usei a palavra certa: luxo! Ter aquele ar de protagonista de novela mexicana é puro luxo, como diriam meus amigos gays.

Mas eu tive o meu momento e foi muito melhor que o esperado. Foi dramático e intenso na medida certa. Eu estava ali no saguão, abarrotada de malas, bolsas, sacolas e esperança, quando ouvi uma voz familiar me chamar pelo nome.

— Nina! — Eu acompanhei aquele som e me deparei com um braço estendido para o alto, acenando freneticamente em um aglomerado de gente próximo dali.

Forcei a vista um pouquinho para tentar enxergar o dono daquela voz rouca com o sotaque capaz de me tirar da órbita terrestre, mas não vi nada.

— Nina!!! — a voz insistiu, mais alta dessa vez.

E eis que do meio daquele aglomerado de pessoas surge Nícolas Viegas em todo o seu esplendor. Não consigo controlar o sorriso que toma a minha face. Não sei qual foi a bruxaria que ele fez para chegar ali tão depressa — considerando o engarrafamento que pegamos na vinda —, mas não me importo. Acomodo toda a minha tralha nos braços e saio correndo em sua direção. Ele desvia de várias pessoas e corre na minha. Quase posso ouvir uma música da Thalía tocando de fundo e a sensação é maravilhosa.

Quando Nico e eu estamos de frente um para o outro, ignoro as perguntas que rapidamente se formam na minha mente e saltam para a ponta da minha língua. Haveria tempo para perguntas posteriormente, mas o encontro dos nossos lábios precisava acontecer agora.

Se o nosso último beijo foi recheado do sal das nossas lágrimas, esse era uma overdose de algodão-doce. Eu não me importei quando ele tomou a minha cintura no meio daquela multidão de pessoas e quando subitamente eu deixei cair tudo que estava em minhas mãos. Aquela cena foi épica e deveria ter sido gravada, pois eu gostaria de poder exibi-la no nosso casamento.

Sim, casamento, oras! O que há de mal em sonhar? Naquele beijo eu sonhei, perdi a mim mesma e não quis me encontrar. Ainda sentia que nada daquilo era verdade, que eu estava em um universo paralelo que nada tinha a ver com a realidade, mas aquele beijo acabara de provar o contrário.

— Como você chegou tão rápido? — perguntei assim que nos separamos, sem conseguir conter uma risada genuína.

— Eu não fui a lugar nenhum — ele confessou e pareceu feliz pela decisão tomada. Fiquei levemente confusa, mas Nico conhecia minhas expressões faciais como ninguém e rapidamente tratou de explicar. — Entreguei a chave do meu carro a Noah e pedi que ele levasse nossa mãe para casa. Resolvi ficar aqui e pegar um táxi só depois de ver o seu avião decolar.

— Ele não decolou — concluí ainda rindo. Aquilo era óbvio, mas precisou ser dito em voz alta. Eu e a minha curiosa mania de tornar as coisas mais palpáveis.

— E pelo que eu vi na previsão, não vai decolar nas próximas horas. — Aquela frase soou como música para os meus ouvidos. Vocês também estão ouvindo o coro de anjos?

Com a ajuda dele, recolhi toda a minha bagagem que havia se espalhado pelo saguão. Estávamos ávidos para ir para casa e aproveitar as próximas horas que nos haviam sido concedidas. Chovia realmente muito forte do lado de fora e, com o cancelamento de todos os voos, foi difícil conseguir um táxi. Mas não reclamamos. Àquela hora, Nico poderia estar em terra e eu no ar. Por sorte, milagre ou macumba — tanto faz — nós estávamos juntinhos. Não importava se ficaríamos duas horas presos no trânsito. Estávamos juntos e aquilo bastava. Nico parecia estar de acordo.

O taxista se estressou um pouco no trajeto, mas nós dois nem ligamos. Trocamos beijos, conversamos e mal acreditávamos que aquilo estava acontecendo. Quando voltamos para o apartamento da família Viegas, fui recebida com calorosos abraços e um *sorrentino de jamón* ao molho branco que fumegava.

— Nina, você precisa voltar repentinamente mais vezes — Noah brincou logo depois de me receber com um abraço. — Só assim para a Dona Elena ir para a cozinha. — Todos rimos e a minha futura não-tão-utópica sogra me abraçou.

— Bem-vinda de volta, querida — ela disse de um jeito carinhoso que quase me fez chorar.

Não chorei. Não quando o destino parecia ter maravilhosos planos para mim. Meus pais não gostaram muito da novidade, mas eles não queriam sua única filha dentro de um avião no meio de uma tempestade. Eu não sabia dizer se o voo seria remarcado para o próximo dia ou para a próxima semana, mas tentei não fazer planos e nem esperar nada. A vida estava se encarregando de tudo e mais do nunca parecia merecer um voto de confiança.

Eu sabia do risco de uma queda dolorosa. Mas saber é diferente de estar preparada. O meu voo foi reagendado para o sábado de manhã. Logo, ganhei dois dias ao lado de Nico. Durante esses dias, ansiei por uma resposta que não chegou. A cada novo e-mail que recebia, minha mente se enchia de esperança e em seguida o meu estômago embrulhava com a decepção. Era como se a qualquer momento eu pudesse vomitar. Essa é, definitivamente, a parte ruim de alimentar esperanças.

Sabe, eu sou muito boa em alimentar, vide minhas curvas maravilhosas. Mas a manhã de sábado chegou ensolarada e eu queria apenas estar morta — o que eu não estava, considerando que era possível ouvir meu estômago roncando do outro lado do quarto. Eu não queria me levantar, não tinha forças para tal. Nícolas, sempre um cavalheiro, trouxe o café da manhã na cama para mim. Em seguida, tomamos banho juntos e nos amamos tantas vezes quanto conseguimos. Então, lá estávamos nós, naquele mesmo aeroporto, repetindo uma despedida que, dessa vez, parecia real.

E foi. Fiquei em uma espécie de transe bizarro até que o avião decolou e Buenos Aires foi, gradativamente, ficando para trás. Os prédios, casas e avenidas foram diminuindo pouco a pouco e o meu coração começava a latejar. Aquilo era saudade antecipada. E doía. Naquele voo de três horas eu chorei por uma vida inteira. É provável que eu estivesse sendo dramática, mas drama sempre fora o meu sobrenome. Quando cheguei ao Aeroporto Internacional de Guarulhos, fui recebida pelos meus pais e por Marcela. Eles aqueceram um pouquinho meu coração, confesso, mas não o suficiente para derreter o gelo da saudade.

Fomos para casa e as novidades eram muitas. Tivemos um almoço agradável e depois eu contei tudo para os meus pais. Mostrei as fotos do meu celular e não poupei elogios a Nico e sua família. Tivemos uma tarde boa e eu matei a saudade deles. À noite, quando a Marcela foi embora, eles me lançaram um olhar sério e eu sabia que havia chegado a hora. Respirei fundo e me preparei para o que estava por vir. Fosse o que fosse, eu seria forte. Depois de uma despedida de partir o coração, nada mais poderia me abalar tão intensamente. Mas talvez eu estivesse enganada!

Embora a minha imaginação seja digna de novelas mexicanas, eu nunca espero que ela seja, de fato, o retrato da minha vida. Mas talvez fosse. E talvez eu não soubesse lidar com aquilo.

— Eu e seu pai nunca lhe escondemos nada... — minha mãe começou e eu quase podia ouvir sua respiração arrastada. — Não lhe demos muitos detalhes a respeito dos seus pais biológicos porque você preferiu que fosse assim — ela continuou, enquanto eu concordava com a cabeça, pois aquilo era verdade.

— Nós amamos você, Nina. Somos muito gratos por a termos criado em nosso país, com os nossos costumes, mas nós sabíamos que se você conhecesse o seu país de origem, acabaria querendo ficar por lá — disse meu pai. Meu país de origem? Que papo é esse?

— Não sei se estou entendendo... — Expressei a minha confusão para que eles fossem mais diretos. Todos aqueles rodeios estavam me matando!

— Sua mãe e eu trabalhamos por quase um ano na Argentina, em um projeto social que acolhia mulheres vítimas de agressões.

— Nesse projeto conhecemos uma mulher chamada Idalina, uma empregada doméstica que havia sofrido abuso sexual do patrão. Ninguém acreditou nela e ela foi até a ONG em busca de ajuda. Nós a acolhemos e cuidamos dela durante toda a sua gestação. Chegou o momento do parto e ela deu à luz a uma menina linda. Porém, Idalina não resistiu ao parto e a filha foi levada para o Lar de César, um orfanato que frequentamos e ajudamos durante um pequeno período. Nascia uma argentina rechonchuda, com os olhos castanhos mais lindos e intensos que conheci. Seu pai e eu nos apaixonamos por essa menina. Cuidamos dela nos seus primeiros meses de vida. Quando chegou a hora de voltarmos para o Brasil, nós fizemos de tudo para que ela pudesse vir conosco. E ela veio. Você é a argentina rechonchuda da qual estamos falando, Nina.

Respirei fundo. Era muita informação para assimilar tão repentinamente. Meus pais haviam conhecido a minha mãe biológica. Ela não havia me abandonado. Ela havia morrido enquanto dava a luz a mim. Ela fora vítima de abuso e poderia muito bem ter dado um fim à minha vida. Mas, não o fez. Aquela mulher desconhecida da qual eu nunca ouvira falar abrira mão da sua vida pela minha. E, ao contrário do que eu imaginara, ela era argentina. Eu era argentina! E agora, mais do que nunca, eu entendia porque o meu coração pertencia àquele lugar.

Eu achei que depois de tanto choro, não haveria novas lágrimas para derramar. Ledo engano! Aquela revelação me pegou desprevenida e eu chorei como uma criança. Continuei tentando assimilar cada palavra dos meus pais, mas foi difícil. Meu cérebro e meu coração trabalhavam em desacordo.

Fui envolvida no abraço familiar mais terno de todos os tempos e me enrosquei entre os dois como um bebê. Como o bebê deles, o que, na verdade, eu sempre fui.

19

Aquela primeira semana em São Paulo estava sendo tão ruim quanto eu imaginei que seria. Eu acordava cedo, me arrumava para o trabalho e caminhava até ele com uma fruta na mão. Não precisar enfrentar o trânsito caótico da cidade era ótimo, mas não o suficiente para melhorar o meu astral. Os meus colegas de trabalho notaram o meu abatimento e tentaram me animar com chocolate suíço. O que funcionou, ainda que só por alguns instantes. Às vezes eu me pegava distraída, encarando algumas fotos onde Nícolas aparecia ao meu lado.

Nós nos falávamos todos os dias. Geralmente acontecia na parte da noite, após o jantar. Eu ia para o meu quarto, caía na cama e nós passávamos algumas horas conversando sobre qualquer coisa. Ouvir sua voz era reconfortante e ao mesmo tempo doloroso. Contei a ele sobre a revelação dos meus pais e ele pareceu surpreso tanto quanto eu. Mas ele é o Nico, o meu Nico, e tentou amenizar o clima com uma brincadeira que me arrancou um leve sorriso.

— A sua necessidade de estar aqui pode ter a ver com isso... Droga, eu imaginei que eu era o único motivo.

Acordei naquela sexta-feira sem vontade de sair da cama. Chovia forte e eu estava tão aconchegada dentro do meu cobertor. Além disso, já estava há seis dias sem o Nico, e eu estava prestes a surtar. Reconfortava-me saber que, ao final do dia, Marcela e eu teríamos a madrugada das amigas, com muita pipoca, chocolate e comédia-romântica. O dia da sua partida estava cada vez mais próximo, mas se eu começasse a pensar nisso teria um ataque!

Meus passos arrastados me levaram até a editora. Negligenciei parte das minhas funções do dia por conta de um original maravilhoso que havia sido posto na minha mesa. Fui almoçar com o meu chefe e eu contei a ele que pretendia voltar para Buenos Aires. Contei-lhe todo o meu drama mexicano/argentino e ele, sempre muito sensato, fez questão de me incentivar a correr atrás dos meus sonhos.

— Obviamente será uma grande perda para a editora, pois igual a você não há — ele comentou com um sorriso simpático enquanto eu mastigava a minha lasanha de espinafre com ricota. — Mas você merece ser feliz, Nina. Isso é tudo que eu desejo.

— A perda será realmente grande — afirmei com um sorriso, gesticulando em direção ao meu abençoado corpinho XG.

Ao fim do dia voltei para a casa com os mesmos pés cansados daquela manhã. Saber que iria me encontrar com minha melhor amiga, no entanto, me deu um pouco mais de ânimo. Passei no mercado e comprei muitas porcarias comestíveis. Quando cheguei em casa, ela estava sentada em um dos bancos da cozinha, acompanhada pela minha mãe. Sorri para as duas.

Depois de muito bate-papo, Marcela e eu fomos para o meu quarto, fechamos a cortina e ligamos a TV. Começamos, então, a nossa busca por uma comédia-romântica para nos distrair. Era masoquismo, eu sabia bem, mas e daí? Contei-lhe, dessa vez com mais detalhes, sobre a recente revelação dos meus pais. Ela ouvia tudo atentamente e às vezes até parecia chocada — ela raramente demonstra seus sentimentos de forma tão explícita!

— Existe alguma chance de você e a família Viegas terem algum vínculo? — ela perguntou de supetão e quase me fez tropeçar.

— Credo, amiga! Eu nem havia pensado nisso. Seria mexicano demais até para mim — comentei com uma careta. Ela sorriu; parecia estar se divertindo à custa do meu drama.

— Deve ser a convivência com você — rebateu divertida.

Nós duas rimos e choramos como malucas. Marcela podia até se achar uma grande muralha impenetrável, mas ninguém, nem mesmo ela, resiste a um bom filminho água com açúcar. Dormimos juntas e felizmente acordei ilesa no dia seguinte. Marcela parecia um touro furioso dormindo. Por sorte, dessa vez não havia sinal de hematomas. Tomamos um bom café da manhã e resolvemos ir até o Parque Ibirapuera encontrar com alguns amigos da faculdade.

Andamos de bicicleta, comemos pipoca e colocamos o papo em dia. Almoçamos em um bom restaurante italiano e fomos ao cinema. Voltei para casa quando já era noite. Minha mãe, pouco adepta a tecnologias, estava em seu notebook e o fechou assim que cheguei. Achei estranho e perguntei o que ela estava me escondendo. Recebi apenas um risinho e um abraço apertado como resposta.

Fui para o meu quarto e liguei o meu notebook, ávida para poder falar com Nícolas. A chamada tocou, tocou, tocou, mas ninguém atendeu. Mandei-lhe uma mensagem de texto dizendo que estava com saudades e ele prontamente me respondeu: "Estou no bar com alguns amigos. Podemos nos falar amanhã de manhã? Te extraño".

Durante a minha estadia em Buenos Aires não conheci nenhum amigo dele. Apenas os seus funcionários da livraria, mas duvidei que ele estivesse se referindo a eles. Senti uma pontada de ciúmes, mas sabia que aquilo era absurdo, afinal, eu não havia passado todo o dia fora ao lado dos meus amigos? Nico também tinha esse direito. Respondi sua mensagem , fui direto para o banho e logo em seguida me joguei na cama. Com os pensamentos lá em Buenos Aires, adormeci.

...

O domingo nunca foi o meu dia preferido da semana. Agora muito menos. Sem trabalho para ocupar a mente e sem os meus amigos disponíveis, eu só conseguia pensar em Nico e na falta que ele me fazia. Resolvi dar uma olhada em suas redes sociais na patética tentativa de matar as saudades — e de saber como havia sido sua noite (relevemos esse meu lado *stalker* ciumento) —, mas só piorei tudo. Ele aparecia em algumas fotos ao lado de um grande grupo de amigos. Homens e mulheres — mulheres bem bonitas, por sinal.

Foi só na hora do almoço que eu recebi uma ligação dele. Corri para o quarto e aceitei a chamada. Um instante depois e Nico estava na minha tela, sorrindo de forma carinhosa e provocante. Fiquei sem fôlego, acho que não vê-lo todo dia me fez esquecer o quanto ele é bonito. Então, como quem não quer nada, perguntei sobre sua noite passada. Ah, sim, eu não perderia a oportunidade.

— Uns amigos da faculdade marcaram uma reunião... Eu não os via há muito tempo. Foi bem legal, apesar dos pesares.

— Pesares? — perguntei a ele com o coração pronto para saltar da boca. — Desenvolva.

— Minha ex estava lá — respondeu fazendo pouco caso. — E ela é a recordação de um tempo que não foi bom viver. Mas já passou e é isso que importa.

Só de pensar no Nico no mesmo lugar que a vaca preconceituosa da ex-namorada, eu já começava a entrar em colapso! Minhas glândulas sudoríparas receberam o alerta e já estavam prontas para começar o trabalho pesado. Quanta injustiça! Eu deveria estar perto dele agora, tirando a minha roupa e fazendo-o se lembrar do quão maravilhosa eu sou, do quão inteligente ele foi por escolher a mim como sua companheira. Mas é claro que todo esse dilema só aconteceu dentro da minha cabeça. Eu não queria parecer psicótica nem nada do tipo. Mudei de assunto o mais rápido possível.

— Como está o Noah? — quis saber, apenas para desviar dos rumos estranhos para os quais minha mente estava me levando.

Foram quase duas horas de conversa. Vê-lo e ouvi-lo era incrível, mas eu sentia falta do seu corpo, do seu cheiro, da sua presença... Não importava o que eu fizesse, não conseguia mais me sentir inteira. Estava faltando algo, ou melhor, alguém: Nico.

A noite chegou e junto com ela a minha TPM. Troquei de roupa e fui à rua para preparar o meu kit de primeiros socorros:

- Chocolate: ok.
- Doce de leite: ok.
- Balas de gelatina: ok.
- Biscoito com cheiro de chulé: ok.
- Remédio para cólica: ok.
- Bolsa de água quente: ok.
- Filmes de mulherzinha: ok.
- Absorventes: ok
- Nícolas: nada de ok.

O meu kit não estava completo. O item essencial estava faltando. Ainda assim, encarei a nova semana de cabeça erguida. Comi todas as minhas porcarias no tempo livre e foquei a minha atenção na tradução de um novo livro que não combinava muito comigo, mas tinha uma escrita afiada e com certeza seria um sucesso.

Minha mãe continuou agindo de maneira estranha. Sussurrando pelos cantos e desligando o computador ao me ver chegando em casa. Quando eu a questionava, recebia respostas bem evasivas. Meu pai parecia cúmplice dela, mas eu não podia afirmar.

Continuei mandando o meu currículo para editoras argentinas. Até aquele momento, nenhuma resposta positiva se apresentara. Eu tentava não perder as esperanças, mas isso parecia cada vez mais difícil.

Duas semanas haviam se passado desde a minha chegada a São Paulo. Pareciam dois anos! O tempo se arrastava de forma cruel e tudo o que eu queria era um emprego novo. Marcela, que era a única capaz de diminuir um pouquinho o meu sofrimento, já havia partido e agora tudo parecia ainda mais doloroso e distorcido.

E ainda havia Marco. Ah, sim, porque era óbvio que cedo ou tarde nos esbarraríamos em alguma esquina de São Paulo, considerando que ele mora bem perto de onde eu trabalho. Era sexta-feira quando nós, literalmente, nos trombamos. Minha pasta caiu no chão e o café dele caiu logo por cima.

Quis gritar e ter um ataque de perereca — dessa vez mais sério — e assim eu fiz. Dei um ataque, fiz escândalo em público. Ele estava mortificado demais para reagir. Eu sabia que isso aconteceria e estava pouco me ferrando. O meu dia mal havia começado e eu já previa que não seria nada bom.

...

Por pouco não deixo escapar um grito. Eu estava tendo os mais distorcidos pesadelos que você possa imaginar. Todos ligados ao meu progenitor — sim, pois me recuso a chamá-lo de pai. Era madrugada e o apartamento se encontrava em um silêncio arrepiante. Eu costumo gostar da calmaria das madrugadas, exceto quando estou sendo atormentada. O que era o caso.

Eu sabia que Nico precisaria acordar cedo na manhã seguinte, mas ainda assim liguei para ele, pois a sua voz seria a única — no mundo inteiro — capaz de me acalmar. Do outro lado da linha ele sussurrou um confuso e rouco "hola", que acabou me arrancando algumas lágrimas. Ah, sim, eu estava me saindo uma bela mocinha de novela mexicana nas últimas semanas e nem sabia de onde saía tanta lágrima. Eu tinha uma teoria de que, por ser gorda, tinha mais água disponível para expelir. É óbvio que essa ideia era absurda, mas eu era uma mulher absurda, no fim das contas.

Eu deveria ter respondido Nícolas imediatamente, mas em vez disso tentei conter o choro, o que não adiantou muito, já que ele me ouviu e se mostrou preocupado. Tentei acalmá-lo e explicar que estava tudo bem, que eu havia ligado apenas para ouvir a sua voz e tentar me tranquilizar. Ele queria saber qual era o problema, o que estava me perturbando, e então eu tentei explicar a loucura dos pesadelos daquela noite. Confidenciei-lhe minhas angústias a respeito do meu progenitor. Até expressei a absurda e improvável ideia de sermos irmãos. Pensei que ele me acharia uma idiota, mas eu já deveria saber que ele não era esse tipo de homem. Ele se mostrou preocupado e disposto a me ajudar.

— Nina — ele começou, e sua voz era tranquila —, não existe a menor chance de sermos irmãos. Meu pai pode ser tudo de ruim que você puder imaginar, mas ele nunca ficaria com uma mulher contra a vontade dela. Ele faz mais o tipo que acredita no poder da sua conquista. E, se você quiser, posso fazer o que estiver ao meu alcance para descobrir a identidade do seu... hm... *progenitor*.

— Mas o que exatamente você poderia fazer, Nico? Eu tenho poucas informações sobre ele...

— Eu não posso fazer muita coisa, é verdade. Mas meu pai é um homem de negócios bastante influente, Nina. Ele conhece as pessoas certas... — Nico respondeu.

Aquilo não me parecia uma boa ideia. Eu queria ter as respostas para as perguntas que estavam me assombrando, mas não magoaria Nico no processo. Eu não o faria pedir um favor ao seu pai, com quem ele já havia cortado relações. Seria muito, muito egoísta da minha parte.

— Não posso fazer isso com você — confessei num sussurro.

— Não se preocupe. Eu falarei com a minha mãe e ela não se importará de ser minha porta-voz. Na verdade, ela adora ter um bom motivo para jogar umas verdades na cara dele...

Aquilo parecia razoável. Concordei com a ideia e foi difícil dormir sem o corpo quente e sexy do meu namorado para me aconchegar. Havia tantas coisas fervilhando dentro da minha cabeça: progenitor desconhecido, namorado distante, pais misteriosos, melhor amiga distante, ex-namorado pé no saco, melhor amigo e cunhado distante... Resumindo: acabar com a distância cortaria os meus problemas pela metade. Vida, seja boazinha e me dê o emprego do qual preciso. Isso é uma ordem!

20

Desde que prometera se envolver na descoberta da identidade do meu progenitor — há oito dias, Nico estava ausente e dificilmente conseguíamos conversar por longos períodos. Ele não me falava nada sobre o andamento da sua busca, o que só me deixava mais aflita, com a sensação de que ele estava escondendo algo de mim. Meus pais também estavam escondendo algo de mim, isso ficava cada vez mais óbvio. Pode ser que seja o meu complexo, mas o mundo parecia estar contra mim. Eu podia ficar chorando, lamentando e fazendo o drama que quisesse, mas isso não fazia muito o meu tipo. O mundo está contra mim? Dane-se o mundo, oras! Ele não é páreo para os meus noventa e três — ops! — quilos e muito menos para a minha autoestima.

Foi com essa confiança poderosa que saí de casa para encarar a segunda-feira ensolarada da capital de São Paulo. Apenas na rua da editora que eu tive uma sensação estranha, como se alguém estivesse me seguindo. Olhei para todos os lados, mas não avistei nada suspeito. A sensação incômoda de estar sendo vigiada, no entanto, acompanhou-me até que eu estivesse em segurança no meu local de trabalho.

Meus colegas me convidaram para um almoço e prontamente aceitei. Eu estava precisando mesmo espairecer. Saímos do restaurante e os deixei seguir na frente. Parei em uma famosa confeitaria e comprei cupcakes de caramelo para levar para casa. Eles eram os preferidos da minha mãe, e eu esperava que eles pudessem amolecer seu coração. A caminho do trabalho novamente fui atingida pela mesma sensação de estar sendo observada daquela manhã. Parei em frente à editora e voltei a observar minuciosamente o local. Meus olhos se estreitaram e a minha respiração estava pausada. Eu estava tensa, assustada e com medo de estar paranoica. Mas não, eu não estava paranoica. Tive certeza disso quando, do outro lado da rua, avistei um homem de costas vestindo uma camisa polo preta. Apesar de estar de costas para mim, eu o reconheci imediatamente e saí correndo em sua direção.

Seria lindo se eu saísse correndo pela rua, arriscando a minha vida entre os carros, motos e ônibus, apenas para me jogar nos braços do meu amado. Seria digno de filme, na verdade. O problema é que Nico não estava. Marco estava. E o que quer que ele estivesse fazendo, não poderia ser boa coisa. Nunca era!

— O que você ainda quer comigo, seu imbecil? — esbravejei, antes mesmo de me aproximar o suficiente.

Marco estava mentindo. Eu havia convivido tempo o suficiente para reconhecer os sinais. Um deles era a forma como seus olhos se desviavam dos meus a todo instante. Aquele papo de "estou procurando um bom momento para falar com você" era pura baboseira. Aproximei-me dele, não para beijá-lo ou abraçá-lo, apenas para que ele pudesse ouvir atentamente cada uma das minhas palavras.

— Eu quero você longe da minha vida. Tanto faz o que você está tramando... Apenas pare. Você não quer me ver furiosa — afirmei, encarando-o tão ameaçadoramente quanto possível.

— Preciso da sua ajuda — ele disse com os olhos presos aos nossos pés.

— Você não merece a minha ajuda, Marco. O nosso tempo juntos já acabou. E eu gostaria de poder dizer que sinto muito, que tive uma boa experiência, mas não gosto de mentiras.

— A minha família vai quebrar, Nina. A menos que você me ajude. — Marco disse com a voz tensa.

Aquele papo não fazia o menor sentido para mim. E, mesmo que fizesse, eu não sou uma pessoa tão boa assim. Quer dizer, eu sou boa, no geral. Sempre cedo o meu lugar no ônibus para as pessoas idosas, cumprimento todos por quem passo, sorrio com frequência, ajudo uma instituição que resgata animais das ruas e de vez em quando visito orfanatos e levo presentes para as crianças. Mas eu não era boa o suficiente para ajudar o meu ex-namorado patético e toda a sua família desprezível. Eu adoraria olhar para a minha ex-sogra dos pés à cabeça e mostrar quem é que estava por cima.

— Eu não tenho nada a ver com você e muito menos com a sua família. Além do mais, não sei de que forma eu poderia ajudá-los... E nem quero saber.

— Nina... — ele disse com a voz muito, muito grave —, por favor. Eu sei que fui um babaca com você, mas eu estava errado. E eu realmente preciso da sua ajuda. A sua vida vai mudar drasticamente. — Ele engoliu em seco e desviou os olhos. Que papo bizarro era aquele? — E se eu estiver nessa nova fase da sua vida, a minha família sairá da lama e tudo ficará bem.

— Mudança drástica? — perguntei com a voz embargada. — Do que você está falando?

— Eu não sei muito a respeito. Mas eu sei que você vai ser uma... Personalidade muito influente. Por favor, Nina. Confie em mim. Eu não tenho muitos detalhes sobre essa mudança, mas eu sei que ela vai acontecer. E tem a ver com o seu pai. Seu verdadeiro pai.

Aquilo me tirou do eixo. Fez a minha cabeça rodopiar trezentos e sessenta e cinco vezes em um segundo. O que aquele canalha sabia sobre o meu pa... Digo, progenitor? Respirei fundo e tentei não desmaiar.

— O seu horário de almoço acabou — ele disse tocando o meu ombro, como se tivesse algum direito. — Volte ao trabalho e me encontre aqui na hora da saída.

Eu não disse nada, mas movi a cabeça para cima e para baixo repetidas vezes, em concordância. Voltei para o trabalho no modo automático e assim permaneci por todo o dia. Fiquei aérea, totalmente desligada, mesmo quando recebi uma ligação do meu namorado. Não dei detalhes, mas disse que encontraria Marco naquela noite. Ele pareceu furioso, mas o que eu podia fazer? Ele havia encontrado a ex-namorada num pub, não tinha direito de me impedir de encontrar o cretino do Marco. Principalmente considerando que ele parecia ter informações.

E eu estava muito curiosa para descobrir quais eram.

...

Quando o relógio marcou 18 horas da tarde eu saí da editora feito um furacão. Marco estava do outro lado da rua à minha espera. Eu poderia jurar que ele havia passado a tarde toda de pé ali, visto os olhos cansados. Não houve cumprimentos nem nada. Apenas caminhamos silenciosamente em direção a um endereço que eu conhecia bem: o da casa dele. Cumprimentei o porteiro com um sorriso nervoso e nós simplesmente entramos no elevador e subimos. Eu não sei qual é o problema dos elevadores, só sei que eles têm a bizarra capacidade de intensificar os sentimentos. Se você é uma pessoa tímida, fica com vontade de cavar um buraco quando entra nele. Eu estava curiosa e entrar naquele pequeno ambiente só atiçou a coisa toda. Segurei a língua e não disse nada. Adentramos o seu apartamento, que estava vazio. Ele me ofereceu um suco e eu apenas neguei com a cabeça.

— Direto ao ponto com essa história, por favor — pedi um tanto desesperada para sair dali.

— Os negócios da minha família vão de mal a pior. Minha mãe está desesperada. Ela tem alguns contatos e ficou sabendo que você é filha de um homem bastante influente e que, em breve, vai conhecê-lo. Ele poderá fazer parte da sua vida... Eu não sei muito mais que isso, e ela também não. Mas ela afirma sem hesitar que você vai ser uma estrela e que toda e qualquer grife de roupas vai querer vesti-la, incluindo a da minha família.

— As roupas da Azana nunca couberam em mim — lembrei.

— São novos tempos, Nina.

Novos tempos? Sério? Aquele papo estava confuso e não fazia muito sentido para mim. Eu não sabia se acreditava em Marco... E mesmo se, hipoteticamente falando, eu acreditasse e fosse essa futura celebridade aí, eu jamais ajudaria aquela família! Eles me humilhavam, faziam questão de me lembrar que suas roupas não me vestiam, que eu não era boa o bastante para elas, blá, blá, blá... Diferentemente da família do Nico, que me admirava e me vestiu de forma deslumbrante sem nenhum tipo de interesse por trás disso.

Eu saí do apartamento do Marco da mesma forma que havia chegado: muda. Ignorei enquanto ele pedia para eu esperar e ficar mais um pouco, e segui direto para o corredor. A minha vida estava uma bagunça e tudo o que eu queria era poder organizá-la.

...

Cheguei em casa exausta. Minha mãe havia preparado bolinhos de chuva, o que me animou consideravelmente. Tentei falar com Nico, mas ele simplesmente não me atendeu. Devia estar ocupado ou me ignorando deliberadamente. Eu torcia para que não fosse a segunda opção. Para minha sorte, Marcela estava on-line e nós pudemos conversar durante quase uma hora. Ela me contou como estava a sua mudança e fiquei muito feliz em saber que o Noah a estava ajudando. Eles tinham várias coisas em comum e estavam se tornando grandes amigos... Sem a parte colorida da história, o que era bom, pois eu não queria, de jeito nenhum, que a minha amiga partisse o coração do meu cunhado.

Marcela já havia começado no novo emprego e eu tentava ignorar os seus comentários a respeito do seu chefe, que eram vulgares e assustadores até mesmo para ela. Mas, tudo bem, dei boas risadas com suas colocações nada discretas sobre seu patrão. Apesar de não ter conseguido falar com o meu namorado sexy e ciumento, fui dormir mais tranquila depois da conversa com a minha amiga. Ela tinha esse poder de acalmar as tempestades dentro de mim.

A terça-feira chegou e o céu parecia um grande anúncio de cinquenta tons de cinza. Embora adore dias nublados, eu estava precisando de um pouco de sol para me animar. Saí do quarto em direção à cozinha e avistei três pessoas sentadas no sofá. Eu estava bocejando, coçando os olhos e cumprimentando-as ao mesmo tempo.

— Bom dia, mãe — eu disse, ou pelo menos tentei. — Bom dia, pai. Bom dia, Nico.

Dei mais alguns passos em direção ao meu destino final, mas espere aí! Nico? Dei mais alguns passos, dessa vez de costas e esfreguei os olhos repetidas vezes para ter certeza de que não estava sonhando.

— Nico? — perguntei em voz alta, na esperança desesperada de que meus pais confirmassem que ele realmente estava ali e que não era coisa da minha cabeça.

— Bom dia, Nina — ele disse em português e eu achei a coisa mais fofa do universo!

Corri em sua direção e não me importei com o meu mau hálito matinal. Eu o beijei uma, duas, repetidas vezes. Apesar de corresponder a todos os meus beijos, percebi que ele estava constrangido diante dos meus pais. Digo e repito: fofo!

— Ah, meu Deus! — comecei totalmente histérica. — O que você está fazendo aqui? — Olhei para os meus pais e em seguida para Nico. Repeti o gesto três vezes. — Vocês se conhecem? Ah, meu Deus, eu devo estar sonhando. O que traz você a São Paulo?

— Você — ele disse como se fosse uma coisa óbvia. — O que mais seria?

Sorri tão abertamente quanto possível e me joguei nos braços dele. Trocamos alguns beijos antes de eu finalmente conseguir apresentá-lo aos meus pais de forma decente. Nico e minha mãe pareciam velhos amigos e então, de súbito, eu compreendi.

— Todo esse tempo era com ele que você estava falando — acusei, encarando-a minuciosamente. Minha mãe não sabia mentir quando eu a olhava dessa forma. Ela assentiu, mas foi Nico quem se pronunciou.

— Sua mãe e eu temos conversado muito sobre o seu... progenitor.

Quando você me disse que o Marco estava se aproveitando de informações para encontrá-la, decidi que era hora de procurar você e contar a verdade.

— Que verdade? – perguntei, olhando para eles com desespero.

— Nós vamos ter uma longa conversa, Nina, não se preocupe. Você saberá de tudo o que foi descoberto ainda hoje. Mas, antes disso, imagino que o meu genro queira tomar um banho, comer alguma coisa e se acomodar. Imaginei errado? — ela perguntou para Nico.

— De forma nenhuma. — Foi o que ele respondeu com um sorriso extremamente fofo. Aff, eu queria amassar sua cara contra os meus peitos até sufocá-lo de amor. Talvez isso não tenha soado muito bem, mas Nico definitivamente não reclamaria!

Eu o levei até o quarto e ele pareceu fascinado por entrar no meu lugar sagrado. Seus olhos eram curiosos e ele sorriu ao perceber que uma foto nossa ocupava a minha cabeceira. Ele largou a mochila na cama e, antes que eu pudesse dizer qualquer coisa, ele se virou e veio em minha direção, tomando meu rosto entre as mãos e me beijando com toda a intensidade que havia sido reprimida instantes antes.

— Senti sua falta, Nina — ele sussurrou depois de mordiscar meu lábio inferior. Apenas concordei com um movimento suave de cabeça.

— Minha mãe disse que você precisava tomar um banho e você concordou. O banheiro é logo ali — eu informei com um sorriso travesso nos lábios. — E, para a sua sorte, eu também preciso de um bom banho antes de ir trabalhar.

Um sorriso preencheu o seu rosto e ele não parecia o mesmo homem que me sorrira na sala. Era um sorriso sedutor e meio cafajeste. Céus, eu mal posso acreditar que isso está realmente acontecendo. E, sem me dar conta, eu havia falado aquilo em voz alta, ao que Nícolas apenas respondeu:

— Eu sei exatamente como fazê-la acreditar.

Ele me puxou em direção ao banheiro, trancou a porta e suas mãos fizeram o que de melhor sabiam fazer: tiraram toda a minha roupa. Vida, vida... já disse que amo as voltas que você dá?

21

(por Nico)

Apesar de estar morrendo de saudades da minha namorada e querer que esse momento se prolongasse o máximo possível, eu sabia que não seria educado da minha parte. Afinal, os pais dela estavam a alguns cômodos de distância, esperando-nos para uma conversa que mudaria a vida da sua filha. Confesso que a despi muito mais rápido do que o desejado, mas, quando ela estava completamente nua, bem diante de mim, apreciei cada curva sua com um sorriso, tendo a certeza de ser o homem mais sortudo do mundo.

Nina me despiu e entendeu a urgência dos meus gestos. Seus lábios carnudos e incrivelmente macios percorreram o meu maxilar, passando pela minha boca, meu peito, minha barriga... Até chegarem lá e roubarem completamente o meu fôlego. Como eu senti falta da minha mulher! E embora a situação seja bastante física e carnal, a saudade que senti dela ia muito além disso. Mas a verdade é que eu não conseguia pensar com clareza enquanto a boca dela brincava daquele jeito que só ela sabia fazer. E ela fez. Muito bem, por sinal. Até o fim. Até que o meu membro enrijecido estivesse a ponto de explodir dentro da sua boca. Foi exatamente o que aconteceu. E Nina, ao contrário de todas as outras mulheres com quem já estive, pareceu adorar. Eu, em contrapartida, adorava toda a confiança dela.

Ela me sorriu travessa antes de ligar o chuveiro. Entrou debaixo d'água e fiquei parado por mais alguns segundos, tentando recobrar o fôlego e colocar a cabeça no lugar. Era bom que aquela água estivesse bem gelada, ou poderíamos causar um incêndio. Mesmo gelada não foi suficiente para abrandar a temperatura de nossos corpos. Quando o meu corpo finalmente parou bem diante do dela, tudo o que consegui fazer foi pressioná-la contra a parede e beijá-la com todo o desejo reprimido das últimas semanas. Não importa quantas vezes eu tenha me masturbado pensando nela, não foi suficiente. Nada, absolutamente nada se compara a eletricidade pulsante que nos percorre quando estamos juntos na cama.

É claro que eu era um romântico incorrigível — acho que a Nina já sabia disso. Mas ela também sabia que eu era safado e gostava de sexo despudorado, assim como ela. Eu a virei, deixando-a de costas para mim. Bati de leve em sua bunda e com um sorriso de pura satisfação ordenei:

— Empine-a para mim. — E ela prontamente me atendeu.

Com uma das mãos segurei a sua cintura e com a outra massageei seu clitóris. Arranquei-lhe suspiros e no mesmo instante penetrei meu membro rígido nela. Os gemidos estavam sendo contidos e eu tinha certeza de que ela devia estar mordendo o lábio inferior, na desesperada tentativa de não deixar escapar nenhum som exagerado. Os gemidos baixos e sôfregos eram inevitáveis.

Controlei o ritmo do meu quadril, entrando e saindo dela demoradamente. Controlei também o ritmo dos meus dedos, que se movimentavam incansáveis na sua intimidade. O seu desespero era quase palpável. Vez ou outra ela tentava acelerar o meu ritmo e impor o dela, mas eu estava em um dia um tanto quanto autoritário e queria fazer as coisas do meu jeito. Ah, sim, eu estava disposto a fazer a minha mulher gozar como nenhum outro homem jamais sonhara fazer. O seu desespero crescia à medida que os minutos se estendiam e, em determinado momento, ela levou os braços para trás, segurando minha bunda e forçando o meu corpo contra o dela.

Eu sentia que gozaria novamente a qualquer momento. Mas esperava que pudéssemos fazer isso juntos. Acelerei os meus movimentos, finalmente cedendo à vontade dela, e intensifiquei a força das minhas estocadas. Pude vê-la mordendo a própria mão enquanto grunhidos escapavam e me deixavam ainda mais louco de prazer. Os movimentos dos meus dedos em seu clitóris tornaram-se descontrolados e irregulares e eu podia sentir que estávamos muito perto de gozar. E aconteceu como desejei: chegamos ao ápice juntos e gozamos com uma intensidade desconcertante. Deixei o meu membro pulsando dentro dela por mais alguns instantes. Quando finalmente o retirei, Nina rapidamente se virou para mim e me beijou com tesão.

— Eu quero mais — ela sussurrou. — Eu quero tudo, Nico. E quero agora.

Quando uma mulher diz isso para você, acredite, ela o escolheu para a vida. Da minha parte, não restavam dúvidas de que eu já a havia escolhido muito antes. Voltei a beijá-la e massageei seus mamilos, para em seguida devorá-los com a boca. Seus gemidos contidos estavam me matando! Sentia falta dos seus gritos e gemidos nada discretos dela. Lembrar-me de que os meus sogros estavam muito próximos de nós me fez desejar que a Nina não perdesse o controle. Pelo menos não agora.

Deixei que a minha língua percorresse e brincasse por todo o seu corpo, até chegar ao seu destino final. Ajoelhei-me no piso gelado e molhado do box e levei minha língua para a parte interna de suas coxas. Brinquei e provoquei-a pelo tempo que aguentei. Na verdade, pelo tempo que ela aguentou. Ela também estava um pouco autoritária e simplesmente puxou a minha cabeça em direção à sua intimidade, que estava úmida e deliciosa à minha espera. Chupei-a por longos minutos e resolvi proporcioná-la um tipo inédito — ao menos para nós dois — de prazer. Enquanto minha língua agia, levei meu dedo indicador para a sua bunda, penetrando-a levemente e massageando um ponto bastante estratégico. Foi nesse momento que ela deixou um gemido um pouco mais alto escapar.

Seus olhos se abriram de surpresa, e, embora tivesse visivelmente gostado, pude ver a dúvida em seu olhar. Cessei o movimento sem, no entanto, mover o meu dedo. Meus olhos questionavam-na. Continuo ou não?

Nina, apesar de não ter pudores e ser uma mulher muito bem resolvida com a sua sexualidade, pareceu em dúvida. Talvez nenhum outro homem a tenha tocado dessa forma. E eu torcia para que fosse verdade. Queria ser o primeiro a explorar aquele ponto tão mitificado e prazeroso.

— Confie em mim — sussurrei em sua direção.

— Eu confio. — Foi tudo o que ela sussurrou em resposta.

E com o consentimento dela, eu a chupei e a toquei simultaneamente, dando a ela um orgasmo violento como ela nunca havia tido — palavras dela, eu juro! Seu corpo amoleceu e parecia prestes a desabar a qualquer momento. Levantei-me e a segurei em meus braços.

— Nico... — ela chamou com a voz rouca e cansada.

— Sim?

— Eu... acho que... acho não... tenho certeza de que... eu te amo.

Foram aquelas palavras, aquelas três simples palavras, as responsáveis por me proporcionar todo o prazer que um homem pode querer.

— Eu te amo, Nina. Muito obrigado por me deixar ser o homem da sua vida.

— Você pode me agradecer por isso mais tarde — ela respondeu com um riso frouxo, em seguida beijando o meu ombro.

(por Nina)

Nico e eu nos amamos durante intensos minutos dentro daquele banheiro. Foram toques, beijos, carícias e descoberta. Fomos cumplicidade e confiança. Ele me proporcionou prazer como nenhum outro homem jamais fizera. Naqueles minutos eu viajei para o desconhecido e tive o meu corpo tomado pelas mais controversas sensações. Quando finalmente, chegamos juntos ao ápice, Nico esperou alguns instantes para se separar de mim e quando o fez, achei que eu fosse desmoronar. Meu corpo tremia e as minhas pernas estavam bambas, não no sentido figurado. E algo muito maior que o prazer e o orgasmo me invadiu de supetão. Então, senti uma absurda necessidade de dizer as três palavrinhas que há algum tempo vinha evitando.

— Nico... — eu chamei com a voz rouca e cansada.

— Sim?

— Eu... acho que... acho não... tenho certeza de que... eu te amo.

E foram aquelas palavras, aquelas três curtas palavras, que me deram a certeza de que o que havia entre nós dois era algo único e especial, como eu sempre sonhei.

— Eu te amo, Nina. Muito obrigada por me deixar ser o homem da sua vida — ele disse. E, diferente do que aconteceu no meu relacionamento anterior, eu não duvidei.

— Você pode me agradecer por isso mais tarde — respondi com uma risada espontânea, para em seguida abraçá-lo bem forte contra mim.

...

Vestimo-nos adequadamente para irmos até a sala encontrar os meus pais. Eles estavam tomando café com biscoitos amanteigados e nós nos juntamos a eles. Minha mãe perguntou a Nico como foi a viagem e todos engataram em assuntos banais. Aquilo me irritou um pouco, pois eu estava bastante ansiosa para saber o que eles haviam descoberto e estavam escondendo de mim.

— Eu estou atrasada para o trabalho — informei rabugenta. — Será que nós podemos ir direto ao ponto?

Os três trocaram um olhar cúmplice e eu bufei com a situação. Sabe, eu sou forte, não preciso ser protegida, podia aguentar o que estava por vir. Se o meu progenitor fosse um traficante de drogas, cafetão ou sabe-se lá mais o que, eu lidaria com isso. Eu só não lidaria muito bem se a situação fosse ainda pior que isso.

— Você conhece o seriado Lola&Pablo, certo? — Nico começou, encarando-me com cautela e um sorriso reconfortante. Aquela era uma pergunta estranha, para dizer o mínimo.

— Sim... É um seriado muito famoso que é transmitido na TV a cabo, não é? Sobre os dois filhos do dono da revista *Pop Chique*... É tipo um *reality show* manipulado, no melhor estilo *Keeping Up with the Kardashians*, não estou certa?

— Certíssima — foi meu pai quem respondeu primeiro, assentindo em concordância.

— Certo.

— Lola e Pablo, os irmãos gêmeos protagonistas da série, são seus irmãos. O que significa que você é filha do Hernesto, um dos homens mais influentes da América do Sul. E não é só isso, o Hernesto sabe que você é filha dele. Você não foi parar na capa da *Pop Chique* à toa. O seriado dos seus filhos começou a perder audiência, provavelmente porque não havia nada mais de novo. Então, o Hernesto achou que seria incrível contar a história de como ele havia reencontrado sua filha perdida depois de tantos anos. Mas ele não queria que você fosse qualquer uma, sabe? Ele queria que você fosse conhecida e só então essa história se desenrolasse, para dar mais audiência para o programa. — Eu ouvia cada palavra com atenção e aparente serenidade, mas sentia que a qualquer momento poderia vomitar.

— O problema disso tudo, minha filha, é que além de estar usando você, ele também está contando apenas a versão dele. Nos últimos episódios ele apareceu ao lado dos filhos e da esposa, com um depoimento fingido de como a sua mãe biológica foi o primeiro amor dele, mas seu pai e eu sabemos que isso é mentira. Ela foi violentada e foi até a nossa ONG em busca de ajuda — minha mãe explicou e eu pude ver como ela estava indignada com a situação.

— Você tem o poder de controlar a sua vida, minha filha. — Foi a vez do meu pai. — E nós vamos apoiá-la em qualquer circunstância, mas não queremos que os outros se aproveitem de você. Pessoas como o Hernesto são traiçoeiras e não têm limites.

— E não é só isso — Nico voltou a dizer. — Nós não sabemos como, mas, de algum jeito, a sua ex-sogra, mãe do Marco, soube de todas essas informações antes de nós. E ela achou que a união de vocês traria de volta para a sua grife todo o prestígio que ela costumava ter.

— Quer dizer que de repente todo mundo resolveu me manipular, não é? Que ótimo jeito de começar o dia! — resmunguei, com ironia e um sorriso falso.

Depois de todas aquelas notícias, eu simplesmente não consegui ir trabalhar. Não quando eu me sentia usada e precisava, desesperadamente, de pessoas verdadeiras por perto.

A princípio quis inventar uma desculpa para o meu chefe. Uma cólica insuportável ou uma gripe repentina, mas, por algum estranho motivo, eu simplesmente disse a verdade. E ele entendeu. Apesar de rigoroso, sempre nos forçando a dar nosso melhor na editora, ele também era um bom amigo e eu precisava me lembrar disso e dar valor a ele com mais frequência.

Os meus pais estavam empenhados em um novo trabalho com animais abandonados e saíram logo pela manhã, depois de se certificarem que eu ficaria bem e que Nico cuidaria de mim. Tudo estava uma bela confusão dentro da minha cabeça, mas deitar ao lado do meu namorado para assistir a um bom filme atenuou a bagunça toda.

Nós passamos toda a manhã agarradinhos... Os meus dotes culinários eram quase inexistentes, mas por sorte Nícolas gostava do meu macarrão com molho de tomate e linguiça. Modéstia à parte, ele estava uma delícia. Depois do almoço resolvemos sair para passear um pouco. Eu o levei até o parque do Ibirapuera, um dos meus lugares preferidos na cidade. Nós andamos de bicicleta, alimentamos patinhos, comemos pipoca doce, tiramos muitas fotos e caminhamos de mãos dadas no caminho de volta para casa. Mais do que nunca, eu sentia que éramos um casal de verdade. Não que não fôssemos antes, mas tê-lo distante por tanto tempo estava me fazendo esquecer dessas coisas simples que todo casal faz.

Dormimos de conchinha naquela noite. Foi agradável de um jeito surreal. Achei que estivesse sonhando, ou que se tratasse de uma miragem, mas não, ele realmente estava ali. E com ele ao meu lado, as coisas ruins que vinham acontecendo pareciam bem menos assustadoras.

...

Na manhã seguinte, resolvi deixar Nícolas dormindo enquanto fui até a editora. Havia tomado uma decisão e precisava me ater a ela antes que desistisse. Foi difícil pronunciar aquelas três palavrinhas, mas no fundo do meu coração eu sentia que estava fazendo a coisa certa.

— Eu me demito — afirmei convicta, sem espaço para a hesitação.

Eu achei que fosse sair de lá um pouco odiada, afinal, não estava interessada em cumprir os trinta dias de aviso prévio. Tudo o que eu queria era voltar para Buenos Aires e correr atrás da vida que eu tinha certeza de que queria para mim. Mas, novamente, acabei subestimando o meu chefe. Ele aceitou minhas três palavrinhas com um sorriso e ainda me ofereceu um excelente acordo, além de uma carta de recomendação. Saí de lá radiante, pronta para uma nova vida. Um enorme sorriso brincava no meu rosto e eu queria mostrá-lo para o mundo inteiro. Bem, quer dizer, exceto para meu ex-namorado Marco. Menos ainda para sua mãe. E muito menos ainda para o homem que os acompanhava.

Que raios aquela corja fazia na porta do meu mais novo ex-emprego? Quanta petulância!

Passei reto por eles, nem me dando ao trabalho de lhes dirigir um olhar. Os malditos dramas daquela família não me diziam mais respeito. Eu não estava interessada e fim de papo.

Mas a falta de amor-próprio daquelas pessoas não tinha limites. Eles gritaram o meu nome no meio da rua, enquanto Daniele apertava o passo de forma desengonçada em cima daqueles exagerados sapatos de salto alto, apenas para me alcançar. Foi Marco, no entanto, quem me alcançou primeiro.

— Saia da minha vida, seu bundão inútil de merda — esbravejei, sem me importar que centenas de olhares recaíssem sobre nós. — Vou chamar a polícia e dizer que você tem me perseguido.

— Nina, está vendo aquele homem? — perguntou apontando para o homem que caminhava com a sua mãe logo atrás. — Ele quer falar com você, ele é o seu pai.

Naquele exato momento, Daniele e o tal senhor nos alcançaram. Tive medo de olhar diretamente nos olhos daquele homem, então tentei apenas me concentrar em meus próprios pés. Respirei fundo, mas minha cabeça girava tão depressa que eu tinha a sensação de que desmaiaria a qualquer momento. Minhas pernas estavam bambas e eu cairia estatelada no chão, não fosse ter sido amparada por braços familiares.

— O que você está fazendo aqui? — perguntei com a voz trêmula.

— Você deveria ter me acordado — Nico devolveu em um tom gentil, acompanhado de um sorriso terno. — Sente-se bem?

— Aquele homem — eu disse, indicando-o com um leve movimento de cabeça. — Você sabe quem ele é, não sabe?

— Sei — ele concordou, e seu sorriso agora parecia triste. — Podemos conversar com ele em um lugar mais... — Eu o interrompi, com o desespero tomando minha voz.

— Não, eu não quero. Não estou pronta. Não suporto nem olhar para ele e... — Dessa vez foi ele quem me interrompeu.

— Fique calma, Nina. Eu não sairei do seu lado nem por um instante. Você pode ouvir o que ele tem a dizer e falar o que quiser. Vai fazer bem para você. E eu vou apoiá-la em qualquer decisão, não se esqueça disso.

Respirei fundo e me recompus. Tomei coragem e encarei os olhos daquele senhor de cabeça erguida. Eu ainda estava tremendo por dentro, mas a mão do Nico estava espalmada em minhas costas: um pequeno lembrete de que ele estava ali.

— Você tem dez minutos e é bom que não desperdice o meu tempo — avisei para o homem de meia-idade. — E vocês dois... — falei diretamente para Marco e Daniele — caiam fora!

— Mas, Nina... — o senhor começou e eu o interrompi.

— É isso ou nada — sentenciei. — Se quiser falar comigo, vai ter que jogar o meu jogo. E seguir as minhas regras.

Saí de lá caminhando em direção à cafeteria mais próxima. Nico estava bem ao meu lado, dessa vez segurando a minha mão direita. O senhor rapidamente retomou o passo e nos seguiu. Marco e Daniele ficaram para trás. E eu esperava que eles entendessem que aquele era o seu lugar.

...

Nico, eu e o tal senhor nos sentamos e pedimos nossos cafés. Houve um silêncio desconfortável e tentei não interrompê-lo com um grito histérico. Encarei o homem diante de mim e só então me dei conta de que não sabia o seu nome. Na verdade, devo tê-lo esquecido. Lembrava-me de seu sobrenome, do seu nome, de jeito nenhum. Encarei-o com atenção enquanto ele digitava alguma coisa no celular e inevitavelmente acabei avaliando seus trajes. Não julgue uma pessoa por suas roupas, eu sei, mas aquele senhor, vestido daquela maneira, era uma afronta gigantesca.

A garçonete voltou com os nossos pedidos e o *tec tec tec* do senhor cessou. Ele bebeu um longo gole do café e então direcionou o seu olhar para mim. Ergui uma sobrancelha e esperei. Ao que parece, ele também esperava por algo, o que não fazia o menor sentido, já que ele é quem tinha vindo à minha procura.

— O que você quer? — ele perguntou com um sorriso petulante.

Sim, gente. Eu juro que foi exatamente isso o que ele falou. Essas quatro palavrinhas absurdamente ridículas nesse contexto. Como assim o que eu quero? O que aquele homem estava pensando? Respirei fundo, mas sabia que uma avalanche estava por vir e eu não tinha a menor intenção de contê-la.

— Você só pode estar brincando — retruquei com um sorriso incrédulo. — Eu quem deveria fazer essa pergunta, não acha? Considerando que foi você quem veio atrás de mim. — Ele ia dizer alguma coisa, mas o interrompi com o meu discurso inflamado. — Quem você pensa que é? Você não pode vir até mim com essas roupas horrorosas e perguntar o que eu quero. Eu não sei se você já assistiu a alguma novela mexicana, mas eu sou uma grande fã, sabe? E quer saber? Mocinhos não se vestem dessa maneira. Apenas vilões. Considerando que está vindo atrás de mim, provavelmente por uma causa nem um pouco nobre, o senhor deveria ter se preocupado em causar uma boa impressão, o que obviamente, não fez. Então, não se atreva a tomar o meu precioso tempo para perguntar o que eu quero.

— Não sou fã de novelas mexicanas — ele disse em sua defesa.

— Sim, percebi. Se fosse, saberia que os mocinhos não saem com camisas abertas até o peito, menos ainda usando um colar à mostra.

— Você sabe quem eu sou, não sabe? — ele perguntou e eu apenas assenti enquanto tentava me acalmar com um bom gole do meu café gelado. — Quero contar a nossa história para o mundo, Nina. Como fomos vítimas da separação e... — Eu o interrompi, pois não precisava ouvir aquela sua versão editada da história.

— Você me procurou, pois quer que eu faça parte do *reality show* dos seus filhos, não é? — ele assentiu com um sorriso, parecendo satisfeito. Eu também sorri, embora a minha satisfação estivesse prestes a acabar com a dele. — A resposta é simples: não, obrigada.

— O quê? — ele perguntou algumas oitavas acima. — Nina, você só pode estar brincando. Estou oferecendo o mundo a você. Isso vai deixar você famosa e poderá parar de trabalhar. Vai ganhar dinheiro apenas para viver a sua vida. Não seja estúpida.

— Estúpido é você. Talvez inteligência não seja o seu forte, imagino que tenha herdado isso da minha mãe, mas o ponto é: você quer me pagar para viver uma farsa. Porque a minha vida, a minha vida de verdade, não tem nada a ver com a sua ou a dos seus filhos. A minha vida é essa aqui... E eu não poderia estar mais feliz com ela. Então, não, obrigada.

— Você é minha filha, quer queira, quer não. Nós fomos separados e não tivemos uma chance de nos relacionarmos... Eu quero ter isso e quero que o mundo todo veja.

— Não me subestime, velhote! Eu sei a verdadeira história do meu nascimento, você não precisa editá-la se fazendo de vítima para mim. Você foi um cretino que engravidou a empregada e tratou de cair fora. Caso tente me arrastar para a sua família ou para o seu programa, eu não vou hesitar em contar a verdade.

Nico estava bem ao meu lado e ouvia tudo atentamente. Sua mão acariciava minha coxa por debaixo da mesa, o que era reconfortante. Talvez, sem ele, eu não conseguisse suportar esse turbilhão.

— A nossa história, se contada da maneira certa, será um prato cheio para o programa. Pessoas do mundo inteiro vão conhecê-la e admirá-la. Eu preciso de você no programa, Nina. Diga-me o que você quer. Qualquer coisa, é só pedir. Nós podemos fazer um excelente acordo.

— A sua proposta é bastante tentadora, sabia? Mas eu não sou a Eva, você não é a serpente e nós não estamos no Jardim do Éden, ok? Então faça um favor a nós dois e dê o fora.

— Essa é a sua palavra final? — ele perguntou e parecia desapontado.

— Pode apostar que sim.

Ele se levantou, terminou o seu café em um único gole e sacou uma nota de cem reais da carteira, deixando-a em cima da mesa. Achei aquilo meio absurdo, mas não discuti. Observei-o enquanto caminhava para fora da cafeteria e, assim que ele saiu, senti o clima ficar mais leve. Céus, eu estava tremendo da cabeça aos pés. Se de um jeito bom, não sei dizer. Olhei para o lado e o sorriso do meu namorado estava à minha espera. Ele parecia orgulhoso e eu também me sentia assim.

— Cem reais por um café? — perguntei com uma risada. — Certo, vamos pedir alguns bolinhos também!

...

Eu devia estar sofrendo algum tipo bizarro de atraso. Pude ver meu insignificante progenitor sair porta afora e me animei com os bolinhos que resolvemos pedir por conta dele. Tudo estava muito bem e eu me sentia poderosa. Mas foi lá para a sexta mordida em um dos bolinhos que as coisas começaram a mudar. Senti-me mal de um jeito sufocante e só então deixei algumas lágrimas escapar. Droga! É verdade que eu sou uma mulher forte e decidida, mas também tenho sentimentos. E naquele momento, após a sexta mordida num bolinho de limão siciliano, comecei a me sentir usada. Havia tanta gente querendo tirar proveito de mim. Meu progenitor vilão de novela mexicana, Marco e até mesmo Daniele... Argh! Aquilo era uma afronta.

— Eu estou aqui — Nico disse enquanto me envolvia num delicioso abraço e depositava carinhosos beijos na minha face. — E não a estou usando, você sabe — ele sorriu de um jeito cafajeste e ainda assim fofo, e então retificou. — Bem, mais ou menos... — Eu ri e acabei lhe roubando um beijo terno. Daquele jeito, eu bem que gostava de ser usada. Meu sorriso se esvaiu rapidamente e eu assumi um ar sério.

— Eu pedi demissão — contei, só então me dando conta de que havia deixado passar esse detalhe.

Nícolas abriu um sorriso gigantesco para mim, capaz de preencher toda aquela cafeteria. O brilho dele era, inclusive, ofuscante, digno de comercial de pasta de dentes. Eu também estava feliz com a minha decisão, não posso negar, mas talvez ele não estivesse pensando no que isso significava exatamente.

— Eu vou para Buenos Aires, Nico. Não quero mais ficar longe de você, nem por um minuto. Mas eu preciso muito encontrar um emprego, procurar um apartamento para morar e então organizar a minha vida por lá. A Marcela disse que nós podemos dividir o apartamento dela até que eu me ajeite e... — Ele me interrompeu.

— Não seja tola, Nina. Você vai morar comigo. Esse é o início de uma vida conjunta... — ele me disse e, por mais sincero que estivesse sendo, eu estava inclinada a discordar dele.

— Eu não posso, Nico. Agradeço muitíssimo, mas não posso. Adoro a sua mãe e o seu irmão, mas não quero me intrometer na estrutura familiar de vocês. E eu realmente quero ter o meu cantinho, sabe? Para decorá-lo como bem entender e ter toda a privacidade do mundo. Ah, e quero ter um quarto para poder receber os meus pais também...

— Nina — ele disse em um tom cauteloso. Será que estava chateado? — Não estou convidando-a para morar no apartamento da minha mãe. Estou dizendo que vamos morar juntos, apenas eu e você. Eu a teria proposto em casamento lá em Buenos Aires mesmo, mas tinha certeza de que isso iria espantá-la. Eu estava sendo sincero quando disse que queria construir uma vida ao seu lado e não vejo motivos para adiarmos tudo isso.

Eu ainda estava um pouquinho chorosa por me sentir tão usada, mas agora eu também sorria de um jeito meio estranho e todos esses sentimentos se misturavam e se confundiam no meu rosto. Aquilo sim era uma verdadeira metamorfose ambulante!

...

O dia estava agitado, cheio de reviravoltas. Quando a noite caiu e meus pais chegaram em casa, precisei ter uma conversa com eles. Contei-lhes tudinho: minha demissão, a aparição do meu progenitor e sua oferta ridícula, minha decisão de ir para Buenos Aires e a minha união-sem-nomenclatura com Nico. A palavra casamento me assustava um pouco. Um pouco tipo muito. Então, por ora, eu não pretendia usá-la.

Meus pais ficaram mudos e trocaram uns olhares bem esquisitos. Eles tinham essa mania de comunicação não verbal que só eles entendiam. Eu não sabia nem dizer se naquele momento eles estavam tristes ou felizes.

— Nina — foi meu pai quem começou—, eu e a sua mãe ficamos muito felizes pelo rumo que a sua vida está tomando. Você assumiu as rédeas e está no caminho certo, minha filha. Durante todos esses anos nós a criamos em nossa cultura e sabíamos que cedo ou tarde você acabaria voltando para o lugar onde nasceu, ainda que o fizesse inconscientemente. Então, achamos que seria bastante justo vivermos na sua terra natal com você... — ele anunciou com um sorriso e deixei meu queixo cair, pega totalmente de surpresa.

— Sabemos que você e o Nico estão começando um casamento — minha mãe emendou e eu rapidamente a corrigi.

— União-sem-nomenclatura.

— Bom, sim, uma união-sem-nomenclatura, como preferir. — Ela riu e rapidamente voltou ao seu discurso. — Nós não vamos nos intrometer nisso, então iremos comprar um apartamento que seja próximo do seu e dessa forma estaremos sempre por perto. Como a família que somos.

— Eu... não posso... quer dizer... isso é... Ah, meu Deus! — Aquela frase não fazia o menor sentido, mas com certeza explicava os estágios das minhas expressões faciais.

Como pode toda a sua vida mudar tão drasticamente em menos de vinte e quatro horas? Talvez essa mudança estivesse se aproximando há tempos, mas só agora, depois de tomar decisões importantes sem me importar com as consequências, ela se revelava tão claramente.

Nícolas parecia ainda me reservar algumas surpresas. Ele saiu, todo misterioso, em direção ao meu quarto e voltou de lá com o meu notebook em mãos. Ficamos em silêncio enquanto ele ligava a máquina e se conectava ao Skype. Achei estranho quando ele iniciou uma chamada para ele próprio. Que raios ele estava fazendo?

Foi somente depois do terceiro toque que aquela misteriosa ligação começou. Do outro lado do computador vislumbrei o rosto de duas pessoas que amava: Noah e Marcela. Ambos traziam um sorriso gigantesco — e muito travesso. Eu os cumprimentei fervorosamente e meus pais fizeram o mesmo. Todos nós nos esprememos diante da câmera e trocamos cumprimentos e apresentações.

— Talvez vocês possam mostrar o lugar para a Nina — Nico disse para os dois do outro lado da tela.

— Lugar? — perguntei inquieta e intrigada. — Que lugar?

Marcela e Noah trocaram um sorriso cúmplice, daqueles que confessam o total envolvimento em um crime e eu me senti ainda mais ansiosa. Os dois desapareceram da câmera, mas tudo o que vi foi uma parede branca. Talvez todas as reviravoltas do dia tivessem me deixado um pouco menos favorecida intelectualmente, pois eu sinceramente não entava entendendo nada do que estava acontecendo.

E então a câmera começou a filmar outros detalhes. Ao que tudo indicava, os dois estavam em uma sala completamente vazia, onde todas as paredes eram brancas e o piso, de tábuas de madeira. Eles se moveram mais um pouco e eu avistei um novo ambiente vazio, mas as paredes possuíam um leve tom pastel. Olhei para Nico e para os meus pais em busca de uma dica, mas estavam todos calados e compenetrados.

A câmera seguia por um corredor e ao fim dele havia três portas. Pude ver a mão esquerda da minha melhor amiga abrindo a porta do meio. Um novo ambiente, também completamente vazio, foi revelado. Do lado esquerdo do cômodo havia uma imensa porta de vidro e do outro, uma porta que se abria para um elegante banheiro, com uma banheira lindíssima dentro dele. Comecei a entender do que se tratava tudo aquilo e mal pude evitar o grito que me escapou.

— Ah, meu Deus! Esse é o seu novo apartamento, Marcela? Ele é tão lindo e eu estou muito, muito feliz por você...

Nico segurou o riso e logo Marcela e Noah surgiram do outro lado da tela novamente. Eles pareciam estar se divertindo na mesma proporção em que pareciam desapontados. Eu viria a descobrir o motivo logo a seguir.

— Esse é o seu novo apartamento, Nina! Seu e do Nico! — ela gritou, com todas essas exclamações mesmo, sem tirar nem pôr.

E eu não sabia se ria, se chorava ou se me jogava em cima do meu namorado (meio noivo). Por via das dúvidas fiz tudo de uma só vez.

22

Nosso apartamento estava uma tremenda bagunça, mas isso não é uma reclamação. A verdade é que eu estava num estado elétrico de ansiedade e alegria. Fazer as malas era sempre um suplício para mim, mas não daquela vez. Eu estava arrumando tudo com um sorriso gigante estampado no rosto. Três dias antes minha vida tinha ganhado um rumo completamente novo e inesperado, e desde então eu estava conectada no modo "empacotamento automático". A parte mais custosa era embalar os meus livros. Nossa, como dá trabalho! Mas eu amo os meus livros e teria uma síncope se eles chegassem a Buenos Aires todos amassados. Então, Nico e eu estávamos sentados no chão do quarto enrolando os livros, um a um, com plástico bolha.

Meus pais haviam saído para resolver questões burocráticas. Eles decidiram não colocar o nosso apartamento de São Paulo à venda, pois poderíamos precisar dele futuramente. Portanto, resolveram alugá-lo, o que era uma decisão muito sábia, no fim das contas. Também estavam procurando um apartamento em Buenos Aires que fosse bem próximo ao meu, mas essa não era uma tarefa fácil. Mesmo Nico, para comprar o nosso mais novo apartamento — ainda surto quando penso ou digo isso —, precisou procurar minuciosamente durante todo o tempo em que estivemos separados. Ele me assegurou que aquela havia sido uma ótima ocupação. "Mesmo com toda a distância, eu me sentia mais perto de você" foram suas palavras. De todo modo, meus pais decidiram que Nícolas e eu deveríamos ir primeiro, pois eles tinham mais coisas para acertar aqui no Brasil e iriam assim que estivesse tudo resolvido.

Nós havíamos feito uma pequena pausa na arrumação do quarto porque a maioria dos livros já estava empacotada, bem como as minhas roupas. A fome começava a nos encontrar e resolvemos comer pipoca e tomar um delicioso suco de abacaxi. Adoro comer pipoca, mas odeio a forma como meus dentes sempre ficam totalmente sujos. Com qualquer outra pessoa eu evitaria a situação, mas Nico e eu meio que já havíamos passado dessa fase. Apesar do pouco tempo, tínhamos um nível assustador de intimidade. Minha mãe dizia que isso era coisa do casamento, eu preferia acreditar apenas que éramos especiais. Parecia mais atraente e menos assustador.

Eu estava agachada diante da geladeira à procura de manteiga, quando deixei um grito escapar. Fui completamente pega de surpresa pelos braços do meu namorado/noivo — que sabe-se lá como conseguiu me tirar do chão enquanto agarrava a minha cintura. Céus, será que ele não sabe que eu peso quase cem quilos? Eu estava pronta para lhe fazer essa pergunta quando ele me virou, pressionou o meu corpo contra a bancada e simplesmente me beijou. Danem-se os quilos e as perguntas!

Envolvi o seu pescoço e retribuí seu beijo com a mesma intensidade. Devia haver milho preso nos meus dentes, mas se Nico não estava se importando, por que eu deveria? Suas mãos começaram a percorrer o meu corpo de maneira enérgica e o toque dos seus dedos debaixo da minha blusa me arrancou suspiros. Seus dedos quentes e sedentos tocaram meus seios e... Ah, meu Deus, como aquilo era bom, mas... Acabou tão rápido. Abri os olhos, confusa, e o encarei. Ele estava rindo, quase gargalhando e eu não entendia nada, ora essa!

— O que é tão engraçado? — perguntei emburrada.

— Seus seios são uma delícia, você sabe... Mas por um momento achei que você tivesse desenvolvido um terceiro mamilo — explicou se acabando de rir e abriu a mão diante de mim. — Era uma pipoca!

E por mais constrangedor e humilhante que aquilo pudesse ser, eu acabei rindo também. Até minha barriga começar a doer. Até esquecermos o real motivo de nossas risadas. Até começarmos uma guerra de pipoca voadora para todos os lados. Meus pais chegaram e poderiam ter um ataque com a nossa bagunça, mas acabaram achando graça e se juntaram a nós. Foi uma guerra colossal de pipoca! Quando acabou, não reclamamos da sujeira que tivemos que limpar. Meu pai colocou uma música na sala e nós dançamos e cantamos enquanto deixávamos a cozinha impecável novamente.

...

As duas últimas vezes que peguei um avião foram terríveis. Na primeira eu estava arrasada pelo pé na bunda que havia ganhado do Marco e na segunda eu estava desolada por ter que me separar do Nico. Daquela vez, no entanto, tudo parecia absolutamente perfeito.

Despedi-me dos meus pais com beijos e abraços apertados. Saber que eles iriam me acompanhar nessa nova fase tornava tudo mais fácil. Nico e eu fizemos o nosso *check-in* — quando eu tive que pagar pelo excesso de bagagem — e finalmente seguimos em direção ao saguão de embarque. Ainda tínhamos tempo, então resolvemos tomar um café da manhã reforçado. Comemos pão de queijo, que Nícolas só agora havia descoberto e pelo qual se apaixonara. É bem verdade que o sabor é bem parecido com o das *chipas* argentinas, mas não se compara.

Quando finalmente entramos no avião e nos acomodamos, engatamos uma conversa sobre nossas famílias. Ele dificilmente mencionava o pai, mas, quando o fazia, era de partir o coração. Era evidente que havia muita mágoa soterrada naquelas palavras. Para mudar de assunto, ele me perguntou sobre os seus novos sogros.

— Eles se aposentaram há pouco — expliquei. — Quer dizer, minha mãe nunca teve trabalho remunerado, passou toda a vida fazendo trabalho voluntário. Seus pais, que eu não cheguei a conhecer, eram donos de uma considerável fortuna e ela era a única herdeira. Ela poderia ter vivido uma vida de luxo e ostentação, mas isso nunca fez a sua cabeça, sabe? Meu pai, se quisesse, poderia não ter trabalhado também, mas ele não achava que essa era uma opção para "o homem da casa" — imitei as aspas no ar tal qual minha mãe.

Nas três horas seguintes, nós jogamos Stop e tiramos um cochilo. Recusamos o lanche oferecido pela companhia aérea — bem, eu aceitei o bombom, na verdade — e não demorou para aterrissarmos em Buenos Aires, onde o clima era ameno e muitíssimo agradável. Noah estava à nossa espera do lado de fora do saguão de desembarque com um cartaz que dizia: "Em breve, casados"! Assim que nos avistou, gritou nossos nomes e eu quis acertar um soco no seu lindo e adorável rostinho. Que papo de casados era aquele?

— Não é um casamento — expliquei escondendo o seu cartaz. — É uma união-sem-nomenclatura.

— Faz diferença? — ele perguntou com a sobrancelha direita erguida em minha direção. — A nomenclatura é o de menos. O que realmente importa é o sentimento que existe entre vocês dois e o fato de decidirem compartilhar uma vida juntos. Ou eu estou errado?

Eu queria encontrar argumentos para discordar dele e juro que tentei, mas foi em vão. Era óbvio que Noah estava certo, eu odiava admitir.

— Não, não está — sussurrei baixinho. — Acho que, bem... Vamos nos casar! — ousei pronunciar e foi estranho. Estranho de um jeito estranhamente bom. Minha língua não ficou dormente e meu cérebro não explodiu em milhares de pedacinhos. Nada absurdo aconteceu.

— Sim, Nina... — Nico concordou, abraçando-me de lado pela cintura. — Nós vamos nos casar.

...

Organizar e decorar o apartamento todo deu muito trabalho, mas foi divertido. Os nossos critérios para a escolha dos móveis eram basicamente os mesmos. O sofá precisava ter aquela opção onde todos os ocupantes podem esticar as pernas. O motivo? Bem... Aquele sofá com certeza seria o cenário de muitas cenas de amor e sexo, e ele precisava ser confortável o bastante caso adormecêssemos nele. Justo, não é?

Compramos uma televisão bem grande, o que me deixou muito feliz. Eu adorava assistir a comédias-românticas e novelas mexicanas, e precisava de um bom aparelho para isso. E não posso me esquecer de mencionar que a nossa nova cama tinha dossel. Nico achava um tanto brega, eu achava lindo e clássico. Ele tentou mudar a minha opinião, mas eu não abria mão da cama dos meus sonhos. Bom, às vezes eu jogo sujo para conseguir o que quero e Nico pareceu não se importar.A cozinha estava divinamente maravilhosa em tons de preto e prata. Ela parecia saída de um programa de decoração.

Foi só no início de dezembro que tudo pareceu, finalmente, em seu devido lugar. O apartamento já estava todo decorado e os meus pais moravam duas ruas atrás de nós. Apesar de estarmos morando em outro bairro, Noah, Elena e Marcela estavam há poucos minutos de nós também. Era uma noite quente e Nico e eu receberíamos nossos amigos e familiares em nosso recém-organizado apartamento.

Todos chegaram praticamente juntos. Marcela foi a última e para a minha total surpresa, ela não estava sozinha. Um homem muito bonito e atraente a acompanhava. Lancei um olhar interrogativo em sua direção e ela simplesmente corou. Parem tudo, o fim está próximo! Nunca, em todos esses anos, vi a minha melhor amiga corar. Por nada nem ninguém. Você se lembra de quando ela deu em cima do Noah, não é mesmo? Aquela era a Marcela que eu conhecia: direta e sem rodeios. A Marcela de bochechas coradas e sorriso tímido, no entanto, não era a minha melhor amiga. Ela deve ter sido abduzida. Ou sei lá, hipnotizada. Minha língua estava coçando para fazer muitas perguntas, mas o olhar desesperador que ela me lançou acabou me impedindo.

— Esse é o Stéfan — Marcela disse, nos apresentando ao rapaz, que nos cumprimentou com um sorriso reluzente. — Ele é o meu chefe no *Diário 26*.

— Fora do ambiente de trabalho eu não sou o chefe — ele a lembrou e aquela troca de olhares dos dois foi desconcertante.

O nosso *open house* oficial aconteceu de maneira agradável e tranquila. Stéfan não precisou de mais do que cinco minutos para entrar para o time. Ele é simpático, engraçado, educado e muito gostoso, como a própria Marcela fez questão de enfatizar. Já passava das onze da noite quando meus pais resolveram ir para casa. Elena os acompanhou. Nós estávamos jogando conversa fora enquanto bebíamos algumas taças de vinho.

— Está gostando de Buenos Aires, Nina? — Stéfan me perguntou.

— Amando. Pena que eu ainda não tenha conseguido um emprego.

— Você trabalha com...? — ele quis saber.

— Publicação de livros. Sou editora, revisora e tradutora. Tinha um ótimo emprego no Brasil, mas não estou encontrando muitas portas abertas na Argentina — expliquei com um sorriso fraco. É claro que eu tinha as minhas economias guardadas, mas elas não durariam a vida toda.

— Você deveria tentar um emprego na editora do *Diário 26*. Nós somos um grupo muito amplo, trabalhamos com diversos segmentos... A editora é um deles. Posso conseguir uma entrevista — Stéfan falou.

Eu mal conseguia acreditar no que acabara de ouvir. Stéfan conseguiria uma entrevista de emprego para mim? Nossa, eu não podia acreditar. Fiquei totalmente sem reação, mas, quando finalmente a ficha caiu, eu me levantei, joguei os braços para o ar e dancei como uma louca.

— Não dá para negar que vocês são amigas — Stéfan comentou com um sorriso, alternando o olhar entre mim e Marcela.

Ah, sim, aquela era a nossa dancinha da vitória!

...

Se você está prestes a fazer uma entrevista de emprego, precisa se concentrar em algumas coisinhas.

Regra número 1: a escolha da roupa é crucial. Você não quer parecer uma adolescente irresponsável, mas também não quer parecer uma senhora antiquada. Escolher um visual profissional e elegante é imprescindível. Não dizem que a primeira impressão é a que fica?!

Regra número 2: antes da entrevista — e isso inclui o dia que a antecede — evite comer ovos, feijão, repolho... Você não quer sofrer de gases na frente da pessoa que pode mudar o rumo da sua vida. E não se esqueça: os gases silenciosos são os mais mortais.

Regra número 3: evite toda e qualquer coisa que possa grudar nos seus dentes. Você não quer sorrir e arruinar as suas chances, não é mesmo?

Regra número 4: sorria na medida certa. Se sorrir demais, vai parecer que você está flertando, se sorrir de menos, vai parecer antissocial. Equilíbrio, esse é o segredo!

Regra número 5: controle o nervosismo para não se esquecer de executar todas as regras anteriores.

E lá estava eu... Inspira, prende o ar, expira. Inspira, prende o ar, expira. Inspira, prende o ar, expira. Minhas mãos suavam... Droga, aquilo não podia acontecer com as minhas axilas. Resolvi dar uma conferida básica e adivinhem? Foi nesse exato momento que a minha futura — se Deus quiser — chefe apareceu. Nota mental: incluir roupas antissuor nas minhas regras.

— Senhorita Nina? — ela perguntou com olhos vidrados em mim.

— Presente — deixei escapar enquanto me levantava da poltrona. — Digo, eu mesma, muito prazer — corrigi, estendendo a mão em sua direção para cumprimentá-la. — Achei que a minha blusa estivesse rasgada — comentei, tentando disfarçar todo o embaraço. Não sei se funcionou.

— Meu nome é Eugenia Vásquez — ela se apresentou, tentando ignorar todas as minhas mancadas cometidas em menos de um segundo. — Sou editora-chefe e serei a responsável pela sua entrevista.

— Certo, ótimo, muito obrigada.

— Entre — instruiu, dando-me passagem. — E não se preocupe... Também tive medo das manchas de suor no dia da minha entrevista.

Eu sorri completamente sem graça e não sabia dizer se aquele comentário havia sido bom ou ruim. Santo Protetor das Obesas Gostosas e Bem Resolvidas, não me abandone!

O escritório de Eugenia era decorado com indiscutível bom gosto. Ela estava vestida de forma impecável e isso era bastante intimidante. Não que eu duvide do meu bom gosto, mas também não faço o tipo impecável. Meu jeito atrapalhado contribui de forma significativa para isso. Quando me sentei na poltrona de frente para ela, do outro lado da mesa, quase derrubei suas canetas. Algo me dizia que aquela entrevista seria um tremendo fiasco.

As perguntas começaram. Eu estava tão nervosa, que gaguejei vez ou outra. Aquilo era um absurdo para mim. Logo eu, tão segura e autoconfiante. Talvez eu estivesse me sentindo pressionada. Quer dizer, talvez não, com certeza era isso. Eu teria dado tudo para poder comer um chocolate naquele momento. Ou doce de leite. Melhor ainda: chocolate com recheio de doce de leite. Tenho certeza de que isso me acalmaria.

— Você é casada? — ela perguntou a certa altura.

— Não — respondi de forma automática, mas logo emendei. — Bom, eu estou noiva... Imagino que o meu estado civil acabe sendo alterado nos próximos meses. Ou anos.

— Você não parece muito animada com isso — concluiu com espanto e desconfiança.

— Eu vou me casar com o homem que sempre sonhei. A palavra casamento, no entanto, tende a me assustar um pouco, mas é bobeira minha. Nós moramos juntos, então é como se já estivéssemos casados.

— Você conhece muito bem as palavras, Nina. Afinal de contas, trabalha com elas. Acredito que isso faça você entender com bastante clareza o peso e significado que elas têm. Casamento, para você, não é algo banal... Existe um compromisso muito sério envolvido e eu entendo o seu receio. Pelo que posso notar, porém, o maior compromisso que você assumiu foi consigo mesma. O compromisso de ser feliz e viver a vida conforme as suas regras. Eu acho isso louvável e acredito que você não deva se preocupar tanto com a denominação das coisas. Porém, se deixa você mais feliz, o seu novo status deixou de ser o de desempregada. Seja bem-vinda ao *Diário 26*, Nina!

Eu estava contratada? Aquilo era sério? Ou será que era uma pegadinha? Eu havia me saído tão mal na entrevista, como podia estar contratada? Eu pretendia fazer essa pergunta a Eugenia, mas, quando me apoiei na mesa, minha cadeira se inclinou e eu caí no chão. Céus, que desastre! Levantei-me da forma mais elegante possível e rapidamente tentei me recompor, passando as mãos pela roupa na intenção de desamassá-la.

— Eu sinto muito, não sei o que... quer dizer, o dia está sendo uma... Ah, eu estou mesmo contratada? — perguntei no meio de todo o meu discurso desconexo.

— Está, sim, Nina! Você tem ótimas referências e me pareceu muito... — ela buscava uma palavra adequada — ... autêntica.

— Nossa, obrigada, Eugenia. — Eu abracei a mulher, que pareceu surpresa e chocada com a minha reação. — Se não estivesse prestes a me casar, daria um beijo na sua boca.

— Isso não será necessário — ele respondeu com os olhos esbugalhados. Quase me bati por ter dito aquilo para a minha nova chefe. Ela poderia me demitir por assédio, mas não pude evitar, eu estava tão feliz! — O Stéfan me falou a respeito da sua forma de comemorar... — comentou com um risinho. — Sugiro que não faça isso diante dos outros funcionários. — Ela piscou em minha direção e abriu a porta de sua sala para que eu me retirasse. E assim o fiz, mas não sem antes abraçá-la novamente. — Você começa no dia seis de janeiro, às nove horas. Não se atrase!

Eu queria muito dançar e gritar de alegria, mas estava parada em frente ao elevador, aguardando, de forma neutra. Quando eu finalmente estava lá dentro, fiz a minha dancinha da conquista e quis gritar para o mundo que eu estava empregada e o que meu novo emprego parecia ótimo. Como não dava para gritar no sentido real da palavra, "gritei" nas minhas redes sociais. O *CAPS LOCK* FICARIA ATIVO O DIA INTEIRO!

Naquele mesmo prédio, alguns andares abaixo, estavam Stéfan e Marcela. Não resisti e acabei lhes fazendo uma breve visita. Quando adentrei à sala dele, não esperava encontrá-lo tão próximo da minha melhor amiga. Foi desconcertante, embora nada explícito estivesse acontecendo ali. Eu já a havia flagrado na cama com Noah — o que foi bem traumatizante, inclusive —, mas ela parecia outra pessoa ao lado do Stéfan.

Os dois se afastaram e vierem me cumprimentar. Contei a novidade e nós resolvemos sair para almoçar, afinal, quem resiste a uma boa comemoração inesperada? Mandei uma mensagem de texto para Nico e Noah, caso eles quisessem se juntar a nós. Chegamos ao restaurante e Nico já estava lá à minha espera. Bom, quer dizer, ele não parecia estar à minha espera exatamente. Ele bebia uma taça de vinho acompanhado de uma ruiva desconhecida. Trinquei os dentes e respirei fundo.

Eu estava tentando me concentrar no fato de que havia conquistado um excelente emprego, mas era impossível. Nícolas e a ruiva-vagabunda-maldita-misteriosa pareciam íntimos. Quando nos aproximamos de sua mesa, ele se mostrou surpreso.

— Nina? — perguntou com uma expressão de choque. — O que faz aqui?

— Vim comemorar o meu novo emprego com os meus amigos e com o meu noivo, que ao que parece, está bastante surpreso em me ver. — Abri um sorriso forçado de quem está prestes a cometer assassinato.

— Você conseguiu o emprego? — Ele abriu um grande sorriso e se levantou, vindo em minha direção. Recuei. — O que foi? Eu não estava sabendo da sua conquista e tampouco da comemoração...

— Eu mandei uma mensagem no seu celular, mas acho que você estava muito ocupado para lê-la. — Eu estava louca de vontade de dar na cara daquele cretino mentiroso, mas peguei sua taça de vinho e fiz algo muito mais interessante. Não, eu não despejei o conteúdo em cima dele, isso seria mexicano demais até para mim. Em um único gole eu bebi todo o vinho e dei as costas aos dois.

Saí do restaurante de forma inabalável. Não parei quando Nico chamou por mim nem quando Marcela e Stéfan tentaram me impedir. Eu me sentia numa infinita queda livre. Alguns minutos antes, eu parecia estar no céu, e logo depois estava caindo, caindo, caindo... Sem previsão de parar. Senti meus olhos marejarem e respirei fundo, certa de que conseguiria engolir o choro. Como mulher gorda que sou, estou acostumada a engolir muitas coisas, mas o choro não é uma delas. Chamei um táxi e ignorei meu noivo — será que ele ainda era o meu noivo? — que saía do restaurante chamando por mim. Eu só queria alguns minutos de solidão e paz... Nico que inventasse uma desculpa muito plausível se quisesse me convencer da sua inocência.

...

Eu queria ficar sozinha e foi exatamente o que fiz. Fui até o jardim japonês, onde passei mais de uma hora sentada, aproveitando o sol e admirando a paisagem. Aquele era, sem sombra de dúvidas, um dos meus lugares favoritos em Buenos Aires. Quando me senti um pouquinho mais calma, resolvi ir até a sorveteria da minha rua, que tem os mais maravilhosos sorvetes artesanais do mundo. Depois de pedir duas bolas de doce de leite com cookies, adivinhem com quem eu me deparo? Não, não com o Nico, por sorte. Acho que ainda preciso de mais alguns minutos para pensar nele sem bufar de raiva. Era Noah. Ele estava com dois amigos da faculdade, para os quais me apresentou com um enorme sorriso.

Jogamos conversa fora por alguns minutos e logo em seguida Noah se despediu dos amigos e resolveu me acompanhar no caminho de volta para casa. Ele, muito perspicaz, notou que eu não estava bem e perguntou o que tinha acontecido. Comecei o meu monólogo, que só terminou quinze minutos depois. É claro que o meu exagero na forma de contar aquela história contribuiu.

— Não seja tonta, Nina — ele disse a certa altura. — Eu conheço o meu irmão e ele jamais a trairia. Ele nunca nem traiu a ex-namorada insuportável, que dirá uma mulher maravilhosa como você... — Hm, ok, aquilo me animou, mas eu ainda estava possuída pelo ritmo "ragatanga", digo, pelo ciúme irracional.

— Eu não gostei do que vi... — confessei. —É bem provável que seja coisa da minha cabeça, eu sei... Mas às vezes eu me sinto no escuro com o seu irmão. Quando eu estava em São Paulo, ele saiu com uns amigos da faculdade para os quais eu nunca fui apresentada. Sei lá, parece que ele está me colocando em uma parte da sua vida e me excluindo de outra.

— Diga isso a ele, Nina. Eu tenho certeza de que ele não faz por mal. É provável que ele não queira incomodá-la com alguns dos amigos sem noção!

Nós continuamos esparramados no sofá da sala por mais meia hora. Eu já me sentia melhor, principalmente porque Noah estava, com louvor, arrancando risos de mim. Eu ouvi o barulho de chave na porta e respirei fundo, repetindo mentalmente que precisava me acalmar e não ter um surto psicótico, mas adivinhe quem estava logo atrás do meu noivo? Adivinhe, adivinhe! Sim, a vaca ruiva. Céus, eu não podia acreditar que ele estava trazendo aquela mulher para a nossa casa. Eu queria voar no seu pescoço e fazê-lo agonizar até a morte.

Encarei Noah com a minha melhor expressão de "Eu não estava exagerando, viu?", quando um sorriso brotou em sua face de orelha a orelha. Ele abriu os braços e foi até a ruiva, agarrando sua cintura e tirando-a do chão. Trinquei os dentes, mas logo em seguida escutei-o falar:

— Tia Mel — cumprimentou com surpresa. — Que saudade!

Espera aí... Que papo é esse de tia Mel? Tia? Aquela mulher que devia ter a minha idade era tia dos dois? Eu estava prestes a fazer essa pergunta, quando Noah se virou para mim com um enorme sorriso no rosto.

— Você estava com ciúmes dela? — ele perguntou e caiu na risada.

Droga. Eu queria voltar para a minha pokebola antes que aquela humilhação piorasse. Estava me sentindo patética. Mas, poxa, Nico não havia me dito nada. Não que eu lhe tivesse dado muitas oportunidades...

— Eu liguei o dia inteiro para você, mocinha — Nico me disse ao se aproximar de mim e me envolver em seus braços. — Mas a senhorita fez um ótimo trabalho me ignorando.

— Sinto muito... — sussurrei mortificada de vergonha. Escondi meu rosto no peito dele, que riu e me abraçou bem forte logo em seguida.

— Nina — ele disse, ignorando minhas recentes atitudes que faziam de mim uma grande imbecil. — Essa é Melissa, irmã do nosso pai e, portanto, nossa tia. Tia Mel, essa é Nina, minha futura esposa.

Melissa — ou tia Mel — sorriu para mim de forma genuína e veio me cumprimentar com um abraço. Eu lhe pedi desculpas pelo mal-entendido e jurei que aquilo era um surto isolado e que, na maior parte do tempo, eu era uma pessoa normal. Mas é claro que isso depende dos parâmetros de normalidade que cada um tem.

Passada a confusão, Nico e eu trocamos um delicioso beijo na cozinha. Tive uma breve conversa com ele e tentei explicar o motivo de sentir que, às vezes, estou sendo deixada de lado. Noah tinha razão, Nico me disse que tentava me poupar de algumas chatices, mas que não o faria mais se isso fosse um problema para mim. Não era exatamente um problema, mas foi bom me abrir com ele e resolver nossos pequenos impasses antes deles se tornarem algo maior.

Melissa jantou conosco e então eu descobri várias coisas a seu respeito. Ela era apenas quatro anos mais velha do que eu e nos últimos tempos morou no Canadá, onde conheceu Mark, com quem se casou, mas não teve filhos. Os dois haviam se separado recentemente, e ela achou que seria uma boa ideia voltar para o seu país de origem. Ela era cerimonialista e a notícia do nosso casamento a deixara empolgada.

— Nós ainda não temos planos concretos... — confessei e me senti acuada quando ela arregalou os olhos de surpresa. — Nunca sonhei com festa, vestido de noiva nem nada.

— Mas está disposta a pensar em tudo isso, não está? — Nico me perguntou com um sorriso, enquanto acariciava a minha mão sobre a mesa para me convencer.

— Estou? — perguntei e ele apertou minha mão mais do que deveria. — Digo, estou, estou sim... Claro que estou — retifiquei, deixando-o feliz.

...

— Sinto muito, Nico, mas não quero uma festa de casamento extravagante — confessei horas mais tarde, quando finalmente ficamos a sós. Estávamos deitados em nossa maravilhosa cama de dossel. — A ideia do casamento, por si só, já era assustadora para mim, mas agora percebo que isso é bobagem da minha cabeça. Já sinto que estamos casados, então só vamos oficializar a nossa união. Mas daí a me fazer concordar com uma enorme festa de casamento... Existem muitos degraus que não estou disposta a subir.

— Não precisa ser uma festa grande, pode ser algo íntimo apenas para a família. Mas deixe a tia Mel ajudá-la, por favor — ele pediu com um beicinho fofo. — Ela acabou de se divorciar e precisa ocupar a cabeça.

— Ela pode ajudar, sem problemas, desde que respeite as minhas ideias para a festa — ponderei.

— Não se preocupe, ela é uma pessoa bastante sensata — ele garantiu. — E você sabe que a minha mãe fará o seu vestido de noiva — completou. Eu estava pronta para abrir a boca, quando ele emendou: — E não adianta discutir. Ela faz questão!

— Sorte a minha, então — comentei para a surpresa dele.

...

Existe uma coisa incrível no mês de dezembro: ele sempre passa muito mais rápido do que o esperado. O Natal estava cada vez mais próximo, mas, antes, ainda tinha o meu aniversário. Considerando que em algumas semanas nós teríamos a nossa festa de casamento, achei muito sensato da minha parte comemorar o meu aniversário apenas com Nico. Para me agradar, nós tiramos um final de semana de folga.

Era manhã de sábado e o clima estava ameno. Calor na medida certa. Desde o meu regresso eu estava falando que queria fazer um passeio no *Tren de la Costa,* e finalmente o fizemos. Apesar de as pessoas falarem que apenas duas ou três paradas do passeio valem a pena, eu quis fazer todas. E Nico não discutiu, era o meu aniversário e argumentar com a aniversariante — principalmente quando sou eu — nunca é uma boa ideia. Em todas as nossas paradas, fomos recebidos por pequenas cidades muito fofas. Muito fofas mesmo, sem exagero! Em San Isidro acontecia uma feira bem bacana, cheia de coisas bonitas e baratas. Não resisti e acabei comprando lenços, bijuterias e alguns itens de decoração para o nosso novo quarto.

Delta foi a nossa última parada e onde mais nos divertimos. Fomos ao Cassino Trilenium, mas, para a nossa tristeza, não ganhamos nada daquela vez. Eu estava louca para ir ao parque de diversões perto dali, mas o dia já estava acabando e precisávamos tomar um bom banho, relaxar e comer alguma coisa. Nós nos hospedamos em uma pousada simpática, onde também tivemos um maravilhoso jantar. Eu estava exausta, mas ansiosa para o dia seguinte.

Acordamos cedo no domingo. Tomamos um café da manhã reforçado e fomos direto para o *Parque de la Costa*. As filas não eram muito grandes, o que nos permitiu conhecer todo o lugar até o fim da tarde. Saímos do parque e fomos até a estação, onde pegaríamos o trem de volta para Buenos Aires. Eu estava mais que agradecida pelo incrível final de semana que tivemos, mas Nico é um homem incrível, e é claro que ele tinha uma surpresa para mim. Quando chegamos ao nosso apartamento, todos os nossos familiares e amigos próximos estavam à nossa espera.

— SURPRESA — eles gritaram em coro.

E aquela noite foi simplesmente maravilhosa. Comemos, bebemos, rimos... E eu não poderia estar mais agradecida e realizada. Quando fui apagar a vela do bolo preparado pela minha mãe, fechei os olhos com força e não fiz nenhum pedido. Tudo estava exatamente onde deveria estar. Não havia nada mais que eu pudesse querer. Em silêncio, apenas agradeci por todas as mudanças positivas da minha vida. E pedi para Deus não resolver ser bipolar pelos próximos anos. Amém!

23

Dezembro é, e sempre será, o meu mês favorito do ano. Os motivos são um tanto óbvios, não é? Além do meu aniversário, ainda comemoramos o Natal e a chegada de um novo ano. Era, ao menos para mim, o mês mais festivo e alegre. Dezembro de 2015, no entanto, estava sendo um mês um bocado estressante também. O motivo? Os preparativos para o meu casamento. Toda a família achava que essa comemoração precisava acontecer o quanto antes. Eu, particularmente, não tinha tanta pressa, mas estava sendo levada pela corrente. O casamento aconteceria no dia 31 de janeiro, um domingo que, segundo as previsões, seria ensolarado. A princípio a cerimônia ocorreria no maravilhoso e gigantesco apartamento da minha sogra, mas eu estava cobiçando uma festa ao ar livre e, claro, Nico estava fazendo de tudo para me agradar.

— Se você quer uma festa ao ar livre, uma festa ao ar livre você terá — ele disse com a boca grudada na minha.

Os dias passavam cada vez mais depressa. Eu estava ansiosa pelo mês de janeiro, não só por conta do meu casamento, mas também por causa do meu recém-conquistado novo emprego. Ainda assim, eu precisava encontrar um tempo para me dedicar às minhas datas festivas favoritas. E foi ao som de sinos e com decoração verde e vermelha que chegou o Natal. Eu pretendia convidar os amigos e os familiares para uma pequena reunião em nosso novo apartamento, mas Elena havia insistido para que comemorássemos no seu. Mesmo porque nossa comemoração estava maior do que o esperado.

Elena, Nico, Noah, eu, minha mãe, meu pai e Marcela. Minha melhor amiga pretendia celebrar o Natal com sua família, mas estava sem grana. Quer dizer, não é que ela estivesse pobre nem nada do tipo. O seu novo salário era realmente bom, mas ela ainda estava pagando pelo apartamento e toda sua mobília. Naquele momento, ela não podia se dar ao luxo de comprar passagens aéreas para visitas curtas. Então, ela foi integrada ao nosso time natalino e acabou trazendo Stéfan junto, que, por sua vez, trouxe seu pai, um coroa viúvo muito do enxuto. Eu não sabia o que estava acontecendo entre ela e seu chefe, era uma relação estranhíssima.

As músicas natalinas tocavam na sala enquanto todos ajudavam na arrumação da ceia. Apesar de não ser a versão feminina do Buddy Valastro, eu fazia deliciosas rabanadas e estava incumbida delas. Noah estava me ajudando e mais me atrapalhava do que qualquer coisa.

— Pare de me sujar — ralhei com ele, embora estivesse difícil segurar o riso diante de suas trapalhadas.

— Nina *sugar* — respondeu, sujando meu rosto, de novo, com açúcar.

Eu estava prestes a me esquecer do clima sereno do Natal e dar uns bons cacetes no meu cunhado, mas a forma como ele sorria meio que me impediu de ativar minha versão malvada.

— Precisam de uma mãozinha? — meu futuro marido perguntou entrando na cozinha. Futuro marido. Essas palavras, colocadas dessa maneira, uma depois da outra, parecem assustadoras e excitantes. Eu gostava cada vez mais delas.

— De você, meu amor, eu preciso do corpo inteiro — respondi com uma piscadela, que fez Noah revirar os olhos e sair da cozinha. Nós rimos e trocamos um beijo doce e satisfeito.

Quando minhas rabanadas finalmente ficaram prontas, Nico me ajudou a levá-las para a sala. Chegando lá, nós nos deparamos com uma cena inusitada. Elena conversava, de maneira íntima, com Pietro, pai do

Stéfan. Os dois bebiam um cálice de vinho e riam abertamente, vez ou outra se tocando no braço ou no ombro. Nico respirou fundo e encarou a cena, como se a analisasse de diferentes ângulos.

— O que você acha? — Noah perguntou ao se aproximar de nós. Ele também encarava sua mãe ao lado de Pietro.

— Ela está sozinha há muito tempo — Nico respondeu, só então desviando o olhar. — Espero que ela encontre alguém que, de fato, mereça a sua companhia e a faça feliz.

— Apesar de ter se separado dele, eu achei que ela ainda amava o Miguel — Noah comentou de forma melancólica.

— Eu acho que todo o amor e a admiração que ela sentia acabaram se esvaindo quando ele se mostrou um péssimo pai — ponderou. Noah assentiu e aquela conversa foi interrompida por Marcela, que nos esmagava em um abraço coletivo.

Sabe o ditado que diz "perco o amigo, mas não perco a piada"?! Pois é, não pude evitar. Aquela Marcela, sentimental e fã de demonstrações gratuitas de afeto, não se parecia com a minha melhor amiga. E depois do meu comentário sarcástico tudo o que ela fez foi corar. Nada de respostas afiadas e argumentos para quebrar os meus. Ela apenas corou. Assim, como uma pessoa normal.

— Milagres do Senhor Stéfan — foi Noah quem disse de maneira enciumada. Não, ele não estava apaixonado por Marcela nem nada do tipo. Os dois tinham uma amizade muito bonita, mas Noah bem que gostava de provocá-la às vezes.

...

Quando a ceia finalmente foi servida, a enorme mesa de jantar rapidamente ganhou vida e cor. Além dos saborosos pratos experimentados, todos conversavam animadamente. Melissa se juntou a nós assim que começamos a comer. Ela não disse nada — e ninguém perguntou —, mas nós sabíamos que ela estava vindo da casa do irmão mais velho, Miguel. Era muito triste que ele não conseguisse amar seus filhos do jeito que eram. Para mim, é inaceitável que os pais não prezem a felicidade dos filhos.

Depois da ceia, demos início ao amigo oculto. A ideia era que todos fossem presenteados, mas, mesmo sem combinar, nós acabamos comprando vários itens para debochar de nossos amigos secretos. Foi muito divertido. Já eram quase duas da manhã quando nós finalmente voltamos para o nosso apartamento. Eu estava cansada, é verdade, mas nunca cansada o bastante para recusar o meu noivo e futuro marido.

O casamento se aproximava e nós continuávamos envolvidos com flores, comidas, bebidas, decoração... Porém nenhuma cerimônia definiria a nossa união tão bem quanto os momentos que compartilhávamos a sós.

...

Seis de janeiro. Estava me arrumando da melhor forma que podia, afinal, não existe segunda chance para se causar uma boa impressão. Eu conheceria os meus novos colegas de trabalho e gostaria de me dar bem com eles. Talvez não com todos, mas ao menos com a grande maioria. Eu vestia uma calça social justa e uma blusa branca, também social, de botões. Meu cabelo castanho e liso estava muito bem penteado e moldava o meu rosto redondo. Fiz uma discreta trança na parte da frente e a prendi para trás. Escolhi sapatos de salto alto com algum conforto e optei por não combiná-los com a minha nova bolsa que, por sinal, era maravilhosa. Meu noivo — e futuro marido — tinha muito bom gosto. Bom, faz sentido ele ter me escolhido!

Por falar em Nico, ele estava na cozinha preparando nosso café da manhã quando eu o abracei por trás. Ele estava sem camisa e eu me apressei para beijar suas costas, em cada pedacinho exposto. Aquela era uma excelente forma de começar o dia. Ele se virou e me ofereceu uma xícara de café preto fumegante. Sorri agradecida e bebi um longo gole, em seguida ganhando um delicado beijo nos lábios. Eu estava bastante adiantada com o horário, então resolvi me sentar por alguns minutos.

— Ansiosa? — ele perguntou enquanto passava manteiga no pão.

— Um pouco — confessei com um sorriso. — Espero me dar bem com os meus colegas de trabalho. Ao menos com a maioria deles.

— Você não precisa se dar tão bem com os homens... — comentou com um dar de ombros. Sorri para ele. Ele sorriu de volta para mim enquanto partia seu sanduíche ao meio e me estendeu metade dele. Lembrei-me de quando nos conhecemos... Alguns hábitos nunca mudam.

— Muito obrigada.

Nico havia se oferecido para me dar uma carona, mas ainda era muito cedo para ele e eu achei melhor deixá-lo fazer suas coisas com calma. Apesar do trânsito, o transporte público de Buenos Aires funcionava muito bem. Bom, eu vim de São Paulo, ou seja, estava preparada para enfrentar qualquer coisa. Caminhei até a praça, onde ficava o ponto final do meu ônibus. Entrei nele e informei ao motorista o meu destino. Paguei pela minha passagem e fui me sentar. Antes que me desse conta, estava roendo as unhas. Marcela me mataria se soubesse disso.

E por falar na minha melhor amiga, eu a encontrei na entrada do *Diário 26*. Sorrimos uma para a outra e nos cumprimentamos com um abraço apertado.

— Seja bem-vinda, Nina — ela disse quando finalmente nos soltamos.

— Obrigada, amiga. — Nós trocamos um sorriso e seguimos para dentro do prédio. Trabalhávamos em blocos diferentes, mas poderíamos almoçar juntas todos os dias. Havia uma grande fila de pessoas esperando o elevador. — Como está o Stéfan? — perguntei de forma casual. No mesmo instante senti seu olhar murchar. — Ei, o que foi? Aconteceu alguma coisa?

— Não nos falamos desde o ano novo — comentou com pesar. Lancei o meu melhor olhar inquisidor para ela. Eu queria respostas! — Na noite de ano novo, nós nos beijamos.

— Isso é ótimo — eu exclamei, talvez mais animada do que deveria.

— Não, não é. O Stéfan parece a minha versão masculina, Nina. E eu nunca pensei que diria isso, mas é algo horrível.

— O que você quer dizer com isso? — Levantei apenas a sobrancelha direita e aguardei.

— Todo mundo se apaixona por ele, e ele não se apaixona por ninguém. Enquanto eu era o sujeito da segunda oração, não havia problemas nisso. Mas agora que sou o da primeira, isso parece uma merda das grandes.

— Então, você está apaixonada? — perguntei de maneira cautelosa, tentando saber onde exatamente eu estava pisando. A Marcela apaixonada? Eu não achei que viveria o suficiente para isso.

— Não sei se o que eu estou sentindo é paixão, mas deve ser. Ando meio idiota, sabe? E minhas mãos suam sempre que estamos próximos. E às vezes sinto que há uma montanha-russa dentro da minha barriga.

Aquilo com certeza era paixão. Ou algo bem próximo, ao menos. Eu queria muito aconselhar minha melhor amiga, mas os elevadores já tinham chegado e estavam à nossa espera. Ofereci-lhe meu melhor sorriso de solidariedade enquanto nos separávamos. O elevador subiu e eu finalmente cheguei à editora. Cumprimentei a todos por quem passei. Distribuí meu melhor sorriso para quem quer que fosse. Uma jovem simpática se apresentou e me levou até a minha mais nova mesa.

Eu estava adiantada e aproveitei aqueles primeiros minutos para decorar o cantinho com a minha cara. Ao lado do meu computador, coloquei um porta-retrato com a foto que tiramos no Natal, quando toda a minha família e amigos estavam reunidos. Organizei sobre a mesa minhas canetas coloridas, meus Post-its e também minha agenda. Meus colegas de trabalho começavam a chegar e eu cumprimentava a todos para causar uma boa impressão. Achei que seria uma boa ideia retocar a maquiagem antes do começo do expediente.

Caminhei pelo corredor principal da editora em direção ao banheiro feminino. Abri a porta, que estava destrancada e... Ah, meu Deus! Eu me deparei com Eugenia, minha nova chefe, em situações bastante constrangedoras. Sua saia estava levantada e sua blusa de botões estava toda aberta. Ela estava sentada em cima da pia e entre as pernas dela havia um homem. Um homem que vocês já conhecem. Stéfan.

E aquela, definitivamente, não era a primeira impressão que eu queria causar.

Não tardou para que os dois notassem a minha presença. Fiquei estatelada diante deles, sem saber o que fazer. Eugenia era a minha chefe, então eu deveria me desculpar mil vezes e tentar esquecer de que algum dia presenciara aquela cena. Mas, ao lado dela — *ou dentro dela, sei lá, credo!* —, estava Stéfan, o primeiro homem capaz de penetrar a muralha sólida que é o coração da minha melhor amiga.

Eles se separaram e trataram de se ajeitar, e eu continuei ali. Incerta, confusa, dividida. Abri a boca pronta para me desculpar, mas som nenhum saiu. Tentei de novo, dessa vez para brigar com Stéfan, e novamente nada. Balancei a cabeça, confusa, e respirei fundo.

— Nina — foi Stéfan que começou —, sentimos muito por isso. Nós sempre trancamos a porta, fomos descuidados.

A palavra "sempre" ficou ali, martelando na minha cabeça. Sempre, sempre, sempre. Então, era algo recorrente. Eu não deveria estar surpresa, mas estava. Será que esse envolvimento sórdido dos dois me ajudara a entrar no *Diário 26*? Eu preferia acreditar que não.

— Sinto muito — anunciei com a voz fraca e os olhos perdidos. — Não pela cena que acabei de presenciar, mas pela minha melhor amiga.

Eu me virei, fechei a porta e voltei para a minha mesa com passos cautelosos. Sentei-me diante do computador e respirei fundo. O que eu deveria fazer? Em algumas horas estaria com a Marcela. Será que deveria contar a ela o que presenciara há pouco? Eu tinha medo de partir o seu coração na mesma proporção que tinha medo de não ser uma boa amiga. Não demorou nem cinco minutos para Stéfan aparecer e se aproximar de mim. Embora estivesse muito agradecida a ele por meu novo emprego, não consegui encará-lo.

— Podemos conversar por um instante? — perguntou tocando meu ombro. Não olhei para ele. — A sós.

Aquele pedido, apesar de cauteloso e gentil, soou como uma intimação. Eu parecia não ter escolha. Levantei-me e o acompanhei até uma sala reservada, onde rapidamente ele trancou a porta e me fitou. Retribuí seu olhar, sem me abalar.

— Marcela e eu somos só amigos... — soltou de repente. Dei de ombros, como se aquilo não fosse da minha conta. E, de fato, não era. — Nós nos beijamos, é verdade, mas eu fui transparente com ela e lhe disse exatamente como eu era. Digo, como eu sou! E ela não viu problema nisso, Nina. Na verdade, ela pareceu bastante satisfeita. Disse que era exatamente igual.

— Diga isso a ela, não a mim — rebati. Ele se aproximou da minha cadeira e se ajoelhou. — Você não me deve explicações, Stéfan.

— Não posso conversar com ela... — sussurrou para mim e parecia frustrado. Logo continuou. — Ela está fodendo com a minha cabeça, Nina. E eu não posso permitir que isso aconteça.

— Com a sua cabeça ou com o seu coração? — Percebi que seu olhar se alarmou. Sorri para ele e tentei não pensar nos órgãos genitais dele que acabara de ver. — Vocês dois são perfeitos um para o outro, mas precisam deixar a covardia de lado. Marquei de almoçar com ela no restaurante da esquina. Ao meio-dia. Vá no meu lugar e converse com ela.

— Não pos... — eu o interrompi.

— Conte você ou conto eu. E você sabe, minhas tendências mexicanas sempre fazem tudo parecer maior do que é. Exceto o seu... — Apontei para as suas calças e ele pareceu constrangido. Era evidente que Stéfan também tinha o seu lado fofo, embora fosse covarde demais para assumir. Marcela também costumava ser. Talvez ela merecesse provar um pouco do próprio veneno, mas eu ansiava um final feliz para os dois. Esperava, de verdade, que aquela conversa tivesse surtido algum efeito. O desfecho desse drama não dependia mais de mim.

...

“Onde está a cunhada mais linda e gostosa que já tive?” Essa foi a primeira mensagem que recebi do Noah, na hora do meu almoço. Peguei o celular para respondê-lo no mesmo instante em que outra mensagem chegava: "preciso de ajuda". Sorri e tratei de respondê-lo: "hoje à noite, meu apartamento. Aceito pagamento em cupcakes!".

Horas mais tarde, quando finalmente adentrei o meu maravilhoso apartamento, Nico e Noah estavam na sala jogando videogame. Eles me abriram sorrisos largos e eu fiquei feliz por isso. Pareciam duas crianças. Livrei-me dos sapatos de salto que, erroneamente, julguei confortáveis. Meu pé estava latejando e precisei mancar até o sofá. No mesmo instante, Nico pausou o jogo e se curvou para beijar os meus lábios. Sem que eu pedisse, suas mãos foram de encontro aos meus pés e começaram a massageá-los. Eu não podia estar mais agradecida!

— Cupcakes de mirtilo — Noah anunciou, estendendo em minha direção uma caixa com pelo menos seis bolinhos.

— Não sei o que seria de mim sem vocês — murmurei antes de abocanhar o primeiro.

Tivemos uma noite agradabilíssima, o que não poderia ser diferente. Aqueles dois eram tão importantes para mim, não sabia dizer como sobrevivera tanto tempo sem eles. Para comemorar o meu primeiro dia no trabalho novo, Nico resolveu pedir uma pizza. Fiquei muito agradecida por não precisar ir para a cozinha.

Estávamos abocanhando alguns pedaços de pizza quando lhes contei a cena que presenciei no banheiro do escritório logo pela manhã. Os dois riram, mas notei que ficaram preocupados com a Marcela. Eu ainda não sabia se Stéfan e ela tinham conversado, mas como não recebi nenhuma mensagem me xingando pela minha ausência, imaginei que tudo havia ocorrido conforme o planejado.

Eu já estava me esquecendo de que Noah precisava da minha ajuda. Quando vi sua mensagem de texto mais cedo, pensei que ele estivesse com algum problema sério ou tinha um problema grave. Mas não era nada grave, ele só queria algumas dicas para sua próxima viagem de férias.

— Quero ir ao Brasil — ele anunciou quando finalmente terminamos toda aquela pizza. — No Carnaval. Imaginei que você pudesse me ajudar com isso...

Apesar de não ser grande fã da festa, eu realmente podia ajudá-lo. Prometi preparar um documento completíssimo para ele no final de semana. Hotel, festas, blocos, desfiles... Tudinho mesmo. O seu entusiasmo era engraçado, eu até tentava ensiná-lo algumas palavrinhas em português. Também ensinei alguns palavrões, mas eu juro que os irmãos quase me obrigaram. Era isso ou cócegas intermináveis.

Quando Noah se despediu de nós, já eram quase dez da noite. Nico me envolveu em seus braços e me puxou contra si e foi tão bom... Eu o envolvi pelo pescoço e trouxe seus lábios até os meus. Aquilo era maravilhoso. Era sempre muito mais que maravilhoso. Eu o convidei para um relaxante banho antes de dormir e passei de sonolenta para excitada num piscar de olhos. Eu sabia que a palavra casamento vinha acompanhada de muitas dificuldades, mas eu enfrentaria o que quer que fosse por momentos como aquele.

— Eu amo você, Nícolas — sussurrei em seu ouvido, já na cama, enquanto me acomodava em seu braço.

— Eu amo você, Nina — ele devolveu, para em seguida mordiscar o lóbulo da minha orelha.

Lá íamos nós outra vez...

24

(por Nícolas)

Minha mãe sempre disse que seus filhos seriam homens "para casar". Nunca discordei dela. Sempre tive vontade de construir uma família ao lado de uma mulher especial. Nina era essa mulher. No entanto, sempre que pensava na ideia do casamento, eu me forçava a dizer que jamais o deixaria cair na rotina. Acontece que Nina e eu começávamos a ter nossa própria rotina e pouco a pouco eu comecei a perceber que isso não era algo horrível, muito pelo contrário, era algo maravilhoso. A ideia de rotina está sempre atrelada a algo ruim, desgastante e cansativo. Ledo engano! A minha rotina ao lado daquela mulher só melhorava a cada dia.

Toda noite ela voltava do trabalho com os pés doloridos. Tentei convencê-la a usar algo mais confortável, mas Nina tem ideias muito bem embasadas a respeito da importância dos sapatos em seu ambiente de trabalho. Eu não tinha argumentos para refutá-la, de modo que massagear seus pés dia após dia era a única coisa que eu poderia fazer. E fazia com satisfação. Cada pedaço do corpo dela era perfeito para mim. Depois disso, nós nos aventurávamos na cozinha e após um bom jantar íamos direto para o banho. Quando por fim nos deitávamos, ela me envolvia nos seus braços e fazia cafuné em mim. Às vezes, contornava as linhas do meu braço ou da minha barriga. Era esplêndido, eu não podia me queixar.

Se não estivéssemos muito cansados, nós também nos aventurávamos em uma vida sexual nada monótona. Eu realmente gosto de como ela está sempre disposta a experimentar algo novo. E me sinto imensamente honrado por ela confiar em mim.

Faltavam apenas alguns dias para o nosso casamento. Nossas mães, bem como tia Mel e Marcela, estavam envolvidas com os preparativos. Nina experimentava seu vestido toda semana e garantia que ele estava *magnilindo* — palavra inventada por ela que mistura magnífico e lindo.

Eu tentava ajudar o tempo todo. Fiz todas as degustações possíveis e imagináveis. Auxiliei na escolha das flores, embora não entendesse muito do assunto. Procurei uma roupa que estivesse à altura do vestido da minha futura esposa, ainda que não quisesse, de maneira nenhuma, ofuscar o brilho dela. Noah, que obviamente seria o nosso padrinho, também ajudava. Ao seu lado no altar estaria Marcela. Era inegável que os dois ficavam muito bem juntos, mas não como um casal. Cheguei a torcer para que eles se apaixonassem, mas entre os dois havia uma química e cumplicidade que apenas grandes amigos podem ter.

Sete dias antes da festa, Nina começou a ter pesadelos. Ela estava nervosa, eu sabia bem, mas era impossível não rir das barbaridades inventadas pela cabecinha dela. Na primeira noite ela sonhou que o altar estava repleto de pinos de boliche e que ela entrava rolando na direção deles. Na noite seguinte ela acordou arfando, dizendo que na hora do "sim" Marco saltava de um helicóptero em cima da minha cabeça, e me afundava no chão, tomando o meu lugar. O pesadelo da terceira noite se resumia a uma desgraça que ela não podia suportar: todo o doce de leite da nossa festa havia sumido. Eu tentava consolá-la, mas era impossível não gargalhar das suas lágrimas naquele momento.

Os pesadelos cômicos se estenderam por toda a semana. Ela acordava durante as madrugadas e isso começava a lhe render olheiras, o que a deixou muito estressada. Eu lhe dizia toda manhã que ela era linda de qualquer jeito, mas ela se irritava com o elogio e me chamava de cego. Isso quase virou uma briga.

— Sonhei que o meu vestido era um saco de batata — ela resmungou na manhã de sexta-feira que antecedia o nosso casamento.

— Sua sogra não permitiria — lembrei-a com um sorriso no rosto.

— Tive que chamar Stéfan e Eugenia para o casamento — comentou com desgosto. — Ela é a minha chefe e ele me ajudou a conseguir o emprego. Marcela não gostou muito.

— Nem você, pelo que posso notar ?— questionei. Ela confirmou com a cabeça e suspirou sem saber o que dizer.

— Entreguei o convite a Eugenia e ela me pediu para incluir o nome de seu marido. Ela é casada, dá para acreditar? — disse, parecendo revoltada. — Na minha entrevista ela usou palavras bonitas para me mostrar que eu entendia o peso e a importância da palavra casamento, mas parece que essa sabedoria não se aplica a ela. — Seus olhos se desviaram do cereal e se focaram em mim. Eles pareciam assustadores! — Nunca ouse me trair, entendeu bem? Se quiser se engraçar com outra mulher faça o favor de honrar suas calças e terminar comigo antes. É óbvio que o seu membro sexual poderá ser cortado, mas você precisará assumir os riscos. — Esse seu discurso não veio acompanhando de um sorriso. Ela falava muito sério, mas era óbvio que ela não precisava se preocupar com isso.

Eu a beijei e pude sentir toda sua tensão se esvaindo por seus lábios. Em seguida, foi a vez de seu corpo. Ele relaxou e eu pude tomá-la em meus braços e fazê-la relaxar por alguns minutos. Encarei o relógio e nós não estávamos atrasados. Não pedi permissão, apenas abri os primeiros botões de sua blusa e me pus a beijar cada pedacinho do seu colo. Ela suspirou e puxou meu cabelo com força. Nina queria mais. E eu queria mais da Nina. Livrei-a de sua blusa e lhe arranquei o sutiã. Devorei seus seios com a urgência matinal resultante dos nossos compromissos. Ela abriu a própria calça e levou meus dedos até sua intimidade, que estava pronta para mim. Não tardou para alcançarmos o ápice. Senti seu corpo desmoronar e se apoiar sobre o meu. Trocamos beijos quentes, antes de finalmente nos ajeitarmos e seguirmos para nossos trabalhos. Dessa vez ela aceitou a minha carona.

O dia ia bem, apesar da ansiedade com o casamento, que aconteceria em dois dias. Foi logo depois do almoço que a minha futura esposa me mandou uma mensagem de texto, no mínimo, intrigante...

"Você não vai acreditar!" Era tudo o que ela dizia.

(por Nina)

Eu andava uma verdadeira pilha de nervos. Como se já não bastasse o estresse resultante da proximidade do casamento, tinham ainda aqueles pesadelos ridículos me atormentando. Em um deles eu era a versão feminina do Majin Buu. Caso não se lembrem dele, era o vilão cor-de-rosa e gordo de Dragon Ball. Nesse mesmo sonho, Nico, que me aguardava no altar, transformava-se no Goku e nós tínhamos uma briga épica ao som da marcha nupcial. Sério! Esses sonhos não poderiam ser mais retardados e ainda assim eu despertava assustada e ofegante. Nico morria de rir, e eu não podia culpá-lo.

Meu futuro marido notava o efeito de todas essas coisas estranhas em mim. Naquela manhã de sexta eu havia acordado extremamente cansada e mal-humorada, principalmente depois de ter que convidar Eugenia e Stéfan para a cerimônia. Fiquei extremamente agradecida quando ele ignorou meu péssimo humor e me envolveu em seus braços, para logo em seguida preencher cada espaço vazio do meu ser. Aquilo me tranquilizou e me fez lembrar o real motivo de estar me casando. Era amor e plenitude em suas formas mais simples.

Ele me ofereceu uma carona, que de pronto aceitei. Minhas pernas estavam bambas — ele sempre fazia isso comigo — e eu não podia garantir que não desabaria a qualquer momento. O trânsito estava um pouco caótico e eu não queria chegar atrasada. Tudo bem que Eugenia andava comendo na palma da minha mão, mas eu não sou o tipo de pessoa que se aproveita dos outros. Pelo menos não enquanto elas não se aproveitam de mim.

Nico me deixou na esquina do *Diário 26*. Nós nos despedimos com um beijo carinhoso e logo me pus a caminhar em direção à editora. No entanto, foi só na hora do almoço que eu prestei atenção na capa da nova edição da *Pop Chique*. Céus, eu não podia acreditar no que estava vendo! Marcela e eu nos detivemos em uma banca de jornal e rapidamente paramos para analisar a matéria de capa do mês. Nela estava o meu progenitor, sua esposa loira porcamente siliconada e os gêmeos com uma expressão falsamente angelical. Com eles estavam Marco e Danielle. E a bizarrice não parava por aí. Vocês se lembram da garota que encontrei com o meu digníssimo ex-namorado na melhor cafeteria de Buenos Aires? Pois é, ela também estava na capa, a qual afirmava que ela era a filha desaparecida do meu progenitor. Seu nome? Nia. Eu não sabia se devia rir ou chorar.

...

— Que absurdo — rosnei depois de estender a revista ao meu noivo. — Eles estão me duplicando descaradamente...

— Você é única, Nina — Nico sussurrou para mim com um olhar intenso. — Não importa o que eles façam.

Aquilo me confortou. Não totalmente, mas o suficiente para eu não querer matar ninguém. Naquela noite, Marcela e Noah foram ao nosso apartamento e nós comemos comida chinesa no tapete da sala. Minha melhor amiga se recusava a falar do Stéfan e eu a respeitava. Meu cunhado, por sua vez, estava muito empolgado com a viagem ao Rio de Janeiro. Seus olhos brilhavam e o faziam parecer ainda mais novo.

— Meu *nombre* é Noah — arriscou.

— Nome — corrigi com um sorriso.

— "Nomi" — tentou e eu apenas assenti. Era engraçado vê-lo tentar.

— Meu nome é Nico, *placer* — meu noivo arriscou. Achei que Marcela fosse corrigi-lo, mas não...

— O prazer é todo da Nina — brincou e eu senti minhas bochechas arderem. Palhaça!

— Como se diz *guapa* em português? — Noah perguntou com um sorriso. Fiz cara feia para ele.

— Você nem chegou ao Brasil e já está querendo passar cantadas? — Ergui uma sobrancelha em sua direção e ele riu.

— Eu sou um bom menino, mas nem sempre minhas intenções são nobres. — Ele nos arrancou uma risada. — Que me desculpem as argentinas, mas as brasileiras são gostosas — arriscou dizer, usando a palavra que Marcela o ensinara dias antes.

Fiquei feliz pela noite que tivemos. Eu me distraí o suficiente para não pensar na farsa envolvendo a família do meu progenitor. Ah, sim, eu já havia descoberto seu nome, mas "meu progenitor" ainda soava mais distante e impessoal para mim. Apesar do pronome possessivo em primeira pessoa, a palavra progenitor indicava um alto grau de impessoalidade.

O sábado acordou ensolarado, o que era um ótimo sinal. Todos os preparativos para a festa do dia seguinte já estavam encaminhados. Melissa, Elena e minha mãe cuidavam de tudo com muito carinho. Marcela iria se juntar a nós na parte da tarde, quando eu faria a última prova do vestido. Minha mãe pediu que eu fosse até o banco sacar dinheiro para pagar os bem-casados de doce de leite, e assim que terminei o meu café da manhã saí de casa com meu destino em mente.

Embora meus pais não falassem espanhol, todos estavam conseguindo se comunicar muito bem. Às vezes, Marcela e eu fazíamos algumas traduções, mas na maior parte do tempo eles se viravam. Cheguei ao caixa eletrônico mais próximo e tratei de dar uma conferida na minha conta antes de sacar a quantia necessária. Quase deixei escapar um grito. O saldo da minha conta estava muito mais alto do que da última vez. Tratei de pesquisar toda a movimentação da minha conta e rapidamente encontrei uma transferência de mais de duzentos mil reais.

A transferência era identificada, o que não ajudou em absolutamente nada. Apenas três letras apareciam na tela e elas diziam apenas: P A I.

Eu precisava pensar. Sei lá, me afastar de toda a loucura daquele dia e ficar sozinha para refletir e chegar a alguma conclusão. Desliguei o celular e peguei o primeiro ônibus que vi. Não me importava o seu destino. Eu me sentei em uma das poltronas da frente, ao lado de uma senhora de cabelos brancos. Naquele assento, eu olhava diretamente para o fundo do ônibus e via o caminho que ele percorria de trás para frente. Eu costumava ficar um pouco tonta, mas, na atual conjuntura, não faria diferença.

O motivo para aquele depósito exorbitante parecia claro para mim. Aquele velhote mal vestido estava tentando comprar o meu silêncio. Se ele conhecesse um terço do que eu sou, saberia que eu ficaria de boca fechada mesmo sem receber um mísero centavo por isso. E o motivo era bem óbvio: eu não queria ter absolutamente nada a ver com ele. O simples fato de pensar nele me causava ânsia. As três letras usadas na identificação da transferência também eram um insulto. Pai? Sério? Talvez ele não soubesse que o único pai que já tive foi o mesmo que trocou minhas fraldas quando eu era bebê, que me pegou no colo e me embalou depois de um pesadelo; que me disse não quando precisou; que me ensinou a valorizar e respeitar as pessoas como indivíduos; que me deu chocolates escondidos quando minha mãe me proibiu; que me providenciou um vestido de formatura sob medida quando nenhum outro ficou bom em mim; que brigou comigo quando eu agi de forma infantil e desrespeitosa; que me ensinou que respeito não é sinônimo de medo. Aquele homem asqueroso a quem chamo de progenitor simplesmente não sabe o significado da palavra pai. E como poderia?

Eu estava tão perdida nos meus próprios pensamentos que nem percebi quando o ônibus chegou ao ponto final. Foi o motorista quem me avisou. Agradeci-lhe e saltei. Eu não fazia a menor ideia de onde estava, mas caminhei até o banco que avistei não muito longe dali. Tratava-se de uma praça pequena, mas aparentemente aconchegante. Eu me sentei e voltei a pensar. Estava entrando em um círculo vicioso. Pensando, pensando e pensando, mas sempre voltando para o mesmo lugar. Eu precisava tomar uma atitude. Essa era a minha única certeza até o momento. Mas qual atitude deveria tomar?

A primeira coisa que me ocorreu foi fazer um escândalo digno da próxima capa da *Pop Chique*, o que era uma ideia absurda, considerando que o meu progenitor é o dono da revista. Um escândalo desses, só lhe proporcionaria ainda mais audiência. Provavelmente era exatamente isso que ele queria.

E quanto ao dinheiro? Por um lado eu queria ficar com ele, afinal, eram mais de duzentos mil reais e eu estava prestes a me casar. A questão é que eu nunca precisei dele. Cresci e me tornei uma mulher maravilhosa. Não graças ao dinheiro do meu progenitor ou a ele próprio, evidentemente. Meus pais nunca me deixaram faltar nada. E, bom, eu faço dinheiro, mas dinheiro nenhum me faz. Eu deveria simplesmente devolver o dinheiro? Só isso? Não me parecia uma boa ideia, embora não tivesse nenhum motivo concreto.

Um senhor passou vendendo algodão-doce. Saí da minha teia confusa de pensamentos como se o doce fofinho e rosa estivesse sussurrando o meu nome. Açúcar, açúcar, açúcar. Coma-me, coma-me, coma-me. Nham, nham, nham. Comer algodão-doce era sempre uma experiência maravilhosa. Parecia que eu estava comendo um pedacinho de nuvem, de céu. A forma como os meus dedos ficavam melados também me agradava. Gosto de lamber um a um. Nico dizia que eu parecia uma criança feliz. Nico.

Céus, ele devia estar preocupado atrás de mim. Saí para fazer um saque no caixa eletrônico e desapareci. Voltei a ligar o celular e vi que o relógio indicava 17h52. Droga! Ele devia estar preocupado. Meu celular começou a apitar e eu tive a confirmação: ele estava muito preocupado. E não era o único.

Quase cem ligações perdidas no celular. Mais de quarenta mensagens de texto. Nico, mãe, Marcela, Nico, Noah, Nico, pai, Nico, Marcela, Nico, mãe, Nico...

É bem verdade que eu precisava ficar sozinha e pensar, mas talvez um pequeno aviso tivesse sido uma boa ideia. Eles arrancariam o meu couro, eu tinha certeza absoluta disso. Mandei uma mensagem coletiva para todos dizendo apenas: estou bem. No trajeto de volta para casa eu me prepararia para os gritos que, com certeza, estavam por vir.

E não é que eu estava certa?

Foi só abrir a porta de casa para que eles viessem.

Ah, meu Deus, quantos decibéis os vidros do meu apartamento podiam aguentar?

Qualquer que fosse a resposta, eu estava prestes a descobrir.

(por Nico)

Nina era um bocado reticente quanto ao casamento, eu sabia bem. A palavra, por si só, já a assustava bastante. Mas nem em mil anos eu teria imaginado que ela simplesmente desapareceria na véspera da cerimônia. Minha mãe, minha sogra e minha tia a aguardavam havia mais de meia hora. Começavam a ficar impacientes. As chamadas iam direto para a caixa postal. Foi aí que o medo me invadiu. Será que ela havia fugido? Será que havíamos a pressionado demais? Será que ela não estava pronta? Eu não suportaria ser abandonado no altar. Nem em lugar nenhum. Não por ela, que julguei ser a única mulher do mundo perfeita para mim.

Não consegui trabalhar. Saí da livraria e fui direto para o apartamento da minha mãe. As mulheres da família, e também Marcela, estavam lá, andando de um lado para o outro sem saber o que fazer. O vestido estava pendurado no guarda-roupa e, por sorte, coberto. Não que eu acredite nesse papo de azar, mas, com o desaparecimento da minha noiva, era bom não arriscar.

Não tardou para que todo o restante da família se reunisse. Fomos para o nosso apartamento — meu e da Nina — para o caso de ela simplesmente aparecer dizendo: “A bateria do meu celular acabou”. Não foi exatamente o que aconteceu. Já eram cinco da tarde e nada dela. As hipóteses começaram a me assustar: assalto, sequestro, acidente, fuga. Noah me abraçava e sussurrava que tudo ia ficar bem, que ela provavelmente tinha saído atrás do maior cupcake de doce de leite do mundo e que logo estaria em casa. Ele tentava me acalmar e eu o agradecia por isso, ainda que suas palavras não surtissem o menor efeito. Ligamos várias vezes para o seu celular. Mandamos dezenas de mensagens de texto para ela. Caçamos a minha noiva de forma exaustiva durante toda a tarde e não conseguimos encontrá-la.

Contrariando todas as expectativas, torci para que ela tivesse fugido. Era muito melhor saber que ela estaria longe, mas bem, do que imaginar que alguma tragédia pudesse lhe ter acontecido. Deus, por favor, proteja a minha Nina. Não deixe que nada de mau aconteça a ela. Eu pedia silenciosamente, sentindo que se não tivesse notícia dela em algumas horas, começaria a desmoronar.

Antes das 18 horas finalmente recebemos uma notícia: "estou bem". Apenas isso. Duas míseras palavrinhas que, combinadas, encheram aquela sala de alívio. Passado o susto, outro sentimento começou a formigar: raiva. Ah, sim, porque se ela não estava morta, ferida ou qualquer coisa do tipo — graças a Deus — ela precisaria nos dar uma boa explicação. Além de ignorar a última prova do vestido e nos deixar imensamente preocupados, ela também atrasou toda a arrumação da festa, que seria ao ar livre a pedido dela.

Estava com vontade de quebrar o lindo e sedutor pescocinho dela quando a vi entrar pela porta da sala. Essa vontade me abandonou por um instante. Sua visão me fez querer abraçá-la com força e não soltar nunca mais. Depois disso, no entanto, voltei a querer esganá-la outra vez. Deus do céu, só mesmo essa mulher para conseguir me despertar sentimentos tão conflitantes!

— Comida, primeiro. Gritos, depois. — Foi o que ela disse.

Então as perguntas começaram.

(por Nina)

Foi estranho entrar em casa e ser recebida por meia dúzia de pares de olhos preocupados. Os suspiros de alívio e agradecimento preencheram o meu ouvido. Nico e minha mãe foram os primeiros a vir em minha direção. Eu sabia que receberia um abraço apertado antes dos gritos começarem. Eu me aproveitei disso.

— Comida, primeiro. Gritos, depois — avisei, usando a minha melhor expressão de morta de fome.

— Onde você esteve? — minha mãe me perguntou, ignorando minha súplica anterior.

— O que aconteceu? — Nico exigiu saber.

— Você perdeu a prova do vestido, mocinha. — minha sogra.

— Achamos que você tivesse sido abduzida. — Marcela.

— Nico pensou que você poderia ter fugido. — Noah acusou.

— Ela deu motivos para isso — meu pai defendeu o genro.

— Não vamos conseguir arrumar tudo a tempo. — foi a vez de Melissa.

Céus, eu sequer conseguia acompanhá-los. As perguntas continuaram e minha cabeça girava como se eu estivesse em uma montanha-russa. Abri a boca, mas logo estava sendo bombardeada com novas indagações.

— Hernesto... progenitor... depósito... duzentos mil... — Foi tudo o que consegui dizer. Apesar do pouco nexo, todos compreenderam o recado. E silenciaram imediatamente. Nossas respirações ficaram suspensas por um instante. Foi meu pai o primeiro a esboçar qualquer reação.

— Quanta petulância! Você nunca precisou dele para nada, não é agora que vai precisar. Filho da... — Seu discurso foi interrompido pelo falatório caótico que se instalou na sala. Nico era o único em silêncio. Ele me encarava de forma terna e sorria como se me dissesse "não se preocupe, estou aqui com você, vamos resolver isso". Retribuí o seu sorriso, louca para expulsar todos da nossa casa e me jogar nos braços dele. Toda aquela confusão estava me deixando zonza...

— Já chega! — Nícolas, meu noivo e futuro marido bradou. Eu estava muito agradecida. — Nós podemos palpitar o quanto quisermos, mas essa decisão não cabe a nenhum de nós. Nina, e apenas ela, poderá decidir o que fazer a respeito. Mas ela não precisa se preocupar com isso agora, tudo bem? — Ele olhou em minha direção e abriu um sorriso reconfortante. — Tudo vai dar certo, meu amor — ele sussurrou carinhosamente tomando meu rosto em suas mãos. — Vamos comer alguma coisa, adiantar os preparativos que puderem ser adiantados e amanhã nos empenharemos duas vezes mais para que tudo dê certo. De todo modo, gostaria que você soubesse que, com ou sem atrasos, tudo está exatamente do jeito que deveria estar, porque tenho você aqui.

Suspirei, esbocei um sorriso cansado e agradecido e me coloquei na ponta dos pés para poder alcançar seus lábios. Eu nem percebi o quanto estava sentindo falta deles. Minhas pernas fraquejaram um pouquinho e foi ele quem me amparou, como se adivinhasse os meus pensamentos...

— Ela precisa comer alguma coisa. Eu pretendia preparar empanadas para você, mas estava preocupado e... — Nico dizia ao ser interrompido por Noah.

— Preparei um monte de macarrão instantâneo — avisou com um sorriso frouxo. — Não sei fazer muita coisa na cozinha — ele deu de ombros e eu não resisti, esmaguei-o em um abraço apertado.

É bem verdade que eu precisara de um tempo sozinha naquela tarde. Mas tudo o que eu mais queria agora era estar cercada de pessoas especiais. Ah, e de macarrão instantâneo também, por favor!

25

Depois de um dia conflituoso, eu finalmente estava tendo um pouco de paz. Macarrão instantâneo não é algo que eu adore, mas aquele estava divino. Talvez por culpa da minha fome. Talvez por ter sido feito pelo Noah. Talvez por eu estar acompanhada das pessoas mais importantes da minha vida. Ou talvez fosse a soma de tudo isso. É, acho que foi isso.

Para abastecer todos os presentes, foram necessários quase cinquenta pacotinhos. Sim, cinquenta! Noah havia feito um excelente trabalho contrabandeando comida do mercadinho da esquina enquanto todos surtavam com a minha ausência. Agradeci-o com um abraço capaz de quebrar suas costelas. Foi só depois da última garfada que dona Elena deixou se contagiar pela minha última prova de vestido. Ela acomodou todos os homens na sala enquanto guiava as mulheres em direção à minha suíte.

Quando se reúne muita mulher no mesmo cômodo, não se pode esperar um ambiente tranquilo e pacífico. Juntando aquelas mulheres, em especial, o resultado era quase histérico. Eu não podia culpá-las, afinal o vestido era simplesmente indescritível. Eu tentava buscar um adjetivo à altura dele, sem sucesso. Encarei o meu reflexo no espelho e não pude conter as lágrimas. Aquela era eu? Eu estava mesmo usando um vestido branco deslumbrante como aquele, prestes a subir no altar e jurar amor eterno ao Nico? Ah, sim, eu estava. E essa era a prova mais do que concreta de que o Santo Protetor das Obesas Gostosas e Bem Resolvidas existia e estava, de algum lugar, cuidando de mim.

Voltei a encarar meu reflexo. O vestido tinha um lindo decote coração e contornava minha cintura com perfeição, porque era óbvio que todas aquelas curvas precisavam ser exibidas — Nico as amava! A saia era longa, mas não muito volumosa. Afinal, volume é algo que a natureza já me deu. Então, foquei nas mangas do vestido, que cobriam meus ombros e desciam até o punho transparentes e bordadas com strass. Aquilo era a definição precisa da expressão "sexy sem ser vulgar". E aquela obra-prima idealizada por Elena não parava por aí. As mangas do vestido eram removíveis. Quando ficasse calor, bastava eu arrancá-las. Dá para acreditar?

Fui envolvida por minha mãe, que também deixara algumas lágrimas escapar. Eu a apertei bem forte contra o peito, feliz por tê-la por perto nessa nova fase da minha vida. Eu era abençoada e não tinha do que me queixar. No dia seguinte, oficializaria a minha união com o homem mais incrível que já conheci. Ao contrário do que acontece nas novelas, nada daria errado. Não haveria ninguém querendo interromper o padre no último minuto nem nada parecido. Havia pouco tempo eu jamais apostaria nisso, mas o dia do meu casamento seria um dos mais felizes da minha vida!

...

Já passava da meia-noite e eu estava acordada. Isso não é algo que se espera de uma noiva na véspera do casório, afinal, que noiva quer sair com olheiras nas fotos do seu grande dia? Eu não queria, é evidente, mas estava me divertindo muito e tinha certeza de que uma boa maquiagem daria jeito naquilo. Marcela, Noah, Nico e eu estávamos na nossa cama de casal jogando Stop. Meu noivo e eu formamos uma bela equipe. Nossos adversários estavam sendo massacrados em grande estilo.

Marcela era tão cara de pau (e tão péssima perdedora) que chegou a inventar nomes de novelas que nunca existiram. Eu, obviamente, só me lembrava dos nomes das novelas mexicanas, mas conseguia perceber quando ela estava mentindo descaradamente. Minha melhor amiga era incapaz de me enganar. A prova disso? Eu sabia que ela estava estranha desde o almoço com o Stéfan, do qual ela não me contou absolutamente nada sobre o que conversaram.

Já eram quase duas da manhã quando Noah e Marcela se acomodaram no quarto de hóspedes. Nico e eu estávamos cansados, é verdade, mas foi impossível ignorar a corrente elétrica que passava de um corpo para o outro. Pretendíamos trocar alguns beijos antes de pegar no sono, mas não conseguimos evitar o desenrolar que se seguiu. Eu e ele nos amamos duas vezes antes de finalmente nos entregarmos à exaustão.

Aquela foi a última vez que nos amamos como namorados ou noivos. Em algumas horas, seríamos marido e mulher.

...

Já eram quase dez quando resolvi acordar nossos hóspedes. Abri a porta e... Céus. Eles estavam agarradinhos debaixo do cobertor. Apesar de o quarto ter duas camas de casal, eles dividiam a mesma. E não precisa ser muito esperta para notar que eles estavam nus. Que coisa chata essa de sempre pegá-los no flagra. Eu me aproximei sorrateiramente e tentei acordá-los sem susto. Eles piscaram algumas vezes em minha direção, tentando assimilar o que exatamente acontecia.

— Bom dia... — sussurrei com um sorriso.

— Já está na hora de levantar? — Marcela perguntou enquanto se espreguiçava na cama.

— Está, sim — anunciei baixinho quando, na verdade, queria gritar.

Não precisei dizer mais nada. Marcela se levantou e para a minha felicidade, ela vestia ao menos suas peças íntimas. Sem delongas ela se trocou e me acompanhou até a cozinha. Noah sussurrou um “preciso de alguns minutos” e eu apenas assenti. Nós chegamos à cozinha e nos abastecemos de coisas gostosas. Meu futuro marido havia comprado tudo para nós antes de seguir para casa de sua mãe.

— Você e o Noah estão...? — perguntei baixinho antes que ele chegasse. Eu estava curiosa!

— Não — negou após um gole de café. — Nós somos muito amigos e de vez em quando a gente resolve colocar um pouco de cor na amizade. E funciona, porque ambos sabemos que não é sério e que, quando outra pessoa aparecer e balançar com a gente verdadeiramente, bem...

— O Stéfan apareceu — lembrei-a. A simples menção ao seu nome a fez travar.

— Eu e o Stéfan... nós não daríamos certo — ela desconversou.

— Vocês conversaram naquele dia? — perguntei me referindo ao almoço do qual eu nada sabia.

— Sim. Ele me disse que tem um caso com a Eugenia, que é casada, por sinal. E eu disse a ele que não sou mulher para homens "de caso". Em resumo, sou muita areia para o caminhãozinho dele.

— É um caminhãozinho sexy — murmurei.

— É, sim, mas existem outros por aí...

Noah apareceu na cozinha e dessa vez estava vestido. Embora ele fosse realmente bonito, eu ficava constrangida com sua possível nudez. Ele nos cumprimentou e logo se juntou ao nosso café da manhã dos campeões. Quando finalmente minha mãe chegou — acompanhada de cabelereiro e maquiador — nós demos início ao ritual da noiva.

Depois de um bom banho, liguei o ar condicionado. Meu quarto ficou parecendo um aquário para pinguins, mas eu me recusava a ter manchas de suor. É evidente que eu queria brilhar na cerimônia, mas estou falando de outro tipo de brilho. Respira fundo, Nina. Inspira. Respira, inspira. Respira... Ai, caramba! Falta muito pouco.

...

Existe um motivo para eu ser fã de novelas mexicanas, que é exatamente o mesmo motivo que me fez ser uma grande fã de livros. Eu mergulho em universos fictícios até me esquecer da realidade. É difícil tentar ser uma pessoa decente quando todos ao seu redor parecem simplesmente não reconhecer o seu valor. Foi assim comigo durante muito tempo. Hoje, no entanto, eu estou imensamente feliz porque encontrei um homem maravilhoso que reconhece a mulher incrível que sou.

Quando chegamos ao local do casamento, perdi o fôlego. Eu não imaginava como tudo aquilo poderia ter sido organizado em tão pouco tempo. O gramado brilhava à luz do sol, fazendo o cenário parecer uma pintura. As cadeiras estavam agrupadas diante do pequeno palco onde as pessoas mais importantes da minha vida — e uma juíza — estavam me aguardando. Meu pai estava ao meu lado, com o braço entrelaçado ao meu. Assim como acontecia comigo, seus olhos estavam marejados. Eu o abracei bem forte e me senti segura e realizada dentro do pequeno espaço delimitado por seus braços.

A música começou. Não, não... Nada de marcha nupcial para mim. Eu entrava naquela cena esplêndida ao som da versão instrumental de *"Estoy namorada"*, da Thalía. É assim que se casa uma fã de novela mexicana que se preze. Todos os olhares se voltaram para mim. Embora quisesse olhar para cada uma daquelas pessoas e retribuir seus sorrisos, eu só via Nícolas. Seu sorriso era largo e o deixava com dobrinhas ao redor dos olhos. Sorri para ele. Então percebi que ele chorava. Eu queria correr em sua direção e tomá-lo em meus braços, mas me contive. Aquele era o primeiro dia do resto das nossas vidas, não precisávamos ter pressa. Meu futuro marido não tentou esconder suas lágrimas. Isso era algo que eu amava nele. Ele não precisava se autoafirmar como homem, porque ele não acreditava em estereótipos. Ele era homem, sabia disso. E, bom, eu também sabia... E como!

Aqueles foram os segundos mais longos da minha vida. Quando cheguei ao palco, Nico se aproximou e meu pai me entregou a ele. Meu noivo tomou minhas mãos entre as suas e as beijou carinhosamente. Fiz o mesmo, apenas porque seria deselegante beijá-lo em outro lugar. Então a juíza começou. Fiquei muito feliz com o seu discurso, que não falava de um homem e uma mulher que se amavam, mas de duas almas que compartilhavam o sentimento mais bonito de todo o universo: o amor.

Havia chegado a hora dos nossos votos matrimoniais. Compartilhei com os presentes a forma como o conheci e lhe jurei amor até o final da minha vida. Nico fez uma declaração cantada para mim. O piano tocava uma melodia enquanto ele cantava para o quanto me amava. Ele não era um cantor profissional, mas também não era desafinado. E sua voz era tão sexy... Será que já podíamos seguir direto para a lua de mel? Embora não pudéssemos viajar naquele momento, resolvemos voltar ao hotel onde compartilhamos o primeiro beijo, a primeira noite... O hotel deveria acomodar uma brasileira extra G recém-solteira, mas acabou acomodando uma mulher prestes a descobrir o amor de verdade.

"Nina y Nico...
Ya estaba escrito.
Una vida entera
Llena de cariño.
Nico y Nina...
Para toda la vida.
Hasta que se acabe el mundo.
Hasta que el cielo cambie de color.
Nina, hermosa,
Para siempre mi amor."

Meus lábios foram de encontro aos seus. E quando finalmente se tocaram, os convidados explodiram em aprovação. Trocamos um beijo cheio de intensidade e lágrimas. Não mais aquelas lágrimas dolorosas da despedida. Lágrimas sinceras de plenitude, felicidade e expectativa.

...

Eu cumprimentava os meus convidados com um radiante sorriso no rosto. Esforcei-me duramente para não ser grosseira com Eugenia, seu marido e, claro, seu amante. Os três estavam conversando e de repente arrastaram minha melhor amiga para perto. Trinquei os dentes. Bastava olhar para Marcela para perceber o seu desconforto. Desgostosa, observei a cena. Meu cunhado parou ao meu lado e fez o mesmo. Parecia tão indignado quanto eu. Encarei-o e estreitei os olhos em sua direção.

— Você sabe o que fazer, não sabe? — Um sorriso genuíno e travesso tomou conta do seu rosto. Puxei-o pela mão até a cova dos leões. Ou das cobras. Talvez dos touros, se levarmos em consideração os chifres. Acenei para o fotógrafo, que prontamente nos acompanhou. — Com licença — interrompi educadamente. — Preciso dos meus padrinhos juntos para uma foto.

Puxei Marcela pela mão e ali mesmo posamos para a foto. Stéfan, Eugenia e o corno nos olhavam atentamente, com largos sorrisos. O de Stéfan, no entanto, não durou muito tempo. No segundo clique, abandonei a foto e deixei apenas Marcela e Noah diante das lentes da câmera. Meu cunhado a puxou pela cintura e lhe tascou um beijo cinematográfico. Felizmente, Marcela retribuiu com satisfação. Bom, eu até fiquei constrangida, porque, Nossa Senhora, aqueles dois estavam se devorando. Quando interromperam o beijo, pude ver minha amiga acariciando o rosto dele. Um sussurro lhe escapou: "muito obrigada".

Fiz questão de acompanhá-la de volta até o trio. Quando me aproximei de Stéfan, não resisti.

— Noah está sendo o homem que você não pode ser... .

E saí, como uma diva depois de fazer a sua grande entrada. Estava orgulhosa de mim!

...

— Você precisava ver a cara dele... — comentei com Nico alguns minutos depois. Noah parecia muito orgulhoso do acontecido e eu não me sentia diferente.

Anunciaram que o almoço seria servido e então segui para a mesa ao lado dos dois. Meus pais, minha sogra, Melissa e Marcela estavam lá. Enquanto os garçons iniciavam o serviço, Noah pediu a atenção de todos.

Ele contou que estava muito feliz com a nossa união e nos desejou toda a felicidade do mundo. Lancei-lhe um sorriso e achei que era só isso, mas ele acabou me surpreendendo... Vi um enorme telão descendo da estrutura do palco e gelei. Os primeiros acordes da música começaram a tocar e então vieram as fotos. Inúmeras. E vídeos. Não muitos. Era estranho ver o nosso relacionamento em forma de filme. Antes do Nico, não tenho certeza se o meu sorriso era tão espontâneo e sincero. Parecia muito fácil estar ao lado dele, ser eu mesma.

No fim do vídeo, meu marido me tomou os lábios e os convidados explodiram em mais aplausos. Eu estava chorando, é claro. Não dava para evitar. Quando todos ficaram em silêncio, comecei a falar. Estava encabulada e nervosa, chorosa e feliz, agradecida e...

— Ao contrário de muitas mulheres, nunca sonhei com isso — contei, indicando a cerimônia que acontecia à nossa volta. — Mas, nesse momento, tenho a sensação de estar realizando um sonho. A plenitude é exatamente a mesma. Ponderando sobre isso, chego à conclusão de que Nícolas é a razão desse sentimento. Eu me sinto realizada porque encontrei o homem com o qual eu sempre sonhei. Sempre quis ser amada desse jeito, mas não tenho certeza se acreditava que era possível. Mas ele apareceu e eu percebi que não queria mais viver dentro de uma pokebola. — As pessoas riram e Nico apertou minha mão direita em um gesto carinhoso. — Às vezes ainda tenho essa vontade, mas, desde que o conheci, percebi que queria explorar um mundo inteiro de possibilidades ao seu lado. Ao contrário do que aconteceu nos meus antigos relacionamentos, Nícolas não me ama apesar do meu sobrepeso. Ele me ama e ponto final. Assim, muito simples como sempre desejei que fosse. E sabe, ele adora apertar o que eu tenho em abundância, então... — Dei de ombros e meu marido concordou. Seu sorriso era bobo e eu não podia estar mais apaixonada. — O que estou tentando dizer... — Balancei a cabeça, finalmente me dando conta de que eu não fazia ideia do que estava tentando dizer. Eu só estava falando e falando... Com qual objetivo? Não faço ideia. — Bom, eu nem sei, para ser sincera. Só queria dizer o quanto eu amo esse homem. Mais que doce de leite, se vocês querem saber. Se bem que Nícolas e doce de leite formam uma combinação deliciosa. Na verdade, ele por si só já é uma delícia, sabem? Com tudo, ou melhor, com nada — eu não sabia o motivo de estar falando tudo aquilo, droga, precisava parar. Minhas bochechas deviam estar vermelhas. — Enfim, é... Eu o amo. — Eu me virei para ele, que estava sentado ao meu lado. — Eu amo você. Amo mesmo, de verdade. E amo quem eu sou quando estou com você. E amo as coisas que fazemos. — Corei de novo. Droga! — Nossa, é tanto amor que nem cabe em mim, gente... E olha que eu sou grande. — Voltei a arrancar algumas risadas e achei melhor acabar com aquilo antes que eu me enrolasse ainda mais. — Beleza é um estado de espírito. Espero que todos vocês possam se sentir lindos exatamente como são. Quando isso acontecer, a pessoa certa vai aparecer. A pessoa certa, assim como Nico. — Eu já estava pronta para me sentar e finalizar o discurso. Minha bunda já estava quase encostando na cadeira quando voltei a me levantar e fiz um pequeno acréscimo à minha fala. — Gostaria de lembrá-los apenas que Nícolas não está mais disponível, portanto, procurem a pessoa certa em outro canto.

Mais risos. E aplausos. Um beijo caloroso. E música. Muita comida. E bebida. Danças, fotos, abraços, beijos, sorrisos... Tudo estava tão perfeito! Eu já estava agradecendo ao meu Santo Protetor quando percebi que o clima mudou de forma drástica. Já estávamos quase no fim da festa quando um homem entrou no jardim e boa parte dos convidados se esqueceu de respirar.

Não, não, não, não... Ao menos no dia do meu casamento eu poderia ser poupada do drama, não concordam? Sei que concordam. Mas o Santo Protetor das Obesas Gostosas e Bem Resolvidas parecia discordar. Lá íamos nós outra vez...

26

Vocês provavelmente pensaram que se tratava de Hernesto ou Marco. Mas não. Sinceramente, até preferia que fosse. Aquele homem que caminhava em nossa direção não havia sido convidado. E não era bem-vindo. A prova disso é que Nico esmagava minha mão direita conforme o senhor se aproximava. Seus olhos vasculharam o local e pousaram em Noah, que parecia prestes a ter um ataque de fúria. Por sorte, Elena surgiu e parecia ter a situação sob controle.

— Você não é bem-vindo aqui — ela disse.

— É o casamento do meu filho mais velho, Elena — ele respondeu como se isso justificasse a sua presença, apesar da falta de convite. Nico soltou minha mão e foi em direção aos pais. Os convidados começavam a notar que havia algo errado.

— Você deixou de ser o meu pai no momento em que recusou o meu irmão. Como minha mãe disse, você não é bem-vindo aqui. Faça o favor de se retirar antes que estrague os bons momentos dessa família.

A tensão que se instalara era quase palpável. Subitamente, senti que meu vestido de noiva estava apertado demais. Não dava para respirar. Tentei encontrar um par de olhos específico entre os convidados e bem ao longe avistei Noah. Deus do céu, ele parecia devastado. Eu não conseguia imaginar o quanto aquilo devia ser doloroso para ele. Voltei minha atenção para a cena que se desenrolava bem à frente e, quando busquei Noah novamente, pude vê-lo se afastando. Corri atrás dele.

— Ei... — gritei, chamando sua atenção enquanto corria com certo esforço dentro do enorme vestido branco. — Espere um pouco, Noah!

Ele parou e esperou que eu o alcançasse. Fiquei mortificada com as lágrimas que vi em sua face. Não havia palavras que pudessem confortá-lo, de modo que me limitei a abraçá-lo o mais forte que pude.

E ele chorou. Com aquelas lágrimas, parecia um menino desamparado. Era inconcebível para mim que um pai pudesse ferir o próprio filho daquela maneira. Se eu pudesse, criaria uma redoma para manter meu amigo e cunhado afastado de todas as pessoas insensíveis e ignorantes do mundo. Como não podia, esperava que o meu abraço fosse seguro e reconfortante o suficiente.

Depois de longos minutos de silêncio, lágrimas e cumplicidade, Nico apareceu. Ele parecia mais calmo e estava visivelmente preocupado com o irmão. Sentou-se ao lado dele e ficou em silêncio também. Afinal, o que poderia ser dito? Instantes depois, Marcela apareceu e também se juntou ao grupo. Só nos levantamos e voltamos para a festa quando Noah pareceu mais calmo. Ele não quis falar sobre o assunto e respeitamos a sua vontade.

Felizmente, nem aquele incidente foi capaz de estragar a nossa festa. Quando o pior passou e todos se acalmaram, voltamos a desfrutar da boa música, da deliciosa comida e da agradável companhia da maioria dos convidados. Digo maioria afinal Stéfan, Eugenia e o Touro (não sei seu nome, mas o par de chifres me faz pensar nele assim) continuavam por lá como se fossem uma grande família feliz. Por sorte, Marcela não estava sendo obrigada a aguentá-los.

...

Melissa havia sumido. Imagino que ela tenha ido embora com o irmão. Ao contrário dele, ela realmente se importava com os sobrinhos e faria de tudo pela felicidade deles. Eu a agradeceria depois.

Todas as mulheres estavam reunidas na pista de dança, logo atrás de mim. Eu estava me preparando para jogar o buquê. Nico estava à minha frente e me encarava com um sorriso sereno. Ele sabia que eu tinha lá minhas preferências a respeito desse buquê. Queria que ele fosse parar nas mãos da minha melhor amiga. O problema é que Marcela nem se deu ao trabalho de se juntar às mulheres histéricas, o que era bastante irritante. Meu marido — agora é oficial e eu não me canso de repetir essas palavras — olhou furtivamente para direita, indicando onde eu deveria arremessar o buquê. Sabia que estávamos trapaceando, mas a vida às vezes precisa de um empurrãozinho para acontecer. Em se tratando da vida amorosa da minha melhor amiga, a vida precisava mesmo é de um superempurrão ladeira abaixo, para ser mais exata.

Com a ajuda do meu maravilhoso marido de terno, o buquê caiu exatamente onde deveria cair, no colo da Marcela. Seus olhos se arregalaram e ela pareceu confusa e apavorada ao mesmo tempo. Tenho certeza de que não foi sua intenção, mas a primeira coisa que ela fez quando o choque passou, foi olhar para Stéfan, que também olhava para ela. Eles pareceram constrangidos e desviaram o olhar o mais rápido que puderam. Aqueles dois estavam conseguindo a proeza de protagonizar um drama mais mexicano que o meu, credo!

...

Eu estava exausta! No entanto, não podia reclamar do cansaço que dominava o meu corpo. O meu casamento havia sido simplesmente perfeito. Tudo ficou do meu agrado, embora a própria ideia do casório não tenha me conquistado logo de cara. Nós bem que merecíamos uma lua de mel, mas como o meu emprego era muito recente, não havia a menor possibilidade de tirar férias. Felizmente, Eugenia concordou em me dar dois dias de folga. Considerando a situação, tenho certeza de que ela me daria o que eu quisesse, mas não costumo me aproveitar das pessoas. Pelo menos, não com muita frequência.

O nosso casamento parecia a realização de um sonho antigo e batalhado. Nunca havia desejado nada daquilo, mas não posso negar que amei cada segundo daquela comemoração. Nico e eu finalmente usávamos alianças douradas para simbolizar nossa única e improvável união. Tudo parecia absolutamente perfeito. Eu tentava não pensar como uma grande fã de novelas mexicanas, afinal, é quando tudo está dando certo que acontece uma tragédia. Secretamente, pedia ao Santo Protetor das Obesas Gostosas e Bem Resolvidas para guardar seu lado trágico para outra pessoa. Eu já havia passado por drama demais em minha vida.

Logo após a cerimônia, seguimos em direção a um hotel não muito longe dali. O mesmo hotel no qual eu havia me hospedado quando vim a Buenos Aires apenas para curtir o fim de um relacionamento patético. Aquele lugar, no entanto, havia sido o cenário para uma das coisas mais maravilhosas que já aconteceram na minha vida. Fiz questão de reservar o mesmo quarto que o da última vez. Ele, especificamente, presenciara as primeiras carícias trocadas entre mim e meu marido.

Pausa para uma pequena nota mental: dizer "meu marido" ainda é algo muito louco para mim. Não me acostumei com todo o poder que essas duas palavras combinadas possuem. De todo modo, eu adorava repeti-las. Não pela sensação de posse em si, mas pela incontestável afirmação de que pertencíamos um ao outro. Talvez isso não faça o menor sentido para você, mas tudo bem, nunca fez para mim também. Pelo menos até conhecer Nícolas e tê-lo em minha vida. Cada vez mais as coisas faziam sentido, como o fato de eu não ter dado certo com ninguém antes.

Assim que entramos no quarto, fui tomada de assalto pelas mais doces recordações. Nico pareceu ser preenchido por um sentimento semelhante. Ele se livrou dos sapatos, para só então se jogar na cama. Eu pretendia fazer o mesmo, mas antes precisava me livrar daquele vestido. Virei-me de costas e me aproximei do homem da minha vida, pedindo-lhe para abrir o zíper que ia da minha nuca até a base das minhas costas. Ele me puxou delicadamente pela cintura, fazendo-me sentar entre suas pernas. Sua respiração arfou e eu fui tomada por um prazer desconcertante.

— Estou louco para vê-la sem roupa, mas você está fantástica nesse vestido! Talvez eu deva me atrasar um pouco na missão de despi-la...

Sua voz, seu sotaque, tudo isso tão perto da minha orelha, era de causar arrepios. Senti sua mão direita abrindo o zíper do meu vestido. Não muita coisa, apenas uns centímetros. Antes que pudesse lhe questionar ou pensar em qualquer coisa, senti seus lábios quentes e úmidos brincarem no território recém-exposto. Essa tortura não demorou muito, o que, até hoje, não sei se foi um alívio ou um martírio. Nícolas me abandonou na cama por alguns segundos para em seguida aparecer com uma câmera fotográfica em mãos. Ele me pediu para posar para ele. Fiquei levemente constrangida, não nego, mas me senti ainda mais maravilhosa com tamanha admiração. Ele brincou de ser fotógrafo e depois de ser modelo. Posamos juntos de forma romântica e também divertida. Embora tenhamos tirado centenas de fotos, a memória mais importante daquele dia ficaria gravada em nossos corações.

Em um rompante, Nico pareceu desistir da provocação e das nossas brincadeiras e finalmente partiu para o ataque. Mal vi quando ele se aproximou e tomou meus lábios. Antes que ele pudesse me jogar na cama, eu o joguei. Vestindo apenas as minhas roupas íntimas e meu sorriso mais travesso, engatinhei pela cama, parando em cima dele. Seu sorriso passava de travesso para incrédulo com muita facilidade. Fotografei-o mais algumas vezes. Ele me olhava como quem diz: "Você não deveria me provocar...", e isso só me estimulava a continuar.

A câmera foi deixada de lado, pelo menos a princípio. Talvez até tenhamos gravado o que estava prestes a acontecer, mas isso você nunca saberá. Conviva com a dúvida.

Era uma segunda-feira ensolarada. Enquanto todos acordavam com o nascer do sol, Nico e eu finalmente íamos dormir.

27

Estávamos reunidos na enorme sala do apartamento da minha sogra. Nico, Marcela, Noah e eu. Com os pés descalços no sofá e o notebook em mãos, já estávamos providenciando o que faltava para nossa viagem ao Rio de Janeiro em pleno Carnaval. Ainda aproveitaria para passar alguns dias ao lado do meu marido em Paraty, já que não havíamos conseguido tempo para a nossa merecida lua de mel. Tudo estava muito bem e os dias passavam cada vez mais depressa. Assim que a euforia do casório nos abandonou, finalmente tomei o tempo necessário para pensar em algumas questões. Uma delas era o dinheiro do meu progenitor.

É bem verdade que eu me tornei uma ótima mulher sem qualquer tipo de ajuda dele. Eu não queria, de forma alguma, reverter essa situação. Ainda assim, eram duzentos mil e eu não podia simplesmente ignorar o fato de que estava começando uma nova vida e que as despesas eram muitas. Casamento, apartamento, viagem... Tudo isso demandava dinheiro e embora o meu salário não fosse ruim, eu precisava encarar o fato de que aquele dinheiro facilitaria as coisas um bocado.

Tomei minha decisão. Estava segura de estar fazendo a coisa certa, mas estava receosa sobre a reação do Nico. Não queria que ele me julgasse mal, mas eu já deveria saber que ele não é esse tipo de homem.

— Pretendo ficar com metade do dinheiro para ajudar em todos os nossos gastos iniciais... Que não são poucos, como você bem sabe. — Ele assentiu e não parecia surpreso. Nem indignado. — Quanto à outra metade, pretendo doar para o orfanato onde meus pais me conheceram.

Ele sorriu.

Ufa! Nícolas estava sorrindo.

— Você está de acordo? — indaguei receosa, apenas porque precisava ouvir a sua opinião.

— Estou de acordo com tudo que faz você feliz, meu amor — ele me confidenciou. Então, rapidamente emendou: — Desde que não envolva um par de chifres. Nem crimes. Nem interferência na liberdade de terceiros. Nem... — Eu o silenciei com um beijo e ele pareceu satisfeito em me puxar para o sofá e abraçar meu corpo junto ao seu.

Satisfação. Essa é uma excelente palavra para descrever nossa união.

...

Ah, o Carnaval! Que época abençoada. Não só por nos fazer deixar os trabalhos e obrigações de lado, mas também por podermos curtir vários dias seguidos sem nenhuma culpa ou remorso. De malas prontas, seguimos para o aeroporto Ezeiza, de onde nosso voo sairia em quatro horas. Chegamos cedo e resolvemos toda a parte burocrática sem grandes problemas. Estávamos na área de embarque, à procura de um bom lugar para comer. Havíamos saído de casa sem o café da manhã e eu precisava manter meus noventa e três quilos (com margem de erro para mais ou para menos) de pé.

Embora estivesse cobiçando uma deliciosa lasanha de frango e molho de queijo, sabia que estava muito cedo para almoçar. Não eram nem nove da manhã ainda. Pedi um sanduíche de peito de peru e queijo branco e me despedi, de coração partido, da imagem daquela maravilhosa lasanha que estampava o cardápio. Em silêncio, prometi buscá-la na volta.

A espera seria um bocado longa, sabíamos disso. Não queríamos ficar em nossos celulares, afinal, aquela viagem deveria nos aproximar ainda mais. Marcela e eu abrimos as bolsas em busca de papel e caneta. Nico e Noah nem se deram ao trabalho, pois sabiam que carregávamos metade da casa junto conosco. Assim que achamos os itens procurados, iniciamos a primeira partida de Stop. É claro que eu ganharia de lavada deles, trabalhar diariamente com as palavras tornava o meu vocabulário cada vez mais amplo.

Entramos no avião e eu precisei controlar a empolgação. Queria chegar logo à cidade maravilhosa. Embora eu estivesse ansiosa, Noah parecia muito mais. Seus olhos estavam carregados de expectativa e entusiasmo. O voo durou cerca de três horas, sem turbulências ou atrasos. Desembarcamos no Galeão e pegamos um táxi até o nosso hotel. Dividiríamos um flat em Ipanema, perto de dezenas de blocos de rua e ótimas baladas, restaurantes e bares.

Montamos toda a nossa programação de final de tarde e noite para aquela sexta-feira. Durante o dia, descansaríamos e recarregaríamos as energias desfrutando a piscina do hotel.

...

Nós quatro estivemos reunidos apenas durante os três primeiros dias de viagem. Na segunda-feira, Nico e eu nos despedimos dos nossos companheiros. Eles continuariam aproveitando o Carnaval carioca enquanto meu marido e eu aproveitaríamos as belezas de Paraty. Como não conseguimos férias para aproveitar nossa lua de mel, esses três dias eram mais do que bem-vindos. Chamamos um táxi e seguimos até a rodoviária da cidade, de onde partiria nosso ônibus. A viagem foi tranquila, dormimos em boa parte dela. Quando chegamos ao destino final, eu já estava doida para aproveitar tudo que aquele lugar tinha a nos oferecer.

Nós nos instalamos em uma linda pousada, onde alugamos um dos poucos chalés disponíveis. O lugar era simplesmente maravilhoso. Depois de um delicioso banho, seguimos para o centro histórico, onde almoçamos em um restaurante sensacional. Passamos toda a tarde perambulando pelo local. As ruas de paralelepípedo do centro histórico eram cercadas pelas mais variadas cores. Tudo era charmoso e harmônico, parecia o cenário de alguma novela. Aproveitamos o passeio descompromissado para programar nossos próximos dois dias na cidade.

— Você sabe como eu sou — resmunguei horas mais tarde, já deitada na enorme cama de casal do nosso chalé. Nico estava deitado ao meu lado, lendo e-mails e tentando respondê-los de forma rápida.

— Não vou deixar você cair — ele me prometeu de um jeito fofo.

— Nem rolar? — perguntei com um beicinho e voz de bebê. — Nunca fiz trilha na vida. Posso tropeçar em uma pedra e sair rolando até um lugar inóspito onde ninguém vai me encontrar. É aterrorizante!

— Nem rolar — ele prometeu com um sorriso fofo. — Você vai adorar o passeio, confie em mim.

— Não sou uma pessoa muito ativa... — confessei com um suspiro —, mas ficarei feliz se conseguir voltar para casa sã e salva.

Nico não me respondeu. Ele apenas deixou o celular de lado e veio em minha direção sem hesitar. Suas duas mãos espalmaram o travesseiro bem abaixo da minha cabeça e seu rosto se aproximou do meu de maneira perigosa, provocante. Mordi o lábio inferior e vi um sorriso sacana nascer em seu rosto. Aquele sorriso maravilhoso que não perdia a capacidade de me deixar excitada. Nícolas se aproximou um pouco mais e pude sentir seus lábios roçarem delicadamente os meus. Suspirei e não podia tê-lo deixado mais feliz. Sua boca desceu um pouquinho e se concentrou no meu queixo. Ele me beijou ali, para logo em seguida rumar para o meu maxilar. Cada um de seus beijos fazia meu corpo pulsar. Tentei abraçá-lo, mas ele me impediu.

— Quieta — ordenou de um jeito autoritário. Eu gostava daquilo.

Segui sua ordem e fiquei ali, parada, apenas desfrutando das inúmeras sensações que ele me despertava. Eu vestia uma camisola preta de renda, que além de deixar meus seios ainda mais bonitos, também valorizava minhas curvas. Sua mão esquerda acariciou minha coxa de leve, para em seguida apertá-la com vontade. Gemi. Era inacreditável como aquele homem conseguia ser perfeito nos dois extremos: muito fofo quando queria, mas também muito selvagem quando precisava. Ele se inclinou em minha direção e, ainda apertando minha coxa, beijou-me como se fosse a primeira vez, como se ainda fosse novidade, como se ainda houvesse mais por descobrir. Segundo ele, sempre havia.

Seus dedos da mão direita, ávidos, quentes e cobiçosos, rumaram em direção ao meio de minhas pernas. A pressão deles me fez fechar os olhos e conter os espasmos que invadiam o meu corpo. Não era inédito, mas continuava gostoso como se fosse.

— Vamos ver em qual estado eu estou deixando você, Nina — ele sussurrou com os lábios colados na minha orelha. Mordiscou o lóbulo dela e logo em seguida pude sentir seus dedos se movimentando para dentro da minha calcinha. Sem pressa, ele fez carinhos como se não soubesse exatamente onde eu o queria. Como se meu corpo não estivesse prestes a ser consumido pelas chamas.

— Por favor... — sussurrei, sentindo a ansiedade daquela tortura.

— O que você quer? — indagou me fazendo abrir os olhos. Ah, eu quase tinha me esquecido. Meu digníssimo marido adora ouvir em alto e bom som quais são os meus desejos e caprichos. Ouvir-me confessar essas coisas o excita.

— Que você me toque... — respondi de forma sincera e rápida. — Bem fundo. Devagar. E gostoso.

Nico estava sorrindo. Não aquele sorriso fofo e cavalheiro com o qual diariamente me presenteava. Seu sorriso era safado, sacana, cafajeste e muito atraente. Ele era a prova de que para ser gostoso, não é necessário ter um tanquinho. Sorri em resposta, para logo em seguida ser invadida por seus dedos e por uma sensação avassaladora que me roubava os sentidos. Sem pressa, ele iniciou os movimentos dentro de mim e eu fiquei inebriada, fora de órbita. Com movimentos que ganhavam cada vez mais velocidade, eu sentia que a qualquer momento chegaria ao ápice. E realmente teria chegado, se meu marido não tivesse, de forma abrupta, interrompido seus movimentos.

— Eu amo todas as suas facetas, Nina — ele disse de repente. Eu ainda estava fora de mim, tentando compreender o que ele tinha na cabeça para parar justo naquele momento. — Amo a forma como você consegue ser uma verdadeira dama na sociedade e uma vadia na cama...

—Eu me permito ser vadia apenas com você, Nícolas — confessei sendo o mais sincera que pude. — Acho que nenhum outro homem na vida me fez sentir assim, como se eu pudesse ser o que quisesse.

— O que você gostaria de ser agora, minha adorada esposa? — questionou com um ar divertido.

Eu sorri de volta. Nada de sorrisos fofos. Ele me lembrou de que eu podia ser o que quisesse, que eu era livre para isso e que continuaria sendo a mulher maravilhosa que sou. Então, eu resolvi entrar na brincadeira. Empurrei-o e dessa vez era ele quem estava por baixo. Ordenei que suas mãos ficassem bem longe de mim. Por enquanto. E prometi que ele se arrependeria se não me obedecesse. Seus olhos não desgrudavam de mim e aquilo fazia eu me sentir ainda mais poderosa. Lentamente, comecei a me despir de forma sedutora e provocante. Explorei cada centímetro das minhas deliciosas curvas enquanto meu marido apenas assistia. Quando, por fim, retirei toda a camisola, arremessando-a para longe dali, expus meus seios, não tão grandes, mas demasiado convidativos. Nico salivou. Sorri.

Toquei meus seios de forma lenta e sedutora, deixando que os mamilos enrijecessem gradativamente. Eu sabia que Nícolas estava doido para tocá-los e sugá-los, mas eu estava amando ser malvada com ele. Estava amando estar no controle dquele momento. Contornei minha cintura com as mãos, até chegar à calcinha. Com Nico entre as minhas pernas, tirá-la parecia uma tarefa difícil, de modo que apenas a abaixeium pouco, o suficiente para expor minha intimidade quente e úmida para ele. Ele estendeu a mão direita na direção dela e acabou recebendo um tapa na cara como resposta.

— Não seja afobado — repreendi de forma autoritária. — Esse é o meu jogo, Nícolas.

Ouvi-o respirar fundo. Estava claro que ele estava perdendo a cabeça. O que era exatamente a minha intenção. Seus olhos não desgrudavam das minhas mãos, que desciam, desciam e desciam. Toquei minha virilha e acariciei-a sem pressa. Não pude conter os gemidos que se seguiram. Nico continuava extasiado e não ousava piscar. Quando meu dedo indicador ameaçou invadir minha intimidade, senti que sua expectativa era palpável.

— Continue — pediu desesperado ao notar que meu dedo estava brincando ali fora. Sorri.

Senti meu dedo invadindo minha intimidade e fui tomada por sensações intensas. Nico era apenas um expectador, mas agir com tamanha liberdade diante dele também me excitava. E muito. Pude ver suas pupilas dilatadas, ouvir sua respiração forte, testemunhar sua boca salivante. Retirei o dedo e percebi que Nícolas estava prestes a contestar. Não lhe dei tempo para isso. Com o dedo que outrora me preenchia, invadi sua boca e o fiz sentir o gosto da única mulher que ele deveria possuir pelo resto da vida. Ele pareceu agradecido e extasiado. Quando meu dedo abandonou sua boca, meus lábios assumiram a posição. Nós nos beijamos de forma intensa e descontrolada. Eu bem que pretendia continuar meu show, mas era tarde demais. Éramos um emaranhado de desejo e tesão. Eu o despi com pressa, ávida por seu membro visivelmente ereto. Quando o encontrei, pronto para me invadir, não pude pensar em mais nada. Eu me encaixei em cima dele e movimentei meu corpo de forma acelerada e agressiva. Eu me permiti cavalgar em cima dele com cada vez mais agilidade e força. Eu queria mais. Precisava de mais.

Nossos corpos travavam uma guerra onde não haveria perdedores. E a guerra continuou. Mais forte. Mais intensa. Mais profunda. Mais animalesca. Mais visceral. Mais e mais. O ápice se aproximava e a essa altura os gemidos eram intensos e grotescos. Por sorte, os chalés da pousada eram afastados, caso contrário todos os nossos vizinhos estariam nos ouvindo. Estávamos muito perto e...

— Puta que pariu! — gritei, deixando meu corpo logo em seguida desabar sobre o seu. — Deus abençoe o Santo Protetor das Obesas Gostosas e Bem Resolvidas. Ter um marido maravilhoso é ótimo, mas um marido maravilhoso que transa tão bem... Eu não posso pedir mais nada nessa vida. Esgotei minha cota de sorte!

• • •

No dia seguinte, acordamos com um feixe de luz solar invadindo nosso quarto. Pensei em resmungar e chamar a vida de injusta, mas o dia estava lindo lá fora e eu estava em Paraty com Nícolas, meu marido, depois de uma deliciosa noite de sexo. Se isso não é justiça, não sei o que pode ser.

Ligamos para a casa principal da pousada, informando que havíamos acordado. Em poucos minutos, duas jovens funcionárias apareceram para nos servir o café na varanda. Oh, céus, eu facilmente podia me acostumar com isso. Nico, que estava no banheiro lavando o rosto, surgiu sem camisa, apenas com um short de malha de dormir. As duas funcionárias, que nos serviam com eficiência, não conseguiram disfarçar. Mesmo sem uma droga de abdome sarado, Nico atraía olhares cobiçosos por onde passava. Não podia agir como uma louca, mas eu estava com ciúmes, oras. Pensei em dizer para aquelas duas mocinhas que estávamos de lua de mel e que havíamos tido uma noite muito intensa, mas suspeitei que isso só aumentaria o interesse delas. Argh! Nico que me desculpasse, mas...

— Não fiquem olhando por muito tempo, meninas — sussurrei na direção delas, fazendo-as corar instantaneamente. — Ele não gosta de ser admirado tanto tempo por mulheres... Sente-se acuado. Com certeza prefere os caras sarados. — Pisquei na direção das duas e Nico precisou conter a risada para não cuspir todo o iogurte que acabara de levar à boca. As duas jovens se retiraram e só então voltei a respirar em paz.

— Como você é maldosa, Nina — ele me acusou em tom de brincadeira. — E muito ciumenta!

— Apenas cuido do que é meu — rebati, me aproximando dele e envolvendo seu pescoço com os braços. Fiquei na ponta dos pés e selei meus lábios nos seus. — Bom dia, querido!

Comemos como rei e rainha, coisa que eu faço diariamente, devo salientar. Depois do iogurte, Nico não comeu mais nada além de pão de queijo. Acho que agora ele conseguia entender porque eu comia *medialunas* todo santo dia como se não houvesse amanhã. Principalmente se o doce de leite ímpar da Argentina estivesse no meio.

Tomamos um bom banho, nos arrumamos com roupas para praia por baixo dos shorts e camisetas e logo um enorme jipe apareceu para nos buscar. Havia dois casais lá, um deles com duas crianças lindas! Quando a nossa trilha a pé finalmente começou, contei com a ajuda de todos os nossos companheiros de passeio. Eles notaram o quanto eu era desajeitada e fizeram de tudo para eu não cair e sair rolando sem rumo. Em alguns momentos eles também riram de mim, afinal, até as crianças me ajudaram. Pois é, vejam a que nível cheguei!

Começamos a ouvir um barulho de água, que se intensificava gradativamente. Quando por fim chegamos à primeira cachoeira, fiquei extasiada com a maravilha daquele lugar. Despi-me com pressa e logo mergulhei na água extremamente gelada. Aquilo era único... Revigorante. Não tardou para que Nico fizesse o mesmo. Ele se aproximava de mim, mas não sem jogar água na minha direção, como um menino travesso. Apenas sorri e revidei seus ataques molhados. Quando finalmente ele estava bem próximo de mim, envolvi sua cintura com as pernas e o abracei.

Retornamos ao hotel com o pôr do sol em tons de amarelo, laranja e vermelho. Eu nunca havia presenciado cena tão bonita estando tão bem-acompanhada. Só fomos para o chalé depois de um maravilhoso mergulho na piscina. Convidei meu digníssimo marido para se juntar ao meu banho e ele não hesitou nem por um segundo.

A chegada da quarta-feira foi triste, muito triste. Aquele era o nosso último dia na cidade e eu simplesmente não estava pronta para voltar à realidade. Tentei não pensar muito nisso. Nico e eu fomos até o porto, de onde uma enorme escuna, ocupada por desconhecidos, sairia em poucos minutos. Eu sabia bem que o movimento das ondas me deixaria enjoada, então tomei um remédio antes que isso acontecesse e estragasse o nosso passeio. Quando fizemos a primeira parada, no "Saco da Velha" — sim, esse é o nome da praia! — nós nos aventuramos em um mergulho na água salgada.

Fizemos mais duas paradas depois dessa, apenas com uma pausa para o almoço. Comemos peixe fresco, lula e camarão. Não sou lá grande fã de frutos do mar, mas estava tudo uma delícia, preciso confessar. Retornamos ao hotel às cinco da tarde e precisamos de menos de duas horas para arrumar tudo. Quando, por fim, entramos no ônibus que nos levaria de volta ao Rio, precisei conter as lágrimas e a saudade antecipada.

Eu ainda não estava pronta para retomar minha vida normal. E apenas essa ideia quase me fazia chorar. O que me alegrou, apenas um pouquinho, foi encontrar Noah e Marcela à nossa espera no aeroporto. Os dois traziam largos sorrisos e pareciam estar cheios de novidades para contar.

— Noah está apaixonado — Marcela entregou sem rodeios. Ela recebeu uma leve cotovelada do meu cunhado, que parecia constrangido com a situação. Não importa que ele seja lindo, maravilhoso, sarado e tudo mais, Noah encanta mesmo pelo seu jeito único de ser.

28

O clima no meu trabalho havia amenizado, ao menos um pouco. Eu ainda achava Stéfan um babaca. Eugenia, então, nem se fala, mas isso não dizia respeito a mim. O fato de os dois serem tremendos imbecis em suas vidas pessoais não mudava o fato de que eram ótimos profissionais. Eu aprendia muito com eles quando não estavam trancafiados dentro do banheiro ou coisa parecida. E o meu salário era bom, não havia do que reclamar.

Marcela parecia haver superado tudo. Ainda assim, vez ou outra eu vislumbrava aquele olhar — o mesmo que ela lançou a Stéfan depois de pegar o meu buquê de noiva. Esse olhar ainda tinha a capacidade de partir o meu coração. Mas estava se tornando cada vez menos frequente, o que me confortava. Antes do Carnaval, ela e Noah continuaram adicionando cor à amizade vez ou outra, eu estava feliz por eles estarem felizes. Ainda que de um jeito torto e especial.

O *reality show* dos meus meios-irmãos estava no auge. Com a chegada da "Nia" e o seu envolvimento com Marco, a audiência não podia ser maior. Volta e meia eu os via estampando a capa de alguma revista. Eu sabia que metade da história que eles contavam era uma tremenda farsa, mas eu não podia mais me preocupar com isso. A minha vida estava ótima, obrigada. É verdade que ainda me sentia um pouco indignada com a situação toda, mas o que eu podia fazer? Cada um que carregue os fardos provenientes de suas escolhas. Eles viviam uma mentira das grandes, isso devia bastar.

Para desespero da minha melhor amiga e do meu cunhado, Elena parecia cada vez mais íntima de Pietro, pai do Stéfan. Os dois faziam passeios, saíam para jantar sem hora para voltar e era bastante óbvio onde tudo isso ia dar. É claro que não dava para comparar Pietro com o filho, mas era inevitável fazê-lo. Esperávamos que a sua maturidade lhe houvesse trazido algo mais, algo que o filho ainda não tinha descoberto.

Melissa estava radiante! Sua volta para Buenos Aires a revigorou com sucesso. Ela se permitia ficar triste apenas quando o assunto era o seu irmão. A propósito, depois de aparecer no nosso casamento sem ser convidado, nunca mais voltamos a falar ou pensar nele. A família Viegas ia muito bem.

Meus pais, em pouquíssimo tempo, já podiam ser considerados verdadeiros argentinos. O espanhol deles melhorava a cada dia e os dois pareciam amar Buenos Aires tanto quanto eu. Assim que o meu casamento passou, os dois trataram de procurar instituições e projetos onde pudessem voltar a fazer o que amavam: ajudar os outros! Vez ou outra eu me aventurava nessas visitas também. Adorava brincar com as crianças, contar histórias a elas... Nico, quando conseguia, acompanhava a gente. Ele também era ótimo com crianças e aquilo me fazia amá-lo ainda mais. Eu já o tinha como marido, mas também o queria como pai dos meus filhos. Nossos filhos.

Esse assunto começou a surgir depois do primeiro ano de casamento. Já pensávamos em crianças, em aumentar a família... Mas não tínhamos planos concretos. Ainda.

...

Sexta-feira. Saí correndo do trabalho, sabendo que Nico estaria à minha espera. Eu havia lhe enviado uma mensagem de texto pedindo para que ele estivesse em casa mais cedo. Ele sempre atendia meus pedidos, ao menos sempre que possível — o que era exatamente o caso daquele dia.

Quando abri a porta da sala, eu me deparei com Nícolas sem camisa no sofá. Afobada, fui até ele e parei bem na sua frente, rompendo seu contato visual com a televisão.

— Tire a roupa — eu disse enquanto me livrava do meu vestido preto.

Seus olhos se arregalaram e ele deixou escapar um sorriso. Pareceu me exigir uma explicação, mas tenho certeza de que ele sabia do que se tratava.

— Estou no meu período fértil — anunciei enquanto me livrava dos sapatos de salto alto. — Tire a porcaria da roupa de uma vez — ordenei, para logo em seguida ajudá-lo a arrancar a própria calça.

(por Nico)

Nina e eu resolvemos que estava na hora de aumentarmos a família. Esse era um desejo real e estávamos dando duro para torná-lo realidade. Não estou me queixando, estar com a Nina era maravilhoso. Nada era mais agradável que estar dentro dela, ouvi-la sussurrar meu nome entre gemidos, contornar suas formosas curvas. Eu sabia que ela andava um pouco frustrada por conta das nossas tentativas falhas, mas eu sempre tentava fazê-la perceber que tudo acontece exatamente quando deve acontecer.

Seguíamos para o segundo ano de casamento e nada de ela engravidar. Aquilo a estava matando e eu pensei em desistir. Não de aumentar nossa família, mas da gravidez em si. Poderíamos adotar uma criança. Por que não? Nina era a prova viva de que a adoção podia perfeitamente formar uma família feliz. Ela não descartou a ideia, mas percebi seu olhar de decepção quando sugeri que déssemos um tempo com as tentativas de engravidar.

Então procuramos um médico especialista. Felizmente, não havia nenhum problema biológico com minha esposa ou comigo. O médico pediu alguns exames, mas só por precaução mesmo. Não havia nada de errado e os resultados confirmaram isso. A sugestão do médico foi que esquecêssemos a gravidez por um tempo, para evitarmos estresse.

Nina não estava feliz com a ideia. Por sorte, ela continuava incansável na cama, o que significava que o sexo frequente não era apenas uma obrigação que levaria para a gravidez. Ela gostava de estar comigo tanto quanto eu gostava de estar com ela. Dentro dela, para ser mais exato.

Era um sábado ensolarado e minha sogra ligou para o nosso apartamento logo pela manhã. Minha esposa ainda estava na cama, enrolada entre nossos lençóis.

— Nico, querido, muito bom dia. Eu o acordei? — ela perguntou bem-humorada. A resposta era sim.

— Não, já estava acordado — menti para evitar que ela se sentisse mal.

— Eu estou indo ao Lar de César — contou e eu sabia que esse era o motivo do sorriso que devia preencher seu rosto do outro lado da linha. Lar de César era o orfanato onde meus sogros haviam conhecido a Nina. — Vocês gostariam de nos acompanhar?

— Claro, adoraríamos.

Nós nos despedimos sem delongas. Depois de informar à livraria sobre minha ausência, pensei que seria uma boa ideia servir o café da manhã em nossa cama. Eu estava certo! Nina acordou com um enorme sorriso e quase me matou com a sua euforia matinal quando viu que havia *medialunas* frescas e doce de leite à sua espera.

(por Nina)

Abri os olhos preguiçosamente, cogitando esganar o pescoço do meu lindo e adorado marido. Ele estava cansado de saber que eu odiava acordar cedo... Já fazia isso todo santo dia por pura obrigação. Sábado era o único dia em que eu me dava ao luxo de acordar tarde. No domingo eu me recusava a ficar na cama de bobeira quando podíamos sair e ter o dia inteirinho só para nós.

A vontade de esganá-lo passou assim que eu percebi que havia uma enorme bandeja ao meu lado com *medialunas* e doce de leite. Vontade de esganá-lo? Zero. Vontade de beijar sua boca? Mil. Aproximei-me dele e o surpreendi, sujando seu nariz com o meu doce preferido em todo o mundo. Era da natureza de Nícolas ser extremamente gostoso. Mas Nícolas com doce de leite devia ser algo impossível de superar. Eu o lambi de forma travessa e ele pareceu gostar. Logo resolveu me sujar para fazer o mesmo.

É claro que a brincadeira começou de forma inocente, porque nós dois somos seres puros por natureza — cof, cof. Mas a coisa toda saiu do controle e, quando dei por mim, meus seios estavam lambuzados pelo doce, que Nico insistia em tirar com a própria boca. Ah, céus... Por que ninguém me disse que casamento era algo tão fantástico? É claro que algumas chatices também estão inclusas no pacote, como as meias do meu digníssimo marido jogadas em qualquer canto da casa, mas eu podia aturar qualquer coisa por aquele homem e todas as sensações maravilhosas que ele ainda me proporcionava. Já estávamos juntos havia dois anos, mas sempre era como se fosse a primeira vez. A forma como meu corpo e o meu coração reagiam a ele era inédita.

— Você vai precisar me carregar até o banho — sussurrei para ele.

— Ainda não tenho superpoderes — retrucou com um sorriso sacana.

— Não vou emagrecer — devolvi direta. Eu também estava sorrindo.

— Obrigado por isso. — Então ele me beijou novamente. E aquele beijo era sempre o prelúdio de algo ainda melhor.

Meus pais que me desculpem, mas o nosso atraso é inevitável.

...

Eu estava sob muito estresse desde que revelei o meu desejo de ser mãe. Nico, felizmente, também sonhava em ser pai, o problema é que apesar das inúmeras tentativas, eu simplesmente não engravidava. Não estou me queixando das tentativas em si, pois todas são sempre muito prazerosas. O que estava me deixando maluca era o fato de não engravidar. Meu marido e eu já havíamos feito todos os exames possíveis e imagináveis. Não havia absolutamente nada de errado conosco. "Perfeitamente saudáveis", dissera o médico. Então, por que raios eu não conseguia engravidar?

Essa era uma pergunta temporariamente sem resposta. Depois da minha última consulta, na qual Nico me acompanhou, resolvi seguir o conselho do meu médico. Relaxar e não me preocupar mais. Era exatamente o que eu estava fazendo. Minha vida andava muito bem, então eu precisava acreditar nos planos de Deus para mim.

Vestimos uma roupa adequada para o sol quente de Buenos Aires. Nico tirou o dia de folga para visitar o Lar de César comigo, minha mãe e meu pai. Fiquei muito feliz pelas melhorias que o orfanato fez com o dinheiro do meu progenitor que lhes doei. Eles compraram colchões e travesseiros novos. Instalaram ar condicionado na maioria dos cômodos. Reformaram a enfermaria. Compraram livros novos para a biblioteca. Enfim, o resultado geral era muito positivo.

Marcela trabalharia todo o dia cobrindo um evento esportivo famoso na cidade. Noah, no entanto, resolveu nos encontrar e nos acompanhar na visita. Fiquei ainda mais feliz! Desde sua viagem para o Brasil, Noah havia engatado um relacionamento sério e estava prestes a se casar. Seu sorriso era tão largo e acolhedor, que eu não podia estar mais radiante por ele. Assim que nos viu entrando no estacionamento, Noah veio ao nosso encontro. Depois de cumprimentar um a um, ele me deu um abraço capaz de quebrar minhas costelas. Eu retribuí e apertei suas bochechas, não conseguia resistir!

— Estou quase com ciúmes — Nico brincou. Ele entrelaçou sua mão a minha e seguimos com o restante do grupo para a entrada.

— De mim, suponho — Noah respondeu.

— Evidente — meu marido retrucou.

Fomos recebidos por dona Pilar, uma senhora simpática de quase oitenta anos. Toda sua vida foi dedicada ao Lar de César, ela havia me segurado no colo quando eu era apenas um bebê. Toda vez que me via, dona Pilar abria um sorriso e me abraçava de forma efusiva.

— *¡Estás tan guapa, mi niña!* — exclamou assim que me avistou. Sempre que me via, ela fazia questão de dizer que eu estava linda. "*Mi niña*" era como ela carinhosamente me chamava. Eu a abracei antes de permitir que cumprimentasse os demais.

A idade cobrava seu preço e dona Pilar andava bastante cansada. Ela já não conseguia ficar andando de um lado para outro, de modo que indicou Liliana, sua mais nova funcionária, para nos acompanhar. Meus pais se separaram de nós. As crianças estavam concentradas no enorme jardim e as atividades eram variadas. Algumas brincavam de pique, outras de bola, algumas pulavam corda enquanto cantavam animadamente. Havia uma única criança, no entanto, parecendo alheia a tudo isso. Ela brincava de boneca e falava sozinha, sem prestar atenção ao seu redor. Embora estivesse sorrindo, ela parecia triste e solitária. Aquilo me partiu o coração.

— Quem é aquela menina? — perguntei, indicando a garotinha de vestido de princesa cor de rosa. Eu não conseguia ver seu rosto, pois ela estava de costas para nós. Liliana respirou fundo e pareceu ponderar as palavras que vieram a seguir.

— É complicado — respondeu, desviando o olhar.

— Tenho tempo para ouvir — garanti, incentivando a funcionária do local a continuar.

— Não é uma menina — começou parecendo constrangida. — Seu nome é Juan. Ele foi deixado aqui pelos pais há cerca de um ano. Atualmente está com cinco, o que significa que ele já tinha idade suficiente para compreender o abandono. Juan é um menino diferente. Como vocês podem ver, ele se veste como uma menina. Tem cabelo comprido e acredita veemente que é uma menina. Infelizmente, existe uma grande chance de ele nunca ser adotado. Diversos casais vieram até aqui para conhecê-lo. Mas eles esperam um menino e quando se deparam com Juan, ficam confusos e frustrados. A maioria dos casais prefere bebês ou crianças menores, ou seja, a idade já é um fator complicado para ele. Além disso, ainda tem essa questão toda que acabei de explicar. Nós já conversamos com ele. Explicamos que se continuasse se comportando dessa maneira ninguém o levaria para casa. Mas ele é teimoso. Diz que não consegue entender o nosso problema e que não deveríamos ter dúvidas de que ele é uma menina, como diz ser.

— Ela está certa — rebati contendo as lágrimas de frustração. — É uma menina linda e vocês, evidentemente, não estão preparados para lhe dar o que ela realmente merece.

— A senhora não compreende o que quero dizer... — tentou se justificar. Eu a interrompi.

— Não perca seu tempo, de verdade. Eu compreendo muito bem a situação. Mas parece que vocês não. Em primeiro lugar, se ela diz que é uma menina e quer ser tratada como tal, vocês não deveriam desrespeitar sua vontade.

— Ele é uma criança! — soltou exaltada.

— ELA — Noah corrigiu em alto e bom som.

— Não se trata de comportamento. Trata-se de transtorno de identidade de gênero. E é evidente que o Lar de César não está preparado para lidar com isso.

— Eu só quero o melhor para essas crianças... — defendeu-se, finalmente mostrando algum constrangimento.

Eu pretendia responder. Pretendia, sim. Havia um sentimento desconhecido fervilhando dentro de mim. Estava elaborando um discurso quando senti Nico soltar minha mão direita e seguir em direção à solitária menina. Respirei fundo, apertei o passo e o alcancei. Noah fez o mesmo.

— Podemos brincar também? — Nico perguntou, sentando-se no chão com as pernas cruzadas. A menina assentiu timidamente. Seu vestido de princesa estava encardido, mas ela parecia feliz por usá-lo.

— Como você se chama? — perguntei, só então percebendo que Liliana só usou seu nome de registro durante a conversa.

— Daniela — respondeu baixinho. Trocamos um breve olhar e foi Noah quem continuou.

— Que nome lindo! Quem foi que escolheu?

— Eu — ela respondeu de modo simples, parecendo orgulhosa de sua escolha bem feita.

Nico pegou uma das bonecas e começou a vesti-la. Daniela pareceu contente em ter mais alguém para brincar. Noah e eu rapidamente entramos na brincadeira também. E foi assim que passamos todo o resto do dia. A pequena e tímida Daniela se abria gradativamente conosco. Na hora do almoço, eu a apresentei aos meus pais, que ficaram empolgados em conhecê-la. Já era fim de tarde quando tivemos que nos despedir. Dona Pilar nos acompanhava até a saída. Noah entrou no seu carro e acenou para nós. Meus pais logo também partiram. Nico e eu caminhamos até o nosso carro em silêncio.

E assim foi durante todo o trajeto. Quando chegamos em casa, exaustos, nós nos permitimos um bom banho gelado. Meia hora depois, eu cortava um tomate para o jantar, enquanto Nico cozinhava nosso macarrão preferido. Ainda não tínhamos nos pronunciado a respeito do dia. Eu sabia que ele tinha algo a dizer, pois eu também tinha. Não sabia muito bem por onde começar e esperava que ele desse o primeiro passo. O problema é que ele talvez esperasse o mesmo de mim.

— Então... — começamos ao mesmo tempo. Trocamos um olhar e imediatamente caímos na risada.

— Primeiro as damas — ele disse, sendo cavalheiro. Ergui uma sobrancelha em sua direção... Que desculpa mais esfarrapada! E nada criativa, devo acrescentar.

— O que você achou da Daniela? — Certo, começar com uma pergunta era uma estratégia e tanto para que ele fosse o primeiro a falar.

— Uma menina encantadora. — Foi tudo o que ele disse.

— Desenvolva — pedi a ele, fuzilando-o com meu olhar poderoso capaz de extrair as mais secretas informações. Eu queria saber exatamente o que ele pensava.

— Apesar de um pouco introspectiva, ela é doce e tem um sorriso radiante. Sinto que ela se fechou um pouco porque não teve outra opção. Não faço ideia de como é ser abandonada e incompreendida desde tão nova. Posso imaginar, mas não faço ideia realmente. Sinto que ela merece uma família feliz, acolhedora, de mente aberta... E com muito amor para dar. — Agora era a hora. Eu precisava falar o que estava sentindo desde que vi aquela garotinha.

— E você acha que a nossa família é feliz, acolhedora e de mente aberta? — perguntei escondendo um sorriso. — Sei que temos muito amor para dar — completei. Nico me encarou sério. Eu estava receosa com o que viria a seguir. Sem me dar nenhum tipo de resposta, ele pegou o celular e ligou para o seu irmão. Pude ver seu nome na tela, já que ele colocou a ligação no viva voz. Noah atendeu logo no segundo toque.

— E então? — ele perguntou.

— Você estava certo. Ela não aguentou esperar até amanhã — informou, arrancando uma risada do outro lado da linha. Encarei meu marido, confusa. — Nós já tínhamos percebido como Daniela havia mexido com você... — explicou Nico. — E então resolvemos apostar. Noah disse que você sugeriria a adoção ainda hoje. Arrisquei que você pensaria durante a noite e falaria comigo só amanhã de manhã. Pelo visto, seu cunhado ganhou!

— Cunhado e futuro padrinho de Daniela, por favor!

E finalmente eu respirei aliviada. Havia ficado óbvio para mim o carinho que todos sentimos por aquela menina. Isso não significava que Nico desejaria adotá-la. Mas saber que ele havia sentido o mesmo que eu... Bom, isso mudava tudo. Embora não conseguisse compreender, eu sabia que os planos de Deus eram perfeitos. Nós queríamos muito ser pais e lá estava Daniela, pronta para ser parte de uma família que a compreendia e a aceitava.

Só percebi que estava chorando quando Nico me envolveu em seus braços e me apertou forte junto ao peito.

— Seremos ótimos pais, não tenho dúvidas disso — ele sussurrou em meu ouvido para em seguida depositar um beijo carinhoso em minha bochecha úmida e salgada.

— Você é um ótimo marido, sabia? — devolvi com um sorriso terno, enquanto o encarava carinhosamente. — Se eu não estivesse tocando você, acreditaria estar sonhando.

— Que bom que é tudo realidade... Caso contrário, como faria isso? — Estava prestes a perguntar "o quê?" quando senti suas mãos agarrando minha bunda. Não contive a risada. Como Nico podia ser tão perfeito para mim? Era evidente que aquilo não era um sonho, mas, se fosse, eu desejaria nunca mais acordar!

— Pelo amor de Deus, eu ainda estou aqui — Noah resmungou do outro lado da linha, imaginando a situação e fingindo constrangimento. Nós três caímos na risada por uns bons minutos, e finalmente encerramos aquela ligação.

EPÍLOGO

Mamãe andava muito engraçada. Vivia acordando no meio da noite e tendo desejos estranhos. Vez ou outra eu acordava e a via junto ao papai na cozinha. Não importava qual fosse a loucura da vez ou que horas eram, se mamãe tinha um desejo, papai o realizava. Simples assim.

O desejo estranho de hoje era: doce de leite com caqui. Eu não conseguia imaginar como essas duas coisas poderiam resultar em algo gostoso, mas não era eu que estava grávida e tendo desejos absurdos, afinal de contas. Mamãe estava radiante e sua barriga nunca estivera tão grande... Ainda que ela nunca tenha tido uma barriga pequena.

Na manhã seguinte fui ao colégio. Depois da aula fui ao consultório da minha psicóloga. Era tio Noah quem sempre me levava. Ele é diferente, assim como eu. De vez em quando nós temos algumas conversas que me ajudam muito. Fazia apenas dois anos que eu estava na minha família, mas eu já nem conseguia me lembrar de como era viver sem ela.

Todos ao meu redor costumam dizer que sou muito madura para a minha idade, o que para mim é totalmente compreensível. Ainda muito nova, precisei lidar com muitas questões. O abandono, o transtorno de identidade de gênero, a ignorância, a rejeição... Muitas coisas para uma menina assimilar. Um dos meus pedidos mais maduros, segundo minha família, foi desejar trocar a data do meu aniversário. Meu argumento era muito simples: o aniversário deve ser uma celebração e não há motivos para eu celebrar o dia em que saí do útero de uma mulher, que não me amava o suficiente e me abandonou quando percebeu que eu não era o que ela esperava. Se havia um dia que devia ser comemorado, era o dia oficial da minha adoção. O dia em que ganhei uma família de verdade!

Faltavam apenas alguns dias para o meu aniversário de sete anos. Eu estava muito animada! Muito mesmo! Mamãe havia tentado me convencer de que "vilãs de novelas mexicanas" era um tema e tanto, mas preferi ficar com as minhas adoradas princesas da Disney mesmo. Eu me vestiria de Elsa... Até uma peruca a vovó Elena tinha comprado para mim! A barriga da mamãe estava enorme, o que indicava que minha irmãzinha nasceria a qualquer momento. Apenas a ideia de ter uma irmã já me fazia pular de alegria! Eu teria alguém para brincar de boneca, fazer comidinha e penteados, pular corda... Seu nome seria Samantha e eu mal podia esperar para conhecê-la! Havia uma chance de Samantha ser, na verdade, um menino. Eu não gostaria menos do bebê por causa disso. Menino ou menina, tanto faz... E se fosse diferente como eu e tio Noah, não haveria problemas também. A verdade é que meus pais são pessoas muito sensatas e dizem que Samantha virá ao mundo para ser o que quiser.

O frio já era intenso e os meus amigos e familiares não paravam de chegar. Todo nosso apartamento estava decorado como "uma aventura congelante". Considerando o frio que fazia do lado de fora, julguei o tema muito apropriado. Perto da lareira — sempre quis morar numa casa com lareira — havia uma enorme pelúcia do Olaf, com uma plaquinha que dizia: "abraços quentinhos". Aquela ideia foi do meu pai e eu a achei sensacional.

Todos os meus amigos do colégio haviam chegado e nós nos divertimos mais que o habitual. Apenas Renan não estava presente. Seus pais tinham "medo" de mim, o que era ridículo, considerando que tenho pena de matar as formigas que invadem a minha comida. De todo modo, Renan não faria falta. Todos os demais estavam presentes e havia muitas coisas para nos entreter: videogame, pique-esconde, guloseimas, salgadinhos...

Quando chegou a hora de cantar "parabéns pra você", todos se reuniram ao redor da mesa da sala e foram surpreendidos por um dos bolos mais bonitos que eu já tinha visto. Ele parecia um enorme pico de gelo, com doces coloridos contornando toda sua base. A vela do bolo era um Olaf abraçando o próprio corpo. Quando o fogo começava logo acima de sua cabeça, aquela vela fazia total sentido para mim. Sorri. Eu estava com pena de cortar o bolo na mesma proporção em que estava ansiosa para comê-lo. É claro que você sabe qual é o recheio dele, não sabe?

Quando todos os convidados foram embora, corri até a sala para a minha parte favorita das festas: os presentes! Nunca, nunquinha, em toda a minha vida, eu poderia ter imaginado ganhar tanta coisa que eu realmente gostasse. Ninguém estava me empurrando carrinhos ou roupas de menino. Absolutamente tudo naquelas embalagens havia sido pensado e comprado especialmente para mim, Daniela.

Meus pais eram verdadeiros babões e ficaram tirando fotos e gravando vídeos enquanto eu me aventurava em descobrir o que havia dentro de cada pacote. Tio Noah, tia Marcela — e também seus respectivos cônjuges; aprendi essa palavra faz poucos dias — e meus avós também estavam lá. Tia Mel havia saído mais cedo, pois tinha um compromisso inadiável. Quase morri quando vi que havia ganhado uma linda penteadeira com luzes em volta do espelho. Queria carregá-la para o meu quarto imediatamente e foi o que fiz.

...

Era tio Noah quem sempre me buscava no colégio, mas não hoje. Dessa vez era tia Mel quem estava à minha espera no portão de saída. Entrei em seu carro e a cumprimentei com um abraço. Perguntei sobre o meu tio e ela me respondeu com uma notícia maravilhosa.

— Estão todos no hospital! Em alguns minutos, Samantha vai nascer — um largo sorriso tomou o seu rosto e logo em seguida tomou o meu também.

— Podemos ir ao hospital? — perguntei com os olhos brilhando.

— Claro que sim, é por isso que estou aqui — ela piscou para mim e não tardou em acelerar o carro.

Tia Mel costumava ser uma incrível motorista, exceto hoje. Ela dirigia como se protagonizasse um filme de ação e eu quase me permiti ficar assustada. Ela ia nos enfiando entre um carro e outro de um jeito que eu considerava impossível. Sua pressa e afobação, no entanto, eram compreensíveis. Eu mesma estava contando os segundos para chegar ao nosso destino. Quando finalmente chegamos, tia Mel largou as chaves do carro com o manobrista, agarrou minha mão esquerda e saiu me carregando para dentro do hospital como se eu fosse uma boneca de pano. Cheguei a me sentir como uma, para ser sincera.

Fomos encaminhadas para uma sala onde havia muitos rostos conhecidos. Todos os meus tios e avós estavam ali. Havia apenas um homem que eu não reconhecia. Seu rosto não me era estranho... Eu já o devia ter visto em algum lugar, mas não conseguia me lembrar muito bem. Ele estava sentado ao lado do Pietro, namorado da vovó Elena. Quase ninguém falava com ele, o que parecia muito triste, se querem saber. Eu já passei pelo mesmo e posso afirmar com segurança que é horrível ser deixada de lado. Quando morava no Lar de César, vivia sozinha pelos cantos. As crianças me consideravam estranha e ficar longe delas parecia a melhor solução para mim. Não queria que aquele homem passasse pelo mesmo. Fui até ele, com um sorriso confiante estampado no rosto e lhe estendi minha mão direita.

— Muito prazer — eu o cumprimentei. Seu olhar pareceu confuso e eu tratei de lhe dar alguma explicação. — Meu nome é Daniela e minha irmãzinha, Samantha, vai nascer em alguns minutos.

Senti vovó Elena prendendo a respiração. Seus olhos se voltaram tensos para nós. Tive vontade de lhe sorrir e afirmar que ficaria tudo bem... Meus pais me davam uma excelente educação e minha mãe, especialmente, ajudava-me a ser confiante cada dia mais.

— Você é filha do Nico? — o senhor perguntou com olhos alarmados e confusos. — E da Nina?

— Sim, eu sou — respondi com um sorriso no rosto que eu não pretendia mais esconder.

— Mas... Mas... Quantos anos você tem? Eu nem sabia que... Como isso é possível?

Suas perguntas eram desconexas e confusas, mas eu entendi bem a sua confusão. Fazendo as contas, não parecia possível que eu fosse filha dos dois. Mas ele precisava entender que eu era, mesmo que não tenha vindo da barriga da mamãe, exatamente.

— Sou uma filha do coração... Mamãe diz que me gestou dentro do peito e não dentro da barriga — expliquei de forma prática. Ele pareceu finalmente entender e sorriu em minha direção. Ficamos em silêncio por alguns minutos e ninguém ao nosso redor arriscava falar sequer uma palavra naquele momento.

— Eu sou Miguel, seu avô — ele disse e eu fiquei boquiaberta, incrédula com sua revelação.

Resolvi não pedir explicações, apenas me atirei nos braços daquele simpático senhor. Ele me recebeu de bom grado e eu fiquei feliz com isso. Há alguns anos eu não tinha absolutamente ninguém e agora tinha uma família enorme que mal conseguia contar nos dedos. Avistei tio Noah ao longe e ele parecia triste, magoado... Não sei dizer ao certo. Eu sorri em sua direção e assim que o meu mais novo avô me soltou, tratei de indicar meu tio com o dedo.

— Você é papai do tio Noah, não é? — Ninguém respondeu, mas tudo bem, eu não esperava mesmo por uma resposta. — Eu adoro o tio Noah... Ele é diferente, que nem eu.

Meu mais novo avô lançou um olhar interrogativo para seu filho e depois para a vovó Elena. Ninguém disse nada e por um segundo eu fiquei confusa, sem entender muito bem o que estava acontecendo. Vovô Miguel começou a chorar e começou a se desculpar de forma frenética. Não entendi nadinha. Eu queria perguntar o que estava acontecendo, queria lhe dizer que ele não precisava chorar, queria lhe dar um segundo abraço apertado, mas vovô Miguel só dizia "me desculpe, me desculpe" enquanto se afastava de nós. Fiquei ali, parada sem sair do lugar e também sem saber o que fazer. Foi tio Noah quem se aproximou e tratou de me apertar bem forte junto ao peito.

De bom grado, retribuí.

...

Samantha não era tão divertida quanto eu esperava que fosse. Talvez porque ela chorasse muito e ainda não conseguisse brincar de boneca. Todos diziam que logo, logo ela seria minha melhor amiga e eu estava disposta a esperar. Para que essa espera não fosse longa e tediosa, eu tentava ajudar sempre que podia. Enquanto mamãe preparava algo na cozinha e papai chegava do trabalho direto para o banho, eu ficava tomando conta dela no berço. Eu havia aprendido algumas músicas no colégio e cantava algo novo para Sam todos os dias. Ela gostava de mim e dificilmente chorava quando eu estava ao seu lado. Isso era ótimo, quase como brincar de boneca.

E assim os dias se seguiam. Samantha crescia mais rápido que o pé de feijão do João. Meus pais continuavam apaixonados... Um pelo outro, pela vida, pelas filhas. Além de frequentar uma excelente escola, eu também estudava inglês e português. Tio Noah estava prestes a se casar e eu seria sua dama de honra. Ele também me levava aos médicos. Estávamos começando a falar sobre a puberdade e de que forma eu poderia evitar os efeitos indesejados dela, como os pelos em excesso, a voz grossa, os traços masculinos... Parecia que o universo estava conspirando para tudo ficar em seu devido lugar. Por sorte, eu já havia descoberto o meu!

E como diz minha mãe: se tudo estiver dando errado, sempre existe a possibilidade de fingir ser uma bola de boliche e sair rolando para longe dali.

AGRADECIMENTOS

A Thati pretendia escrever essa parte para todas as pessoas especiais que fizeram parte dessa história, mas eu sou muito mais divertida que ela, então resolvi jogá-la para escanteio. Se você chegou até aqui, é óbvio que sabe quem eu sou. Mas de todo modo, é bom me apresentar. Meu nome é Nina, muito prazer!

E, mesmo querendo roubar os holofotes, serei boazinha com a Thati. Tenho certeza de que essa história (maravilhosa, já que foi protagonizada por mim) não seria possível sem algumas pessoas. Como a Anna Carolina, por exemplo, que ajudou incansavelmente na criação do Noah e que luta pelos sonhos da Thati como se fossem seus. Continue assim, Carol, com você e o meu Nícolas maravilhoso, em breve o mundo será um lugar bem melhor. Se eu não agradecer à Mami Poderosa da Thati, tenho certeza de que ela ficará muito irritada. Ela nem é minha mãe de verdade, mas sei que já me adotou e me acolheu em seu gigantesco coração. Você é uma mulher incrível, Martha, quero ser como você quando crescer (para cima, já sou grande para os lados). Os outros familiares importantes na vida da Thati, apesar de não terem acompanhado essa história, também merecem um superagradecimento, afinal, eles confiam no trabalho dessa jovem e fazem de tudo para torná-lo possível: papi Dagoberto, irmãs queridas/pentelhas Lica e Vica, sobrinhos gostosos Lívia, João e Letícia. Agradecer a alguns amigos também é inevitável, afinal, tenho certeza de que eles contribuíram, de alguma forma, para a criação da Marcela e do Noah. Aninha, Bruno, Rudá, Marcos, Ronaldo, Hellen, Jéssica, Emylle, Lele (eterna pequena), Juliana, Ludy, Catia, Vivi...

E quero agradecer também a todos que embarcaram na minha vida, que é um verdadeiro oceano de doce de leite, e não se deixaram intimidar pela minha segurança e elevada autoestima. Ah, devo agradecer também a todos que, apesar de não entenderem nadinha de transtorno de identidade de gênero, permitiram-se conhecer o Noah e se apaixonar por ele. Apaixonem-se por ele o quanto quiserem, ele é um cara incrível e bem que merece. Quanto ao Nico, podem ir tirando o olho gordo porque ele é meu. E em mim não existe apenas um olho gordo, mas uma mulher inteira.

Devo agradecer a Marcela também, não é? Apesar de ter metade do meu peso, não me restam dúvidas de que o tamanho do seu poder também é Extra G. Essa vaca bem que tentou roubar a minha história, mas não conseguiu. Ela terá uma história só para ela ao final de *Singular* (segundo livro da série, dedicado ao Noah) e não sossegou até que isso fosse um fato concreto. Pronto, Marcela, já pode parar com as lágrimas fingidas, ok? Todos nós sabemos que sua caixa torácica é vazia... Pelo menos até a chegada do Stéfan.

Agradeço também a toda minha família, sem a qual nada disso — nem mesmo eu — seria possível. Quero deixar registrado também a minha eterna gratidão ao Santo Protetor das Obesas Gostosas e Bem Resolvidas: cara, você é demais!

E sei lá... Acho que estou ficando emotiva. Espero que vocês saibam que isso não é um adeus. Vejo vocês em *Singular* e também em *A rainha do pouco caso.*

E, por obséquio, faça-me um favor (sim, estou falando com você): em vez de olhar para o espelho e procurar centenas de defeitos, que tal priorizar suas qualidades? Eu sou a prova viva de que é possível ser linda, gostosa, feliz e amada com celulites, estrias e quilos extras. O amor é um estado de espírito. Como espera que os outros reconheçam a sua beleza se você não o faz? A sua felicidade só depende de uma pessoa: você! Assuma suas características e se orgulhe delas. Não permita que os outros determinem o significado das palavras que escrevem a sua vida.

Beijos melados de doce de leite!

Com amor,

Nina.

Editora, tradutora, XG e gostosa pra caramba.